KB240835

Hye Won World Best

Et Dukkehjem

인형의 집

H. 입센 지음 / 김유정 옮김

惠園出版社

여자는 결혼으로 인해
차츰 변모해서
그녀의 남편을 닮게 되는 거죠.

인형의 집

차 례

인형의 집
Et Dukkehjem

나는 당신의
장난감 인형 같은 아내였던 거예요.
마치 친정에서
아버지의 인형 아기였듯이.

제 1 막

그리 사치스럽지는 않으나 매우 분위기 있어 보이는 아늑한 실내. 무대 정면 오른쪽에는 현관으로 통하는 문이 있고 왼쪽에는 헬머의 서재로 통하는 문이 있다. 이 두 문 사이에 피아노가 한 대 놓여 있다. 왼쪽 벽 중앙에 문이 하나, 그 바로 옆(관객석 쪽으로)에 창문이 나 있다. 이 창문 가까이에 둥근 테이블과 팔걸이의자 몇 개, 조그만 소파가 놓여 있으며, 오른쪽 벽 무대 안쪽으로도 하나의 문이 있고 약간의 사이를 두어 관객석 쪽으로 타일을 입힌 난로가 있다. 그 앞에 팔걸이의자 두 개와 흔들의자 하나, 난로와 문 사이에 작은 테이블, 벽에는 동판화가 여러 군데 걸려 있다. 도자기며 공예품이 놓여 있는 장식 선반, 아름답게 장정된 책이 꽂혀 있는 작은 책장, 방바닥엔 카펫이 깔려 있고 난로에서는 불이 타오르고 있다.

어느 겨울날 오후.
현관에서 초인종이 울리고 잠시 후 문 열리는 소리. 모자를 쓰고 외투를 입은 노라가 물건 꾸러미를 잔뜩 안은 채 콧노래를 부르며 들어온다. 오른쪽 테이블에 물건들을 내려놓는 노라, 현관으로 통하는 문은 열려진 채이다. 밖에 짐꾼이 크리스마스 트리와 바구니를 들고 있는 게 보인다. 짐꾼은 하녀에게 그 물건들을 건네준다.

노 라 헬레네, 그 크리스마스 트리는 잘 숨겨둬요. 밤에 장식을 다 끝낼 때까진 아이들에게 보이지 않게 말야. (돈지갑을 꺼내며 짐꾼에게) 얼마죠?
짐 꾼 50외레입니다.
노 라 자, 1크로나예요. 아니, 거스름돈은 그만두세요.

짐꾼이 고맙다고 인사를 하고 나가자 노라는 문을 닫는다. 그런 다음 모자와 외투를 벗으면서 여전히 즐거운 듯 생글거린다. 포켓에서 마카롱 봉지를 꺼내서 몇 개 집어먹는다. 그런 다음 남편의 방문 앞으로 살그머니 다가가서 귀를 기울인다.

노 라 아, 계시는구나. (오른쪽 테이블로 걸어가면서 다시 콧노래를 부른다)
헬 머 (방 안에서) 거기서 조잘대는 건 내 종달새인가?
노 라 (몇 개의 꾸러미를 바쁘게 풀면서) 네, 그래요.
헬 머 귀여운 다람쥐처럼 뛰어다니고 있소?
노 라 네.
헬 머 언제 돌아왔지?
노 라 지금 막 왔어요. (마카롱 봉지를 포켓에 넣고 입을 닦는다) 여보, 이리 오셔서 제가 사온 물건들 좀 봐주세요.
헬 머 또 귀찮게 구는군. (그러면서 펜을 손에 쥔 채) 뭘 사왔다고? 아니, 그게 모두 사온 거요? 허, 내 귀여운 종달새가 밖에 나가서 또 돈을 뿌리고 왔군.

노 라 하지만 여보, 올해는 조금쯤 고삐를 늦추어도 되잖아요? 그다지
절약을 하지 않아도 되는 크리스마스는 처음인걸요.

헬 머 무슨 쓸데없는 소리요? 아직은 낭비할 수 있는 처지가 아니야.

노 라 하지만 조금은 괜찮지 않아요? 네? 아주 조금이에요. 이제부터
는 당신 월급도 많아지잖아요.

헬 머 그야 새해부터는 그렇겠지. 그렇지만 첫월급을 타려면 아직도
석 달이나 남았는걸.

노 라 괜찮아요. 그때까지 꾸어 쓰면 되죠, 뭐.

헬 머 노라! (노라의 곁에 다가서서 장난스레 귀를 잡아당긴다) 이 철없
는 사람! 알겠소? 오늘 내가 천 크라운을 꾸어서 당신이 그것을 크리
스마스에 모조리 다 써 버린다고 합시다. 그런데 섣달 그믐날 밤 내
머리 위에 기왓장이 떨어져 내가 쓰러진다면······.

노 라 (남편의 입을 손으로 막으며) 그만! 그런 끔찍한 얘기는 그만 두
세요.

헬 머 그렇지만 만약 그런 일이 일어난다면······그럼 어쩌겠소?

노 라 그런 끔찍한 일이 일어나면 빚 같은 건 있거나 없거나 마찬가지
일 거예요.

헬 머 그렇지만 돈을 꾸어준 사람은······?

노 라 그런 사람들 사정이야 아무러면 어때요. 남의 사정인걸요.

헬 머 노라, 당신은 역시 여자로군! 그렇지만 노라, 진정 이런 일에 대
해서 내가 어떻게 생각하고 있는지 당신은 잘 알겠지? 나는 빚은 지
지 않아! 절대로 돈은 꾸지 않아! 가정생활이란 빚으로 꾸려 나가게
되면 당장 자유롭지 못하고 꼴사납게 되고 마는 법이야. 오늘날까지
우린 꿋꿋하게 해나오지 않았소? 이제 조금만 더 참읍시다.

노 라 (난로 쪽으로 가며) 네, 좋아요. 당신이 원하신다면 그렇게 할게
      요.

헬 머 (그녀의 뒤를 따라가며) 오, 내 귀여운 종달새가 어째서 날개를
      축 늘어뜨리지? 왜 그래? 다람쥐가 뾰로통하네? (돈지갑을 꺼내) 노라,
      이게 뭔지 알겠어?

노 라 (재빠르게 돌아서며) 돈!

헬 머 자아! (지폐 몇 장을 준다) 뭐니뭐니 해도 크리스마스에는 돈이
      들기 마련이지.

노 라 (돈을 센다) 열, 스물, 서른, 마흔! 여보, 고마워요! 정말 고마워
      요. 이 정도면 당분간 쓸 수 있어요.

헬 머 물론 그래야지.

노 라 네, 정말이에요! 그건 그렇고, 여기 와서 제가 사온 물건 좀 봐
      주세요. 정말 싼 것들이에요! 보세요, 이건 이바르의 새 옷에 장난감
      칼, 이게 봅의 말과 나팔, 그리고 이건 에미의 인형하고 인형 침대예
      요. 그다지 좋은 것은 아니지만, 어차피 그 앤 금방 망가뜨리고 말 테
      니까요. 이 옷감하고 손수건은 헬레네 것이죠. 유모에게는 좀더 좋은
      것을 해주고 싶었는데…….

헬 머 저기 있는 꾸러미는 뭐요?

노 라 (큰 소리로) 안 돼요, 토르발. 밤이 되거든 펴 보세요!

헬 머 아, 그래? 그런데 낭비꾼 아씨, 당신 자신을 위한 건 없소?

노 라 저를 위한 거요? 전 갖고 싶은 게 없어요.

헬 머 그럴 리가 있나! 그래도 뭔가 바라는 게 있을 것 아니오.

노 라 없어요, 정말 아무것도 없어요. 하지만 여보…….

헬 머 뭐요?

노 라 (남편의 얼굴을 보지 않고 그의 양복단추만 만지작거리면서) 저어,

만약 정말로 무언가 주시려면, 저어……저 말이에요.

헬 머   그래, 어서 말해 봐요.

노 라   (빠른 어조로) 돈으로 주시겠어요? 지금 당신 생각에 가능한 액
수로. 그럼 저는 나중에 그것으로 제게 필요한 걸 사겠어요.

헬 머   그렇지만 노라.

노 라   여보, 그렇게 해주세요. 부탁이에요. 그 돈을 예쁜 금종이에 싸서
크리스마스 트리에 달아놓겠어요. 멋지잖아요?

헬 머   가진 돈을 모조리 써 버리고 마는 새를 뭐라고 하는지 아오?

노 라   네, 알아요. 야무지지 못한 종달새겠죠. 하지만 제 부탁을 들어
주세요. 그럼 그 동안 무엇이 가장 필요한지 생각할 수 있을 거예요.
아주 합리적인 생각이잖아요?

헬 머   (미소 지으며) 좋아요. 당신이 자기가 필요한 물건을 분명히 사
기 위해서 잘 간수해 둔다면 좋겠지. 그러나 그 돈을 모두 살림에 쓰
거나 쓸데없이 낭비하고 결국은 또 졸라댈걸.

노 라   그렇지만…….

헬 머   아니라고는 못하겠지? (노라의 어깨에 손을 얹으며) 내 종달새는
귀엽긴 하지만 돈이 너무 많이 든단 말야. 이런 새를 키우려면 얼마나
돈이 드는지 몰라.

노 라   어머, 어쩜 그렇게 말씀하세요? 저도 될 수 있는 대로 돈을 절
약하고 있단 말이에요.

헬 머   (웃으면서) 알았소! 될 수 있는 한 그렇게 하오. 그런데 그게 잘
되지 않으니까 탈이지.

노 라   (다시 기분이 좋아진 듯 콧노래를 부르며 미소 짓는다) 흐음, 당신
은 몰라요. 종달새니 다람쥐니 하시지만 그런 제가 무엇에 돈을 쓰는
가를!

헬 머 정말 이상한 사람이야, 당신은! 아버지하고 똑같아. 수단과 방법을 가리지 않고 어떻게든지 돈을 마련하려 한단 말야. 그런데 돈이 손에 들어온 순간 손가락 사이로 흘러버리고 말거든. 무엇에 썼는지 자신도 모르지. 어쩔 도리가 없어. 혈통이야. 정말 그래. 노라, 그건 유전이야.

노 라 아버지의 성품이라면 좀더 많이 물려받았으면 좋았을 텐데.

헬 머 하지만 난 지금 이대로의 당신이 좋소, 귀여운 종달새. 그런데 잠깐, 당신 오늘……뭐랄까, 그래 좀 수상한걸? 뭔가 숨기고 있는 것 같은데?

노 라 제가요?

헬 머 (손가락으로 위협하듯) 거리에서 군것질을 하지 않았소, 그 귀여운 입으로?

노 라 아뇨, 어째서 그렇게 생각하시죠?

헬 머 과자 가게에 들르지 않았다고?

노 라 아니예요, 정말…….

헬 머 설탕과자 같은 걸 먹은 것 같은데?

노 라 아니, 절대로.

헬 머 마카롱 한두 개쯤 먹었겠지?

노 라 그러지 말아요, 토르발. 정말이라니까요.

헬 머 좋아, 좋아. 그냥 해본 말이오.

노 라 (오른쪽 테이블로 간다) 전 당신이 하지 말라고 하시는 건 절대로 하지 않아요.

헬 머 물론 그렇겠지. 그건 나도 잘 알아요. 게다가 약속까지 했었으니까. (그녀 쪽으로 걸어가면서) 그럼 당신의 조그마한 크리스마스의 비밀은 잘 간직해 두구려. 어차피 오늘 밤 크리스마스 트리에 불이 켜지면 모두 알게 되겠지만.

노 라　여보, 랑크 박사님을 초대하는 거 잊지 않으셨겠죠?

헬 머　잊을 리가 있나. 그렇지만 일부러 초대할 필요도 없어. 올 게 뻔한 걸 뭐. 하지만 이따가 만나면 다시 한번 다짐해 두지. 고급 포도주를 주문해 두었어. 노라, 내가 오늘 저녁을 얼마나 즐거운 마음으로 기다리고 있는지 당신은 모를 거야.

노 라　저도 그래요. 아이들도 무척 좋아할 거예요. 틀림없이!

헬 머　아아, 이제는 지위도 안정되었고 생활도 편안해졌으니……. 생각만 해도 가슴이 뿌듯하오.

노 라　정말 꿈만 같아요!

헬 머　작년 크리스마스 때의 일을 기억하오? 당신은 3주일 동안 꼬박 크리스마스 트리에 달 꽃이며 그 밖의 여러 가지 장식을 손수 만들기 위해 매일 밤 늦게까지 방에 틀어박혀 있었잖소. 우리를 깜짝 놀라게 해준다면서 말이오. 난 그때처럼 지루하고 따분한 적은 없었소.

노 라　전 따분하고 뭐고가 없었어요.

헬 머　(미소 지으며) 그런데 결과는 어땠지, 노라? 별로 신통하지 못했지?

노 라　또 그 일을 가지고 놀리시는군요. 고양이가 들어와서 모조리 엉망으로 만들었는걸요. 어떻게 할 수가 없었어요.

헬 머　가엾은 노라, 정말 당신도 어쩔 수 없었을 테지. 우리 모두를 기쁘게 해주려고 당신은 정말 필사적이었어. 그게 무엇보다도 소중해. 어쨌든 이제 어려운 고비는 넘겼으니 정말 다행이야.

노 라　정말 그래요!

헬 머　이제는 여기에 나 혼자 앉아 따분해할 일도 없어졌고, 당신도 그 사랑스런 눈과 귀여운 손을 혹사시키지 않아도 좋게 되었소.

노 라 　(손뼉을 치며) 그렇군요! 정말로 이제 그런 짓을 안해도 되겠군
　　　요. 생각만 해도 기뻐요. 그렇죠? (남편의 팔을 잡으며) 여보, 들어보세
　　　요. 전 앞으로 우리가 어떻게 살아갈 것인가를 생각하고 있어요. 크리
　　　스마스가 지나면 곧……. (현관의 초인종이 울린다) 아이, 초인종이 울
　　　리는군요. (방을 정돈하면서) 누가 왔나 봐요. 하필 이런 때.
헬 머 　손님이 와도 난 없다고 해요. 알겠지?
헬레네 　(문 앞에서) 마님, 손님이…….
노 라 　들어오시라고 해요.
헬레네 　(헬머에게) 랑크 박사님도 오셨습니다.
헬 머 　서재로 모셨나?
헬레네 　네.

　　　헬머는 서재로 간다. 헬레네는 여행복 차림의 린데 부인을 안내해 주
고 곧 문을 닫고 나간다.

린 데 　(머뭇거리며) 잘 있었니, 노라?
노 라 　(잘 모르겠다는 듯) 누구시죠?
린 데 　나를 모르겠어?
노 라 　글쎄요, 누구신지……. 아, 그래―― (별안간 얼굴을 빛내면서) 어
　　　머, 크리스티네! 크리스티네 맞지?
린 데 　그래, 나야!
노 라 　크리스티네! 내가 너를 몰라보다니! 하긴 그럴 만도 하지…….
　　　(부드러운 목소리로) 많이 변했구나!
린 데 　그래, 벌써 9년, 아니 10년이나 되었으니까…….
노 라 　그렇게 오랫동안 만나지 못했었나? 그래, 그렇게 되었어. 아, 최

근 8년 동안 난 얼마나 행복했는지 몰라. 그런데 지금 도착한 거야? 이렇게 한창 추울 때 먼 여행을 하다니 정말 장하구나!

린 데   오늘 아침에 기선을 타고 왔어.

노 라   크리스마스를 즐기러 왔구나. 그래, 참 멋지다! 우리 함께 즐기도록 하자. 옷을 벗는 게 어때? 춥지 않아? (옷 벗는 것을 도우면서) 자, 난로 곁에 앉아. 아니, 팔걸이의자가 좋겠다. 나는 흔들의자에 앉겠어. (린데의 두 손을 잡으며) 아, 역시 옛모습 그대로야. 금방은 몰라보겠더니……. 그런데 안색이 창백하구나? 좀 야위기도 하고…….

린 데   그리고 많이 늙었지.

노 라   많이 늙다니, 그렇지 않아……. (갑자기 자신을 억제하는 듯 정색을 하며) 어머, 나 좀 봐, 왜 이렇게 바보일까! 이렇게 앉아서 딴 이야기만 자꾸 지껄여댔으니! 미안해, 미처 생각을 못했어.

린 데   왜 그래, 노라?

노 라   (다정하게) 참 안됐어! 주인어른이 돌아가셨다지?

린 데   응, 그래. 3년 전에.

노 라   알아, 신문에서 보았어. 이봐, 크리스티네, 나 그때 몇 번이나 편지하려고 했어. 하지만 차일피일 미루다 못했어.

린 데   괜찮아, 다 이해할 수 있어.

노 라   아냐, 내가 나빴어. 정말 안됐어! 그 동안 고생 많이 했겠구나! 그런데 유산 같은 건 남겨주시지 않았니?

린 데   응, 아무것도.

노 라   아이들은?

린 데   없단다.

노 라   그럼, 전혀 아무것도?

린 데   마음을 쓸 만한 근심이나 슬픔조차도…….

노 라 (믿을 수 없다는 듯 그녀를 바라보면서) 어머나, 크리스티네. 그런 건 생각할 수도 없어.

린 데 (쓸쓸하게 미소를 지으며 노라의 머리카락을 쓰다듬는다) 하지만 세상엔 그런 일도 있단다.

노 라 그렇지만 완전히 혼자라니! 얼마나 외로웠겠니? 내게는 귀여운 자식이 셋이나 있단다. 지금은 유모하고 밖에 나가 있어. 그보다 네 이야기나 좀 들려주렴.

린 데 아냐, 노라. 네 얘길 듣고 싶어.

노 라 아냐, 네 얘기부터 듣자. 오늘은 내 이야기는 하고 싶지 않아. 너에 대해서만 생각하고 싶어. 오, 참! 그렇지만 한 가지만은 얘기하고 싶구나. 우리에게 커다란 경사가 생겼다는 거.

린 데 그래? 무슨 일이지?

노 라 저어……우리 주인이 은행장이 되었단다.

린 데 네 남편이? 정말 기쁘겠구나!

노 라 그래, 운이 좋았나 봐. 지금까지는 변호사 수입이 일정치 않아 불안했었거든. 특히 청렴하고 정직하게 해나갈 경우엔 더욱 그렇단다. 물론 그분은 그렇게 할 생각밖엔 없었고, 나도 그 생각에 전적으로 찬성이었어. 난 무척 기뻐. 새해에는 곧 새로운 자리에 취임하게 될 것이고, 그러면 봉급도 많고, 게다가 배당도 있단다. 이제부터는 전혀 다른 생활을 할 수 있게 되는 거야. 그야말로 마음대로 살 수 있어. 정말이야, 크리스티네. 나도 이제 마음 편히 살 수 있어. 아주 행복해! 돈이 많고 아무런 근심도 걱정도 없으니. 그렇지 않아?

린 데 그렇지, 필요한 모든 걸 갖게 되니 좋은 일이고말고.

노 라 아니, 필요한 정도가 아니라 아주 많이 남는단 말야!

린 데 (조용하게 웃으며) 노라, 넌 여전하구나! 학교 다닐 때도 꽤나 낭비를 했었지.

노 라 (미소 지으며) 그래, 그이도 언제나 그렇게 말한단다. (손가락으로 겁을 주는 흉내를 내며) 그렇지만 노라는 네가 생각하는 것만큼 바보는 아니란다. 게다가 사실 우린 낭비를 할 만한 처지도 못 되었어. 우리는 둘 다 열심히 일해야만 했었지.

린 데 너도?

노 라 그럼. 대단한 일은 아니었지만 뜨개질이니 자수니 그런 거 말야. (아무렇지도 않게) 그리고 다른 일도 해야 했어. 너도 알겠지만 우리가 결혼했을 때 토르발이 직장을 그만뒀잖아. 승진할 기회도 없었고, 게다가 돈도 전보다 훨씬 많이 들게 되었지. 그래서 첫해에 그이는 너무 과로하고 말았어. 부업이라면 가리지 않고 닥치는 대로 아침부터 밤까지 줄곧 했어. 그래서 건강을 완전히 해쳐 하마터면 죽을 뻔했어. 의사 선생님이 남쪽 지방으로 전지 요양을 해야 한다고 하시더구나.

린 데 아, 그래서 너희가 일 년 동안이나 이탈리아에 가 있었구나?

노 라 응, 그래. 정말 쉬운 일이 아니었어. 마침 이바르가 막 태어났을 때였거든. 하지만 무슨 일이 있더라도 가야만 했어. 참으로 멋진 여행이었지! 덕택에 토르발의 목숨도 건질 수 있었고. 하지만 비용이 엄청나게 들었단다.

린 데 그랬겠지.

노 라 1천2백 탈레르(독일의 옛 화폐 단위)나 들었어. 우리 돈으로 4천8백 크로나야! 엄청난 돈이었지.

린 데 그런 많은 돈을 가지고 있었다니, 정말 다행이었구나.

노 라 아버지께서 주셨어.

린 데 아아, 그랬구나. 그 무렵에 네 아버님이 돌아가셨지?

노 라 그래, 바로 그때였어. 그런데도 난 아버지 병간호도 못해 드렸어.

마침 이바르의 해산날이 오늘내일 하는 판이었거든. 게다가 토르발이 그런 형편이라 그이 병구완도 해야 했지. 내게 그렇게 다정하시고 좋은 아버지를 끝내 만나뵙지 못하고 말았어. 결혼한 뒤로 그렇게 괴로웠던 적은 없었단다.

린 데　넌 아버지를 무척 좋아했지. 그래 그 뒤로 이탈리아로 갔었니?

노 라　그래, 돌아가신 뒤 유산도 받았고 의사선생님께서도 심하게 재촉했기 때문에 한 달 뒤에 출발했어.

린 데　그래 주인께선 완전히 회복되어서 돌아오신 거니?

노 라　그럼! 물을 만난 고기처럼 건강해졌지.

린 데　그런데 저 의사는 또 왜?

노 라　의사라니?

린 데　조금 전에 나와 같이 들어온 분을 하녀가 의사선생님이라고 하는 것 같은데…….

노 라　아, 랑크 박사님 말이구나. 그분은 진찰을 하러 오신 게 아냐. 그분은 우리와 허물없이 지내는 친한 친구여서 매일 한 번씩 들르신단다. 토르발은 그 이후 한 번도 앓지 않았어. 아이들도 모두 건강하고 나 역시 마찬가지야. (벌떡 일어나 손뼉을 친다) 이봐, 크리스티네, 행복하게 살 수 있다는 것은 얼마나 멋진 일이니! 어머, 나 좀 봐. 정말 나 혼자만 떠들었구나. (발판을 크리스티네 가까이에 당겨놓고 거기에 앉아 두 손을 그녀의 무릎 위에 올려놓는다) 화내지 마, 크리스티네. 남편을 사랑하지 않았다는 게 정말이니? 그런데 왜 결혼했어?

린 데　어머니가 살아 계시긴 했지만 병석에 누워 계셨어. 어머닌 나밖에 의지할 곳이 없었지. 게다가 동생들은 어렸거든. 그 사람의 청혼을 거절할 수가 없었던 거야.

노 라　그랬겠구나. 그럼 그분은 부자였던 모양이지?

린 데   꽤 부자였었나 봐. 하지만 사업이 불안정했어. 돌아가시고 나자 모든 것이 엉망진창이 되어버려서 아무것도 남지 않았어.

노 라   그럼 크리스티네는?

린 데   그래서 난 가게를 차려보기도 하고, 조그마한 학원을 열기도 하고, 할 수 있는 일은 뭐든 하며 견뎌야만 했어. 3년 동안이나! 나로선 오랜 싸움이었지. 그런데 이젠 다 끝났어, 노라. 불쌍한 어머니도 돌아가셨거든. 그리고 동생들도 일자리를 얻어서 제각기 살아가게 되었어.

노 라   부담이 없어져서 홀가분하겠구나.

린 데   그런데 그게 아니야. 뭐라고 표현할 수 없는 공허한 마음이 들어. 누구를 위해 살아간다는 그런 보람 같은 게 없어져버린 거야! (불안한 듯 자리에서 일어난다) 그러니까 그런 시골생활에 견딜 수가 없더구나. 혹시 이곳이라면 뭔가 마음을 쏟을 만한 일자리를 찾을 수 있을 거라고 생각했어. 사무실 근무 같은 —— 뭔가 고정된 일자리가 있으면 좋겠는데 말야.

노 라   그렇지만 크리스티네, 그건 무척 힘든 일이야. 게다가 넌 지금 무척 피곤해 보여. 어디 가서 좀 쉬는 게 좋지 않겠니?

린 데   (창가로 간다) 노라, 내게는 돈을 줄 아버지가 안 계셔.

노 라   (일어나며) 어머나, 언짢게 생각하지 마.

린 데   (그녀 쪽으로 다가오며) 아냐, 너야말로 기분 나빠하지 마. 나같은 처지가 되면 성격이 거칠어지나 봐. 누구를 위해 일을 해야만 하는 건 아니지만 언제나 죽어라고 일해야 돼. 어떻게 해서든지 살아가야 하거든. 그러다 보니 결국 이기주의자가 되고 말았어. 솔직히 말해서 조금 전에 네가 앞으로는 행복해질 거라고 했을 때 너를 위해서보다도 나 자신을 위해서 기뻐했을 정도야.

노 라   아니, 그럼……알겠어. 토르발이 뭔가 너를 도와줄 수 있다고 생각한 모양이구나?

린 데　그래. 맞았어.

노 라　크리스티네, 그렇게 되도록 해 보자. 내게 맡겨. 잘 해 볼게. 어
　　　떻게 해서든 남편의 승낙을 얻어내겠어. 오, 너를 도울 수 있다면 얼
　　　마나 좋겠니?

린 데　정말 고마워, 노라. 네가 그토록 나를 생각해 주다니. 더욱이 세
　　　상의 고생 같은 건 조금도 알지 못하는 네가 말야.

노 라　내가? 내가 고생을 모른다고?

린 데　(웃으면서) 그래. 기껏해야 수예라든가 그 정도 일을 하는 거겠
　　　지 뭐. 너는 아직 어린애야, 노라.

노 라　(머리를 흔들며 방 안을 돌아다닌다) 그렇게 얕보지 마.

린 데　뭐라고?

노 라　너도 다른 사람들과 마찬가지야. 모두들 내가 진지한 일에는 조
　　　금도 쓸모가 없다고 생각하는 모양이야.

린 데　어머나, 꼭 그런 뜻이 아니었어.

노 라　내가 이 괴로운 세상에서 아무런 고생도 하지 않았다는 거니?

린 데　그렇지만 노라, 네가 한 고생이라고 해야 조금 전에 이야기한 일
　　　뿐이잖니.

노 라　흥, 그건 아무것도 아냐. (목소리를 낮추며) 아직 이야기한 적이
　　　없는 엄청난 일이 있었어.

린 데　엄청난……? 그게 어떤 거지?

노 라　넌 나를 완전히 얕보는구나, 크리스티네. 하지만 그러지 마. 너는
　　　어머니를 위해 오랫동안 몹시 고생했다는 것이 퍽 자랑스러운 모양이
　　　지만.

린 데　난 누구도 얕보지 않아. 하지만 이것만은 정말이야. 어머니를 얼

마간 편안히 해드릴 수가 있었다는 것, 그걸 생각하면 난 자랑스럽기
　도 하고 행복하기도 해.

노 라　　그리고 동생들을 뒷바라지한 일도 자랑스럽게 생각하고 있을
　테지.

린 데　　그럴 만한 권리가 있다고 생각해.

노 라　　나도 그렇게 생각해. 그러나 크리스티네, 나도 너한테 하고 싶은
　말이 있어. 나 역시 자랑스럽고 기쁘게 생각하는 일이 있다구.

린 데　　그야 물론 그렇겠지. 하지만 도대체 어떤 일인데?

노 라　　목소리를 낮춰. 토르발이 들으면 큰일나. 절대 그이가 알면 안돼.
　아무에게도 말할 수 없는 일이야, 너 말고는.

린 데　　도대체 뭔데?

노 라　　이리로 와. (그녀를 끌고 와서 소파에 나란히 앉는다) 사실은 나도
　자랑스러울 만한 일이 있단 말야. 내가 토르발의 생명을 구했어.

린 데　　생명을 구했다고? 어떻게?

노 라　　이탈리아 여행에 대해서는 아까 이야기했지? 그때 만약 가지 않
　았더라면 그이는 영영 살아나지 못했을 거야.

린 데　　그렇지만……아버님께서 돈을 내주셨다고 했잖아.

노 라　　(미소 지으며) 그래. 토르발은 그렇게 믿고 있지. 다른 사람들도
　그렇고. 하지만…….

린 데　　하지만?

노 라　　아버진 한푼도 주시지 않았단다. 돈을 마련한 것은 나였어.

린 데　　네가? 그 많은 돈을 모두?

노 라　　1천2백 탈레르, 4천8백 크로나지. 어때?

린 데　　그래? 하지만 노라, 그 많은 돈을 어떻게 마련했지? 경품권에라
　도 당첨됐단 말이니?

노 라 (경멸하듯) 경품권? 천만에! 그게 무슨 자랑이 되겠니?

린 데 그럼 어떻게 마련했지?

노 라 (의미있는 미소를 지은 채 콧노래를 부르며) 그건 말예요, 트랄랄라!

린 데 그렇지만 네가 돈을 꿀 수는 없었을 것 아니겠니?

노 라 응? 왜 안 돼?

린 데 안 되고말고. 아내는 남편의 승낙을 얻지 못하면 돈을 꿀 수가 없는걸.

노 라 (머리를 뒤로 젖히며) 그래? 거래상의 지식을 가지고 있는 아내라면, 영리하게 행동할 줄 아는 아내였다면 어떨까?

린 데 네가 말하는 걸 잘 모르겠어, 난.

노 라 몰라도 괜찮아. 하지만 난 돈을 꾸었다고 하지는 않았어. 다른 방법으로 돈을 만들었는지도 모르지. (소파에 다시 몸을 젖히고 앉아서) 어떤 숭배자한테서 얻었는지도 모르잖아? 나처럼 이렇게 매력적인 여자라면 말야.

린 데 무슨 소릴 하는 거야, 노라?

노 라 궁금해서 견딜 수 없는 모양이로구나, 크리스티네.

린 데 노라? 너 설마 경솔한 짓을 한 건 아니겠지?

노 라 (다시 몸을 일으키며) 남편의 생명을 구하는 게 경솔한 짓일까?

린 데 아니, 난 그저 남편 모르게 한다는 것이 경솔하지 않을까 생각하는 거야.

노 라 하지만 그이에겐 아무것도 알리지 말아야 했어. 넌 그래도 모르겠니? 얼마나 병세가 나쁜지 알릴 수가 없었단 말야. 의사는 '저분의 생명이 위태로우니 남쪽으로 전지 요양을 떠나지 않는 한 살아날 가망이 없소.' 하고 말했어. 난 어떻게든 이 어려운 고비를 넘기려고 별

별 방법을 다 써 보았단다. 모르는 체하고 다른 젊은 부인네들처럼 나도 외국에 갈 수 있다면 얼마나 기쁘겠느냐고 일부러 말해 보기도 했지. 울기도 하고 애걸도 하면서 내가 홀몸이 아니라는 걸 생각해 달라고, 애정이 있다면 내 부탁을 들어달라고 졸랐지. 그리고 그걸 위해선 빚을 얻어도 괜찮을 것 아니겠느냐고 넌지시 말해 보기도 했어. 그랬더니 그이는 불같이 화를 내는 거야. 나의 변덕과 멋대로인 행동을 감독하는 게 남편으로서의 자기 의무라는 거야. 그래서 난 '좋아요. 어떤 짓을 해서라도 당신을 구해 내고야 말겠어.' 하고 혼자 생각했지. 그리고 한 가지 방법을 궁리해 낸 거야.

린 데 너의 아버진 그 돈이 자신에게서 나온 게 아니라는 걸 너의 남편에게 알리지 않으셨니?

노 라 응. 아버지는 마침 그 무렵에 돌아가셨거든. 난 미리 아버지께 사정을 잘 말씀드리고 그이에겐 비밀로 해 달라고 부탁드릴 작정이었어. 그런데 아버지는 중병으로 누워 계셨잖아 —— 슬프게도 이젠 그렇게 할 필요도 없어졌지만 말야.

린 데 하지만 그런 뒤 남편에게 말하지 않았어?

노 라 그래, 말하지 않았어. 그이는 이런 일에 대해선 무척 엄격하거든. 게다가 토르발은 남자로서의 자존심이 강한 사람이야. 조금이라도 아내의 덕을 입었다는 것을 알게 되면 얼마나 괴롭고 부끄러워하겠어? 그렇게 되면 우리의 현재 생활은 엉망이 될 거야. 애써 이룬 행복한 가정도 끝장이 날 거고.

린 데 앞으로도 끝내 이야기 안할 작정이니?

노 라 (생각에 잠긴 듯하다가 살짝 미소 지으며) 글쎄……아마, 언젠가는 해야겠지……몇 해가 지나 지금처럼 내가 예쁘지 않을 때 말야. 웃지 마, 내 말은 그이가 지금처럼 나를 좋아하지 않게 되었을 때를 의미하는 거야. 춤을 추어 보이거나 예쁜 옷을 입거나 애교를 부려도 이미 기뻐하지 않게 되었을 때, 그때 말해 줄 거야. 그런 때에 하는 게 (말을 끊었다가) 좋지 않겠어! 정말 기가 막히는구나! 그런 때가 온다고 생각하니—— 자, 크리스티네, 내 큰 비밀을 어떻게 생각하지? 이래도 내가 아무 쓸모 없는 사람일까? 그 일로 난 지금도 고생하고 있어. 알겠니? 기한 내에 꼬박꼬박 이자를 갚는다는 게 그리 쉬운 일이 아니야. 물론 이런 거래에는 이자를 네 기(期)로 나누어 지불한다는 것과 원금을 분할해서 물어가는 방법이 있다는 건 너도 알 테지. 그 돈을 만드는 게 이만저만 힘들지가 않아. 난 무엇이든지 절약하지 않으면 안 돼. 생활비에서는 여분이 없어. 왜냐하면 그래도 편한 생활을 하도록 해 주어야 하지 않겠니? 아이들에게도 너절한 옷을 입힐 수 없고 말야. 아이들을 위해서 받은 돈은 역시 아이들을 위해서 쓰지 않으면 안 되거든! 귀엽고 소중한 아이들인걸!

린 데　저런! 그럼 노라, 네 용돈에서 짜내야만 하겠구나?

노 라　그래, 그렇게 하는 수밖에는 없어. 새옷이나 물건 살 돈을 그이에게서 받으면 난 언제나 절반 이상을 남긴단다. 가장 싸고 좋지 않은 물건만을 골라 샀지. 다행히 어떤 물건이라도 내게는 잘 어울렸기 때문에 그이는 전혀 눈치채지 못했어. 하지만 크리스티네, 정말 고통스러웠어. 누구나 멋진 옷을 입고 밖에 나가는 건 기쁜 일이잖니. 안 그래?

린 데　그럼, 그렇지.

노 라　그리고 그 밖에도 돈을 벌 길을 찾았어. 작년 겨울엔 다행히 서류를 정서할 일거리가 무척 많았어. 그래서 방안에 틀어박힌 채 날마다 밤늦게까지 정서를 하곤 했지. 정말 지치고 지쳐서 어떻게도 할 수 없는 때가 있었단다. 하지만 그렇게 일해서 돈을 번다는 것은 매우 즐거운 일이었어. 마치 내가 남자가 된 것 같더군.

린 데   그래, 그렇게 해서 도대체 얼마나 갚았지?

노 라   글쎄, 정확히 말할 수는 없어. 그런 걸 계산하기가 무척 어려워. 긁어모을 수 있는 건 모조리 긁어모아 지불했다는 것밖에 몰라. 어떡하면 좋을지 모를 때도 많았어. (웃으면서) 그런 때는 여기 앉아서 공상을 하곤 했지. 누군가 돈 많은 노인이 나를 사랑해서…….

린 데   뭐라고? 그게 누구야?

노 라   잠깐 기다려봐. 그리고 그 노인이 죽은 다음 유언장을 펴보면 커다란 글씨로 '나의 모든 재산을 사랑하는 노라 헬머 부인에게 즉시 현금으로 지불할 것'이라고 씌어 있는 거야.

린 데   하지만 노라, 그게 도대체 어떤 분인데?

노 라   참, 아직도 모르겠어? 그런 노인 따위는 실제로 있지 않아. 다만 공상하고 있을 뿐이야. 돈이 마련되지 않아서 어떻게도 할 수 없을 때에는 언제나 그런 공상을 하곤 했지. 하지만 그런 건 아무래도 좋아. 그런 어리석은 노인 따위야 어디에 있건 아무러면 어때. 그런 사람도 그런 유언장도 이제는 없어도 돼. (벌떡 일어난다) 정말 생각만 해도 멋져! 근심거리가 깨끗하게 없어졌어! 더 이상 걱정할 필요가 없는 거야. 아이들과 노래도 하고 장난도 칠 수가 있어. 토르발이 좋아하는 대로 집안을 깨끗하게 꾸밀 수도 있어. 그리고 멀지 않아 넓고 푸른 하늘이 펼쳐지는 봄이 올 거야! 아마 우리는 그 무렵 또 여행을 떠날지도 몰라. 다시 바다를 볼 수 있을 테지! 그래, 행복하게 산다는 것은 얼마나 멋진 일일까?

현관에서 초인종이 울린다.

린 데   (일어서며) 누가 왔나 봐. 난 그만 일어나는 게 좋겠구나.

노 라   아냐, 괜찮아. 내겐 아무도 찾아올 사람이 없어. 아마 토르발의 손님일 거야.

헬레네   (현관으로 통하는 문가에서) 마님, 어느 신사분이 변호사님을 뵙고 싶으시다는군요.

노 라   ……은행장님 말이지?

헬레네   네, 그렇습니다. 하지만 어떡할까요. 서재에는 의사선생님께서 계시는데…….

노 라   누굴까?

크로그쉬타트   (문 앞에서) 접니다, 부인.

린데 부인은 놀라며 얼른 창문 쪽으로 얼굴을 돌린다.

노 라   (크로그쉬타트 쪽으로 한 발 다가서며 긴장해서 작은 목소리로) 당신이었군요. 어쩐 일이시죠? 주인께 무슨 용무가 있으신가요?

크로그쉬타트   은행의 용무로, 그저 그런 일입니다. 저는 그 은행에서 하찮은 일을 하고 있습니다만, 듣자니 이번에 주인어른께서 은행장이 되셨다기에…….

노 라   그래서요?

크로그쉬타트   그냥 대수롭지 않은 용무입니다, 부인. 그것뿐입니다.

노 라   그래요? 그럼 사무실로 들어가 보시죠. (노라는 아무렇게나 인사를 하고 현관문을 닫는다. 그리고 난로 쪽으로 가서 불을 본다)

린 데   노라, 저 사람 누구지?

노 라   크로그쉬타트라는 사람이야.

린 데   역시 그랬었구나.

노 라 크리스티네, 아는 사람이니?

린 데 전부터 알고 있어. 저 사람 한동안 우리 고장에서 변호사 대리를 하고 있었잖아.

노 라 오, 그래! 참, 그랬어.

린 데 많이 변했구나.

노 라 아주 불행한 결혼을 한 모양이야.

린 데 지금은 혼자란 말이지?

노 라 아이들이 많아. 아, 이제야 겨우 불이 붙었네. (난로 문을 닫고 흔들의자를 조금 옆으로 밀어놓는다)

린 데 소문을 들으니까 여러 가지 일에 손을 대고 있다더구나.

노 라 그래? 그런지도 모르지! 나는 잘 몰라. 아이, 그만두자. 사업 이야긴 지겨워. (랑크 박사가 헬머의 방에서 나온다)

랑 크 (출입구에서) 아니 괜찮아, 방해는 하지 않겠네. 잠깐 부인께 가 있지. (문을 닫다가 린데 부인을 보고는) 아, 이거 실례했습니다. 여기서도 방해가 되는군요.

노 라 아니, 괜찮아요. (소개한다) 이분은 랑크 박사님, 그리고 여긴 린데 부인.

랑 크 가끔 이 댁에서 말씀은 들었지요. 아까 계단에서는 제가 먼저 실례했습니다.

린 데 아니예요. 제가 천천히 올라왔어요. 힘이 들더군요.

랑 크 아, 그렇습니까? 어디 편찮으신 데라도?

린 데 과로 때문이에요.

랑 크 그것뿐입니까? 그럼 이곳에 오셔서 여러 가지 파티 같은 데 참석하시면서 휴양하시려는 거군요?

린 데 일자리를 구하러 왔어요.

랑 크 일이 과로에 대한 특효약이라도 되나요?

린 데 살아가기 위해서는 어쩔 수 없잖아요, 선생님?

랑 크 그래요. 무슨 일이 있어도 살아가야 한다는 것이 대부분의 사람들이 가지고 있는 상식이죠.

노 라 어머나, 선생님! 선생님께서도 살아가려고 생활한다는 것에 이론이 없으시군요?

랑 크 그야 물론이죠. 아무리 비참한 지경에 빠져 있을지라도 이 괴로움을 견디며 오래 살고 싶죠. 내 환자들도 모두 같아요. 그리고 도덕적 면의 정신적인 환자 역시 그런 생각은 변함없습니다. 한데 지금 이 순간 그와 같은 부도덕한 환자가 저 안에 헬머 씨와 함께 있습니다만······.

린 데 (낮은 목소리로) 아!

노 라 누구 말씀이에요?

랑 크 크로그쉬타트라는 법률 대리인이죠. 부인께선 아마 잘 모르실겁니다. 근성이 속속들이 죄다 썩어버린 사나이입니다. 부인, 그렇지만 그런 사나이도 살아 나가는 걸 매우 중대한 일인 것처럼 지껄여댄단 말씀입니다.

노 라 그래요? 그런 분이 도대체 토르발과 무슨 이야기를 하는 거지요?

랑 크 잘 모르겠습니다. 은행에 관계되는 일이겠지요.

노 라 전 몰랐어요. 크로그, 그 크로그쉬타트라든가 하는 분이 은행과 관계가 있으리라고.

랑 크 그야 그렇겠죠. 대수롭지도 않은 자리에 앉아 있으니까요. (린데 부인을 향해) 부인께서 사시는 고장에도 저런 종류의 인간이 있을 겁니다. 여기저기 뛰어다니면서 도덕적 부패를 냄새맡고, 그것을 미끼로

좋은 지위에 앉을 기회를 얻으려는 그런 사람 말입니다. 건전한 사람
은 그런 때 침묵하는 법이죠.

린 데   그런 환자는 가두어야 하지 않을까요?

랑 크   (어깨를 으쓱하며) 바로 그겁니다. 그런 사고방식이 인간사회를
온통 병원으로 만들어버리는 겁니다.

혼자 생각에 잠겨 있던 노라, 갑자기 나직이 웃으며 손뼉을 친다.

랑 크   왜 웃으시죠? 부인께선 사회가 어떤 것인지 정말 아시고 계십니
까?

노 라   선생님이 말씀하시는 그 재미도 없는 사회 따위야 아무런들 어
때요? 전 전혀 다른 일 때문에 웃었어요. 아주 우스운 일이죠, 선생님.
이제는 토르발이 은행에 근무하고 있는 사람들을 어떻게든 마음대로
할 수 있을 거예요.

랑 크   그것이 그렇게 우스운 일입니까?

노 라   (웃으며 콧노래를 부른다) 아, 아니예요. 상관없어요! (방안을 돌
아다니며) 아아, 우리들이, 토르발이 그렇게 많은 사람들을 자유자재로
움직일 수 있다니 생각만 해도 재미있군요. (호주머니에서 봉지를 꺼내
어) 선생님, 마카롱 좀 드시지 않겠어요?

랑 크   저런, 또 마카롱이군요. 이 집에선 금지된 것 아니던가요?

노 라   네. 하지만 이건 크리스티네가 준 거예요.

린 데   뭐? 내가?

노 라   그렇게 놀랄 거 없어. 그이가 이걸 금하고 있는 걸 몰랐을 거야.
그인 내 이가 상하지나 않을까 하고 걱정하는 거야. 하지만 하나쯤은
괜찮아! 선생님 그렇죠? 자, 드세요! (랑크의 입 속에 마카롱을 하나 밀

어넣는다) 크리스티네 너도 먹어라. 나도 조그만 것 하나만 먹겠어. (다시 걷기 시작한다) 나는 지금 정말 행복해요. 하지만 난 이 세상에서 하고 싶은 일이 아직 한 가지 더 있어요.

랑 크 그게 뭐지요?

노 라 꼭 하고 싶은 말이 있어요. 그리고 그걸 토르발에게 꼭 들려주고 싶은 거예요.

랑 크 그럼 말하면 되지 않습니까?

노 라 아뇨, 전 말할 수 없어요. 그건 아주 나쁜 말인걸요.

린 데 나쁜 말?

랑 크 그렇다면 말하지 않는 편이 좋을 것 같네요. 그렇지만 우리들에게야 어떻겠습니까? 토르발에게 말하고 싶다는 게 도대체 뭡니까?

노 라 정말 말하고 싶어 죽겠어요. '염병할 놈!' 이라고 말예요.

랑 크 어떻게 그런 소리를!

린 데 어머나, 노라!

랑 크 자, 말씀하시지요. 저기 토르발이 오고 있네요.

노 라 (마카롱 봉지를 감추고) 쉿! 쉿!

헬머가 외투를 팔에 걸고 모자를 들고 그의 방에서 나온다.

노 라 (그에게로 다가가며) 그분은 가셨나요?

헬 머 응, 지금 막 갔소.

노 라 소개하겠어요. 이쪽은 크리스티네, 방금 전에 왔어요.

헬 머 크리스티네? 실례지만 누구시더라?

노 라 린데 부인이에요, 크리스티네 린데 부인 말예요.

헬 머 아, 그렇습니까? 집사람의 옛 친구인……?

린 데　네, 옛날부터 서로 친하게 지내왔어요.

노 라　당신께 의논드릴 일이 있어서 이렇게 먼 길을 찾아왔다는군요.

헬 머　어떤 일로?

린 데　아니, 반드시 그런 건 아니지만⋯⋯.

노 라　크리스티네는 사무를 무척 잘 본대요. 그래서 유능한 사람 밑에서 좀더 여러 가지 일을 익히고 싶다는군요.

헬 머　그거 참 좋은 생각이십니다.

노 라　그래서 이번에 당신이 은행장이 되셨다는 것을 신문에서 보고 서둘러서 이리로 왔대요. 여보, 당신에게 부탁드리겠어요. 크리스티네를 좀 도와주지 않으시겠어요?

헬 머　그야 못할 것도 없겠지. 주인어른께서 세상을 떠나셨다고 들었습니다만⋯⋯.

린 데　네.

헬 머　그런데 사무 경력은 있으십니까?

린 데　네, 약간.

헬 머　그렇다면 어떻게 일자리를 주선해 드릴 수도 있을 것 같군요.

노 라　(손뼉을 치며) 그것 봐, 됐잖아!

헬 머　부인께선 마침 좋은 때에 오셨습니다.

린 데　뭐라고 감사의 말씀을 드려야 할는지⋯⋯.

헬 머　아닙니다, 별 말씀을. (외투를 입는다) 오늘은 이만 실례해야겠습니다.

랑 크　기다려 주게. 나도 함께 가겠네. (현관에서 모피외투를 가져와서 난로에 쬔다)

노 라　늦지 마세요, 토르발.

헬 머　한 시간쯤이면 되오.

노 라   너도 가려고, 크리스티네?

린 데   (외투를 입으면서) 응, 그래야겠어. 방을 구해야지.

헬 머   그러면 큰길까지 함께 가시죠.

노 라   (린데 부인이 외투 입는 것을 도와주며) 정말 안됐어. 집이 이렇게 좁으니 어쩔 도리가 없구나.

린 데   천만에, 무슨 그런 말을! 그럼 잘 있어, 노라. 정말 여러 가지로 고마워.

노 라   또 와! 오늘 밤엔 물론 오겠지? 그리고 선생님께서도 부디. 뭐 라고요? 기분이 좋으시면 오신다고요? 어머, 무슨 말씀이세요. 따뜻하 게 해 드리면 되잖아요?

이야기를 주고받으며 모두들 현관으로 사라진다. 계단 쪽에서 아이들 의 떠드는 소리가 들린다.

노 라   이제들 돌아오는구나. (뛰어가서 문을 연다)

안네 마리가 아이들과 함께 들어온다.

노 라   자, 어서들 들어오너라! (몸을 굽혀 그들에게 키스한다) 그래. 아 이 착해. 크리스티네, 애들을 봐. 귀엽잖니?

랑 크   찬바람이 들어오는 데서 떠들지 말아요.

헬 머   자, 가시죠, 린데 부인. 애들 어머니가 아닌 이상 이런 데 서 있 을 필요는 없겠죠.

랑크 박사와 헬머, 그리고 린데 부인은 계단을 내려가고 유모 안네 마리는 아이들과 함께 방 안으로 들어온다. 노라도 같이 들어오면서 문을 닫는다.

노 라 오! 너희들 정말 씩씩해 보이는구나! 이 빨간 뺨 좀 봐. 마치 사과나 장미꽃 같아. (아이들은 다음 말을 하는 사이에 번갈아 그녀와 이야기한다) 재미있었니? 그것 참 잘했구나. 응, 네가 에미하고 봅을 썰매에 태워줬다구? 둘을 한꺼번에! 이바르, 너 정말 다 컸구나. 아기 좀 이리 줘봐요, 유모. 내 귀여운 조그만 인형. (유모에게 막내를 받아 안으며 즐거워한다) 그래, 엄마가 봅하고도 함께 춤을 출까! 뭐라고! 눈싸움을 했다고? 그래? 엄마도 함께 갔더라면 좋았을걸! 유모 괜찮아요. 애들 옷은 내가 벗겨주겠어요. 괜찮대두요. 내가 하고 싶으니까. 아이들 방으로 어서 들어가요. 무척 추워 보이는군요. 난로 위에 뜨거운 커피가 있어요.

유모는 왼쪽 방으로 들어간다. 노라는 아이들의 외투며 모자를 벗겨 그것들을 아무데나 던져버린다. 그 동안 아이들은 멋대로 떠들어댄다.

노 라 저런! 커다란 개가 너희들을 쫓아왔다고? 하지만 물어뜯지는 않았겠지? 그럼, 그렇고말고. 이렇게 귀여운 인형에게 덤빌 개가 어디 있겠니. 이바르 안 돼. 그 꾸러미 속을 보아선 안 돼요. 뭔지 궁금할 거야! 아아, 안 돼요, 안 된대도. 그 속에 무서운 게 들어 있단다. 뭐라고? 놀고 싶다고? 뭘 하고 놀까? 숨바꼭질? 좋아, 봅이 먼저 숨어라. 엄마가? 그럼 엄마가 제일 먼저 숨을게.

노라와 아이들은 소리치고 떠들며 오른쪽 방 안에서 논다. 노라가 테

이블 밑에 숨는다. 아이들이 뛰어들어와 찾지만 보이지 않는다. 노라가
소리 죽여 웃는 소리를 듣고 테이블을 향해 달려와서 식탁보를 젖히고
그녀를 발견한다. 터질 듯한 환성. 노라는 아이들에게 겁을 주는 시늉을
해 보이느라 엉금엉금 기어나온다. 또 큰 소란. 그 동안에 입구의 문을
두드리는 소리가 나지만 아무도 알아듣지 못한다. 이윽고 문이 반쯤 열
리고 크로그쉬타트의 모습이 보인다. 그는 잠시 기다리고 섰고, 놀이는
그대로 계속된다.

크로그쉬타트   실례합니다, 부인.
노 라   (돌아보다가 깜짝 놀란다) 어머나! 무슨 일이죠?
크로그쉬타트   실례합니다, 현관 문이 열려 있기에. 누군가 닫는 걸 잊
　은 모양입니다.
노 라   (일어나며) 주인께선 안 계시는데요, 크로그쉬타트 씨.
크로그쉬타트   알고 있습니다.
노 라   그렇다면……무슨 일로?
크로그쉬타트   부인께 잠깐 의논드릴 말씀이 있어서요.
노 라   제게요? (아이들에게 작은 소리로) 유모한테 가 있거라. 뭐라고?
　아니야, 이 아저씨는 엄마한테 나쁘게 하시지 않아요. 이따가 아저씨
　가 가시면 또 놀기로 하자. (아이들을 왼쪽 방으로 데리고 가서 문을 닫
　는다. 불안하고 긴장한 목소리로) 저에게 무슨 하실 말씀이 있다구요?
크로그쉬타트   네, 잠깐이면 됩니다.
노 라   하지만 오늘은 초하루가 아닌데요.
크로그쉬타트   네, 압니다. 오늘은 크리스마스 이브지요. 어떤 선물을 부
　인께서 받으실지 부인 마음먹기에 달린 겁니다!
노 라   어떻게 하자는 건가요? 오늘은 도저히 안 되겠어요.

크로그쉬타트 그 일로 찾아뵌 게 아닙니다. 다른 일입니다. 잠깐 실례해도 괜찮겠습니까?

노 라 네, 좋아요. 그렇지만…….

크로그쉬타트 좋습니다. 제가 레스토랑 울센에 앉아 있을 때 주인어른께서 지나가시더군요.

노 라 네, 그랬군요.

크로그쉬타트 ……어떤 부인과 함께였습니다.

노 라 그래서요?

크로그쉬타트 실례가 될지 모르겠습니다만, 그 부인은 린데 부인이 아닙니까?

노 라 네, 맞아요.

크로그쉬타트 언제부터 이곳에 와 계십니까?

노 라 오늘 왔어요.

크로그쉬타트 친구분이신가요?

노 라 네, 그래요. 하지만 왜 그러시죠?

크로그쉬타트 저도 전에 그분과 알고 지냈습니다.

노 라 알고 있어요.

크로그쉬타트 그렇습니까? 그러면 그것도 아시겠군요. 그럴 거라고 생각했습니다. 그럼 간단하게 여쭙겠습니다만, 린데 부인은 은행에 근무하게 됩니까?

노 라 크로그쉬타트 씨, 어떻게 그런 일을 제게 물어보시죠? 당신은 저의 주인 밑에서 일하는 분이시잖아요? 하지만 물으셨으니 대답하죠. 그래요, 린데 부인은 은행에 근무하게 될 거예요. 게다가 그분을 추천한 것은 바로 저예요. 이제 아시겠죠?

크로그쉬타트 그럴 거라고 생각했습니다.

노 라   (방 안을 이리저리 돌아다니면서) 그래요. 누구든 조금쯤은 힘을 갖고 있는 법이에요! 비록 상대가 여자라 할지라도 말이에요. 그러니 크로그쉬타트 씨, 남의 밑에 종속되어 있는 사람은 그런 실례되는 행동은 안 하시도록 마음을 쓰셔야 할 거예요. 그렇게 한 사람은…….

크로그쉬타트   힘을 가지고 있다는 그런 말씀입니까?

노 라   네, 그래요!

크로그쉬타트   (목소리의 어조를 달리해서) 부인, 그 힘을 저를 위해 써 주실 수는 없으시겠습니까?

노 라   그건 무슨 뜻이지요?

크로그쉬타트   제가 그 은행에서 차지하고 있는 지위를 앞으로도 유지해 나갈 수 있도록 유념해 주실 수 없으실까요?

노 라   무슨 뜻인가요? 누가 당신의 자리를 빼앗으려 하나요?

크로그쉬타트   저한테 아무것도 모르는 체하실 건 없습니다. 부인의 친구분이 왜 저와 얼굴을 마주하기를 싫어했는지 그 까닭을 알겠습니다. 누구 때문에 쫓겨나야 한다는 것도 지금 알았습니다.

노 라   하지만 난 정말로 당신의…….

크로그쉬타트   네, 좋습니다. 이제 잠깐이면 됩니다. 아직도 시간은 충분하니, 저에게 그런 일이 일어나지 않도록 부인께서 힘써 주시길 부탁드리고 싶습니다.

노 라   하지만 제겐 그럴 힘이 전혀 없어요.

크로그쉬타트   없으시다고요? 방금 부인 자신의 입으로…….

노 라   그렇게 트집을 잡으시면 곤란해요. 전 정말! 저 같은 사람이 그런 힘을 가지고 있다니 생각할 수조차 없어요.

크로그쉬타트   저는 부인의 남편을 학창시절부터 알고 있습니다. 그 은행장님이 다른 분들보다 완고하시다고는 생각하지 않습니다.

노 라   제 남편에 대해서 실례되는 말씀을 하시려면 돌아가 주세요.

크로그쉬타트   굉장하시군요, 부인!

노 라   이제 더 이상 당신이 두렵지 않아요. 새해가 되면 모든 걸 청산
하겠어요.

크로그쉬타트   (다시 침착한 목소리로) 글쎄, 좀 들어보세요, 부인. 필요
하면 저는 그 하찮은 지위일망정 그것을 지키기 위해 목숨을 걸고서
라도 싸울 작정입니다.

노 라   정말 그렇게 보이는군요.

크로그쉬타트   단순히 돈 때문에 그러는 것은 아닙니다! 그건 아무래도
좋습니다. 다른 이유가……. 좋습니다. 다 말씀드리지요. 사실은 부인
께서도 아시고 세상도 모두 알고 있다시피 나는 몇 년 전에 분별없는
짓을 저지르고 말았습니다.

노 라   그런 말을 들었던 것 같군요.

크로그쉬타트   그 사건은 재판까지는 이르지 않았지만 그때부터 저의
앞길은 막히고 말았습니다. 그래서 부인께서도 아시는 그런 일을 하게
된 것입니다. 어떻게 하든 살아야 했으니까요. 저는 그렇게 나쁜 인간
은 아니었습니다. 지금은 깨끗이 정리하려고 합니다. 이제는 자식들도
컸고, 그 아이들을 위해서라도 되도록이면 옛날처럼 세상의 신용을 얻
어야겠습니다. 저로서는 은행에서의 지위라는 것이 그 맨 첫단계인 것
입니다. 그런데 부인의 주인어른께서는 그 단계에서 저를 차 버리려
하고 계십니다. 그렇게 되면 저는 또 진창 속으로 떨어져야만 합니다.

노 라   하지만 크로그쉬타트 씨, 제게는 당신을 구해 드릴 만한 힘이
전혀 없어요. 정말이에요.

크로그쉬타트   그건 부인께서 그렇게 하시겠다는 뜻이 없기 때문입니
다. 그러나 저는 억지로라도 부인께서 그렇게 하시도록 만들 수도 있

습니다.

노 라   설마 제가 당신에게서 돈을 빌렸다는 것을 주인께 이야기하려
는 건 아니겠죠?

크로그쉬타트   흐음……만약에 그렇게 한다면?

노 라   그건 비열한 짓이에요. (울먹이며) 나는 기쁨과 자랑으로 이 비
밀을 간직하고 있었는데, 그런 점잖지 못한 방법으로 그분에게 알리다
니. 당신 같은 사람의 입을 통해서 듣게 된다니! 당신은 날 아주 불쾌
하게 만드시는군요.

크로그쉬타트   그저 불쾌하다는 정도입니까?

노 라   (격렬하게) 그래요! 해보세요! 당신 자신이 가장 호되게 혼이
날 거예요. 왜냐고요? 그러면 주인께서도 당신이 얼마나 나쁜 사람인
가를 비로소 아실 테니까요. 그리고 당신의 지위 따위는 유지하지 못
하게 될 거구요!

크로그쉬타트   저는 다만 부인께서 가정의 불쾌한 일만 두려워하시는지
그걸 여쭈어보고 있을 따름입니다.

노 라   주인이 알게 되면 물론 남은 돈을 갚아주실 거예요. 그러면 당
신과의 관계는 깨끗이 끝나요.

크로그쉬타트   (한 걸음 가까이 다가서며) 이것 보십시오, 부인. 부인께선
전혀 기억이 없으시거나 상거래에 대해 모르고 계신 겁니다. 그때의
일을 부인께 좀더 구체적으로 설명해야 할 것 같습니다.

노 라   뭐라구요?

크로그쉬타트   주인어른께서 편찮으셨을 때 부인께선 저한테 오셔서 1
천2백 탈레르를 빌려달라고 하셨습니다.

노 라   그렇게밖에 할 수가 없었으니까요.

크로그쉬타트   저는 약속했었지요. 그 돈을 마련해 드리겠다고요.

노 라   그리고 돈을 마련해 주셨어요.

크로그쉬타트   저는 그 돈을 어떤 조건부로 빌려드릴 것을 약속했습니다. 부인께서 그때 주인어른의 병환에만 골몰하셔서 여비를 마련하는 데 필사적이었기 때문에 거기에 수반되는 자질구레한 일에 전혀 신경을 쓰지 않았던 것 같습니다. 그렇지만 지금 그것을 생각해 내셔야 할 것 같습니다. 저는 그 돈을 제가 만든 차용증서와 맞바꾸는 조건으로 마련할 것을 약속했지요.

노 라   그리고 저는 거기에 서명했어요.

크로그쉬타트   그렇습니다. 그러나 그 밑에 두어 줄 덧붙여서 부인의 아버님께 그 돈을 꾸어드리는 데 대한 보증인이 되어주실 것을 요구했습니다. 그래서 거기에 아버지의 서명을 부탁드릴 예정이었습니다.

노 라   예정이었다고요? 아버지께선 틀림없이 서명하셨어요.

크로그쉬타트   그렇습니다. 그러나 저는 날짜를 쓸 자리를 비워두었었지요. 즉, 아버님께서 서류에 서명을 하셨을 때 손수 날짜를 써 넣으시게 하기 위해서였지요. 기억하시겠지요, 부인?

노 라   그런 것 같아요.

크로그쉬타트   그리고 저는 그 서류를 부인께 드렸습니다. 아버님께 보여드리라구요. 맞죠?

노 라   네, 그래요. 그리고 갚아드릴 것은 어김없이 꼬박꼬박 지불해 왔구요.

크로그쉬타트   물론입니다. 그러나 조금 전 이야기로 다시 돌아가면, 그 무렵 부인은 매우 곤란한 때였죠?

노 라   네, 그랬어요.

크로그쉬타트   아버님께서 병환이 매우 위중하셔서 누워 계셨던 걸로 아는데요?

노 라   위독한 상태였어요.

크로그쉬타트   그런 뒤 얼마 되지 않아 곧 돌아가셨지요?

노 라   그렇습니다.

크로그쉬타트   그래서 말씀인데요, 부인. 부인께선 아직도 아버님께서 돌아가신 날을 기억하고 계십니까? 날짜 말씀입니다.

노 라   아버지께서는 9월 29일에 돌아가셨어요.

크로그쉬타트   맞습니다. 저도 조사해 보아서 알고 있습니다. 그런데 전혀 알 수 없군요. (한 장의 서류를 꺼낸다) 묘한 일이 있습니다.

노 라   그게 도대체 무슨 일이죠?

크로그쉬타트   묘한 일이란 아버님께서 돌아가신 지 사흘이 지난 뒤에 이 서류에 서명하셨다는 겁니다.

노 라   뭐라구요? 난 도무지…….

크로그쉬타트   아버님께선 9월 29일에 돌아가셨습니다. 그런데 보십시오. 여기 아버님께서 서명하신 날짜는 10월 2일로 되어 있단 말입니다. 이상하지 않습니까, 부인?

노 라   (말이 없다)

크로그쉬타트   또 하나 이상한 건, 10월 2일이라는 글씨와 연호(年號)가 아버님께서 쓰신 것이 아니라 어쩐지 제가 본 적이 있는 필체인 것 같습니다. 물론 그것은 설명될 수 있을 겁니다. 혹 아버님께서 날짜를 적어 넣으시는 걸 잊으셨기 때문에 누군가 그분이 별세하신 사실이 알려지기 전에 운(運)을 하늘에 맡기고 써 넣었을지도 모르지요. 문제는 아버님의 서명입니다. 부인, 그 서명이 진짜인가요? 여기에 이것을 쓰신 분이 부인의 아버님이 손수 쓰신 겁니까?

노 라   (잠깐 사이를 두었다가 머리를 쳐들고 도전하듯 바라보며) 아니, 그렇지 않아요. 내가 썼어요.

크로그쉬타트 뭐라구요, 부인? 지금 그 말씀은 매우 위험스러운 고백이
  라는 것을 아십니까?

노 라 어째서 그렇죠? 당신 돈은 곧 갚아드리겠어요.

크로그쉬타트 하나 물어보겠습니다. 왜 그 서류를 아버님께 보내지 않
  으셨습니까?

노 라 그럴 수가 없었어요. 아버님께서는 병환으로 누워 계셨으니까요.
  서명을 받으려면 무엇 때문에 돈이 필요한지 그것을 설명해야만 했어
  요. 그토록 중환중이신데 아버님께 남편의 생명이 위태롭다는 것을 말
  씀드릴 수는 없었어요. 도저히 그렇게는 할 수가 없었어요.

크로그쉬타트 그렇다면 차라리 외국여행을 그만두시는 편이 훨씬 좋지
  않았을까요?

노 라 아뇨, 그럴 수는 없었어요. 남편의 생명을 구하기 위해선 여행을
  해야 했으니까요. 그것을 그만둘 수는 없었어요.

크로그쉬타트 그러나 그런 짓을 하면 저를 속이는 게 된다는 걸 생각
  못하셨습니까?

노 라 그런 걸 걱정할 여유가 없었어요. 당신에 대해선 전혀 생각하지
  않았어요. 제 남편의 생명이 얼마나 위태로운가를 잘 알면서도 매정하
  게 여러 가지 까다로운 조건을 내세워 일을 복잡하게 만든 당신이 싫
  었어요.

크로그쉬타트 부인, 부인께선 자신이 어떤 죄를 범했는지 분명히 알지
  못하시는 모양인데 제가 말씀드리죠. 그건 제가 전에 저질렀던, 그리
  고 그로 인해 사회적인 지위를 잃고 말았던 그 일과 같은 일이었습니
  다.

노 라 당신이? 당신 부인의 생명을 구하기 위해 어떤 훌륭한 일이라도
  하셨다는 건가요?

크로그쉬타트   법은 동기에 대해서는 묻지 않습니다.

노 라   그렇다면 그 법은 아주 하찮은 것이군요.

크로그쉬타트   하찮건 그렇지 않건간에 제가 이 서류를 재판소에 제출하면 부인께선 그 법률에 따라 처벌을 받게 됩니다.

노 라   내가 그런 걸 믿을 것 같아요? 늙고 병들어 죽어가고 있는 아버지의 근심과 고생을 덜어드리려는 권리를 그 딸이 가져서는 안 된다는 건가요? 남편의 생명을 구할 권리가 그 아내에게 없다는 말인가요? 난 법에 대해선 잘 몰라요. 하지만 그런 것이 허용된다는 것이 어느 조항엔가 적혀 있을 게 틀림없다고 생각해요. 당신은 그런 걸 모르시나요? 당신은 법률 대리인이죠? 당신은 틀림없이 엉터리 법률가일 거예요.

크로그쉬타트   그럴지도 모르죠. 그러나 이 사건에 대해서는 너무나 잘 알고 있습니다. 좋습니다. 부인께서 믿으시는 대로 하시는 게 좋겠지요. 그러나 이것만은 말씀드리겠습니다. 제가 이번에 쫓겨나게 되면 부인도 함께 끌고 들어가겠습니다. (인사를 하고 현관을 지나 나간다)

노 라   (한동안 생각에 잠겨 있다가 곧 머리를 흔든다) 어쩌면 저럴 수가! 날 협박하려는 수작이지! 난 그렇게 바보가 아냐. (아이들의 외투를 개기 시작하지만 곧 그만둔다) 그렇지만 혹시……. 아니야, 그럴 리가 없어! 나는 사랑을 위해서 한 일인걸.

아이들   (왼쪽 문에서) 엄마, 그 아저씨 가셨어요!

노 라   그래, 알고 있어. 그런데 얘들아, 그 아저씨에 대해선 아무에게도 말하면 안 돼. 알겠니? 아빠에게도 말야.

아이들   네, 엄마. 이제 우리하고 다시 놀아요.

노 라   안 돼요, 지금은 안 돼!

아이들   하지만 엄마, 아까 약속했잖아요.

노 라　하지만 지금은 안 돼요! 저리 가거라. 엄마는 할 일이 많아요.
　　　자, 어서. 모두 착하지? (아이들을 달래서 옆방으로 보내고 문을 닫는다.
　　　그리고 소파에 앉아 수를 들어올려 두서너 바늘 수를 놓다가 곧 그만둔
　　　다) 아냐! (일감을 내던지고 일어나 현관 문가로 가서 부른다) 헬레네!
　　　아까 그 크리스마스 트리를 이리 가져와! (왼쪽 테이블 옆에 가서 서랍
　　　을 열더니 다시 그만두고는) 아니야, 그런 일이 있어선 안 돼!

헬레네　(나무를 가져와서) 어디에 놓을까요?

노 라　거기 방 한복판에.

헬레네　다른 것 또 가져올 게 있나요?

노 라　아니, 됐어. 필요한 건 모두 여기 있으니까. (헬레네, 나무를 놓고
　　　나간다. 노라, 나무에 장식을 달기 시작한다) 여기에 촛불을 달고 이쪽은
　　　꽃을 달고…… 정말 지긋지긋한 작자야! 참 기가 막혀! 정말 어이가
　　　없지 뭐야! 하지만 걱정할 것 없어. 크리스마스 트리를 예쁘게 꾸며야
　　　지. 토르발, 난 당신이 기뻐하실 일이라면 어떤 일이든지 하겠어요. 당
　　　신을 위해서라면 노래도 부르고 춤도 추고…….

　　　헬머가 한 뭉치의 서류를 안고 밖에서 들어온다.

노 라　어머, 벌써 돌아오세요?

헬 머　응. 누가 오지 않았소?

노 라　여기에? 아뇨.

헬 머　이상하군. 분명 크로그쉬타트가 우리집에서 나가는 걸 보았는데.

노 라　그래요? 아 참, 맞아요. 크로그쉬타트 씨가 잠깐 들렀더군요.

헬 머　노라, 당신의 얼굴을 보면 알 수 있소. 그 친구가 와서 당신한테
　　　부탁을 하고 갔지? 나한테 잘 말해 달라고 말이오.

노 라　네.

헬 머　그리고 당신은 그것을 자기가 자진해서 말하는 것처럼 하려 했
　　　던 것이고? 그가 여기에 왔던 것도 숨길 작정이었지? 그자가 그런 것
　　　까지 부탁하고 갔단 말이오?

노 라　네, 하지만……

헬 머　노라, 당신은 어쩌려고 그런 일에 신경을 쓰는 거요? 그런 사람
　　　과 이야기를 주고받고, 거기다 약속까지 하고 말이오. 더구나 거짓말
　　　까지 하다니!

노 라　거짓말이라구요?

헬 머　아무도 오지 않았다고 하지 않았소. (손짓을 하며) 노래하는 내
　　　귀여운 작은 새는 결코 그런 짓을 하는 게 아니오. 작은 새는 예쁜 입
　　　으로 노래만 하고 있으면 되는 거요. 결코 가짜 목소리를 내서는 안
　　　돼! (그녀를 꼭 끌어안고) 여보, 그렇지 않아? (그녀를 떼어놓고) 자, 그
　　　런 이야기는 이제 그만하기로 합시다. (난로 앞에 앉아서) 아, 정말 따
　　　뜻하고 편안해! (서류를 뒤적인다)

노 라　(트리를 장식하다가 갑자기) 여보!

헬 머　응?

노 라　전 모레 저녁에 열릴 스텐보그 씨 댁 가장무도회가 여간 기다려
　　　지지 않아요.

헬 머　나도 그래. 당신이 어떻게 나를 놀라게 할 건지 무척 궁금한걸.

노 라　글쎄 그게 별로예요!

헬 머　어째서?

노 라　좋은 생각이 전혀 떠오르지 않는걸요. 모두가 평범하고 하찮은
　　　것 같아서요.

헬 머　우리 귀여운 노라가 이제 그걸 깨달았단 말이지?

노 라　(남편의 의자 뒤에 가서 의자 등에 팔을 올려놓고) 여보, 많이 바쁘세요?

헬 머　응, 그래.

노 라　무슨 서류예요?

헬 머　은행에 관한 거요.

노 라　벌써요?

헬 머　이번에 그만둘 은행장한테서 인사문제며, 업무상 바꿀 필요가 있는 건 바꾸어도 좋다는 전권을 위임받았소. 크리스마스 주일을 그걸 위해 써야 하게 되었구려. 새해가 오기 전에 모든 걸 깨끗하게 정리해 두고 싶거든.

노 라　그래서 저 불쌍한 크로그쉬타트 씨가······.

헬 머　흠!

노 라　(아직도 의자 등에 기대어 서서 남편의 머리카락을 천천히 쓰다듬으며) 그렇게 바쁘시지 않으면 당신한테 꼭 부탁하고 싶은 일이 있는데요.

헬 머　뭔데? 말해 봐요.

노 라　당신만큼 고상한 취미를 가지고 있는 사람은 없잖아요. 전 가장무도회에 아주 멋진 옷차림을 하고 가고 싶거든요. 그러니 제가 어떻게 하고 가야 할지, 어떤 의상을 입으면 좋을지 함께 의논해서 결정해 주시지 않으시겠어요?

헬 머　아하! 우리 귀여운 고집쟁이가 구원의 천사를 구하고 있다는 건가?

노 라　그래요. 당신이 도와주시지 않으면 어떻게 해야 좋을지 모르겠는걸요.

헬 머　좋아, 좋아! 생각해 보지. 뭔가 좋은 생각이 떠오를 거야.

노 라   당신은 정말 멋있어요. (다시 크리스마스 트리 쪽으로 간다. 잠깐
      사이) 빨간 꽃 참 예쁘죠? 그런데 여보, 저 크로그쉬타트 씨 말예요.
      그 사람이 저지른 일이 정말로 그렇게 나쁜 건가요?
헬 머   그는 서명을 위조했어. 그게 어떤 건지 당신은 모를 거요.
노 라   어쩔 수 없는 사정이 있어 그런 게 아닐까요?
헬 머   그럴 수도 있겠지. 아니면 다른 사람이 곧잘 하듯이 경솔해서
      저지른 일인지도 모르고. 나는 그런 한 번의 실수 때문에 한 인간을
      철저하게 처벌할 만큼 냉혹한 사람은 아니오.
노 라   네, 그럼요.
헬 머   자신이 저지른 죄를 자백하고 형벌을 받고 나서 도덕적으로 재
      생한 사람은 얼마든지 있소.
노 라   형벌?
헬 머   그런데 크로그쉬타트는 그 길을 선택하지 않았소. 여러 가지 잔
      재주를 부리며 지금까지 계속 세상을 속이고 살아왔단 말이오. 그렇기
      때문에 지금 그 친구는 도덕적으로 파멸되고 만 거요.
노 라   그래요?
헬 머   생각 좀 해 보구려. 죄를 의식하고 있는 인간이 어떻게 아무데
      나 대고 거짓말을 하고 속이고 자신을 기만할 수 있겠는가 말이오. 자
      기에게 가장 가까운 사람에게도⋯⋯아내나 아이들 앞에서까지도 어떻
      게 가면을 쓴단 말이오. 자기 아이들에게도 말이오. 이건 끔찍한 일이
      야.
노 라   어째서요?
헬 머   그런 거짓 분위기가 가정 안에 들어오면 온 가정을 전염시키기
      때문이오. 그런 집에서는 아이들이 숨을 쉴 때마다 악의 병균을 들이
      마시고 마는 법이지.

46

노 라 (그의 뒤로 다가서며) 당신은 그걸 확인하셨어요?

헬 머 나는 변호사라서 그런 것을 종종 보아왔소. 어렸을 때부터 나쁜 짓을 하는 애들은 거의 대부분 거짓말을 잘하는 어머니가 있는 법이오.

노 라 어째서 어머니만이?

헬 머 일반적으로 어머니의 경우가 가장 많아. 하지만 물론 아버지도 마찬가지 영향을 주지. 그건 법률가라면 누구나 잘 알고 있소. 그런데 그 크로그쉬타트란 자는 몇 년 동안이나 자신의 아이들에게 거짓과 속임수로 해를 주고 있으면서도 태연하단 말이오. 그러니까 나는 그를 도덕적 파산자라고 부르고 있는 거요. (노라 쪽으로 두 손을 내밀고) 그러니까 내 귀여운 노라는 그런 자와 가까이하지 않겠다고 약속해야 해. 자, 손을 내밀어요. 왜 그래? 손을 내밀라니까. 옳지. 이제 됐소. 분명히 말해 두지만 난 그자와 함께 일할 수는 없소. 그런 인간이 곁에 오면 정말 기분이 나빠지고 말아.

노 라 (손을 빼고 크리스마스 트리 반대쪽으로 간다) 여기는 왜 이렇게 더울까? 난 아직도 할 일이 너무나 많은데.

헬 머 (일어서서 서류를 정리한다) 그래, 나도 식사 전에 이 서류를 좀 더 검토해야겠소. 그리고 당신이 입을 의상도 생각해 보고. 금종이에 싸서 크리스마스 트리에 매달아놓을 것도 준비해야 하겠지? (노라의 머리 위에 손을 얹고) 그렇지? 내 귀여운 작은 새! (그는 서재로 들어가 문을 닫는다)

노 라 (잠시 후 작은 목소리로) 아, 아냐! 그럴 리가 없어. 어떻게 그럴 수 있어?

안네 마리 (왼쪽 문가에서) 아이들이 기어코 엄마한테 가겠다고 보채는데요.

노 라   아니, 안 돼요! 이리로 보내서는 안 돼요! 유모, 그애들을 데리
  고 있어요.
안네 마리   네. (문을 닫는다)
노 라   (두려움으로 새파랗게 질려서) 내가 우리 아이들을 망친다고?
  (잠깐 동안 고개를 젖히고 있다가) 그건 모두 거짓말이야. 그런 일은 절
  대 있을 수 없어!

제 2 막

같은 방. 한쪽 구석의 피아노 옆에 크리스마스 트리가 서 있다. 장식이 모두 떼어지고 타다 남은 초만이 남아 있다. 노라의 모자와 외투가 소파 위에 놓여 있다.

노라는 혼자 초조한 듯 방 안을 서성거리다가 소파 옆에 멈춰 서서 외투를 집어든다.

노 라   (다시 외투를 내려놓고) 누가 왔나? (문 앞으로 가서 귀를 기울인다) 아니, 아무도 오지 않았어. 당연하지 뭐. 크리스마스에 누가 오겠어. 게다가 내일도 그럴 거야. 하지만 혹시? (문을 열고 밖을 내다본다) 아니야, 우편함에도 아무것도 들어 있지 않아. 텅 비었어. (방을 가로질러온다) 참으로 어리석지 뭐야! 그 사람도 물론 진심으로 그러는 게 아닐 거야! 그런 일은 없을 거야. 절대 그렇게는 안 돼. 나는 세 아이의 어머니인걸.

안네 마리가 커다란 마분지 상자를 들고 왼쪽 방에서 들어온다.

안네 마리 이제야 겨우 가장무도회 의상이 들어 있는 상자를 찾아냈어
　요.

노 라 고마워요, 유모. 테이블 위에 올려놓아요.

안네 마리 (상자를 테이블 위에 놓는다) 그런데 해지고 몹시 구겨졌어
　요.

노 라 갈기갈기 찢어버리고 싶은 마음이야!

안네 마리 어머나, 무슨 그런! 금방 고쳐놓을 테니까 잠깐 참으세요!

노 라 알았어요. 린데 부인에게 도와달라고 해야겠어.

안네 마리 이런 험한 날씨에 나가시려고요? 감기라도 드시면 어쩌시려
　구요.

노 라 감기 정도로 끝난다면 좋겠어. 아이들은 뭘 해요?

안네 마리 모두 크리스마스 선물을 가지고 놀고 있어요. 하지만……

노 라 나를 찾나요?

안네 마리 네, 언제나 엄마 곁에 함께 있었으니까요.

노 라 그래요. 하지만 유모, 앞으로는 그전처럼 언제나 아이들과 함께
　있을 수가 없어요.

안네 마리 어린아이들은 어떤 일에든 곧 익숙해지게 마련이에요.

노 라 그럴까? 만약 내가 어딘가 멀리 가 버린다면 아이들은 나를 잊
　게 될까?

안네 마리 아니, 무슨 그런 말씀을! 멀리 가 버리시다니요?

노 라 이봐요, 유모. 난 가끔 생각해 보는데, 유모는 어떻게 자기 아이
　를 다른 사람에게 줄 수 있었어요?

안네 마리 하지만 어린 노라 아씨를 모시려면 그럴 수밖에 없었지요!

노 라 그래요. 그렇지만 어떻게 그런 결심을 할 수 있었지?

안네 마리 이런 훌륭한 일자리는 여기 말고 다른 곳에서는 얻을 수 없

었는걸요. 불행한 처지에 놓여 있는 가난한 여자에게는 그것도 고마운 일이었죠. 남편이란 형편없는 사람은 저를 위해 아무것도 해주지 않았으니까요.

노 라   유모의 딸은 엄마를 잊었을까?

안네 마리   아니에요. 잊는 게 다 뭡니까! 견진성사를 받을 때에도, 그리고 결혼을 할 때도 저에게 편지까지 보냈는걸요.

노 라   (유모를 끌어안으며) 유모! 유모는 정말 좋은 어머니였어. 내가 어렸을 적에!

안네 마리   가엾은 노라 아씨! 어려서부터 저 말고는 어머니가 없었잖아요.

노 라   만약 우리 아이들에게 어머니가 없어진다면 유모가 또 저 애들의……아, 내가 무슨 어리석은 말을 하고 있는 거지? (옷 상자를 연다) 이젠 아이들에게 가 보세요. 난 이제부터……내일은 내가 얼마나 멋있게 보이나 두고 봐요.

안네 마리   그렇고말고요. 온 무도회장을 두루 살펴본대도 노라 아씨처럼 예쁜 분은 다시 없을 거예요. (왼쪽으로 나간다)

노 라   (상자 안에 있는 것을 모두 꺼내다가 곧 다시 집어던지고) 아, 이대로 나가버릴까! 아무도 보지 말았으면 좋겠어. 그 동안 이 집에 아무런 일도 일어나지 않았으면 좋겠어. 아, 또 쓸데없는 생각을 하는구나! 도대체 누가 온다는 거지? 그런 건 생각하지 말자. 자, 이 목도리에 솔질이나 해 두자. 장갑이 예쁘구나. 정말 예뻐. 그따위 생각은 하지 말자! 생각하지 말자! 하나, 둘, 셋, 넷, 다섯, 여섯. (외친다) 앗, 왔구나! (문으로 가려다가 망설이며 그 자리에 멈춰선다)

린데 부인이 현관으로 들어와서 거기에 모자와 외투를 벗어놓고 들어온다.

노 라　어머, 너였구나, 크리스티네? 밖에 아무도 없었니? 정말 잘 왔어.

린 데　네가 일부러 찾아왔다고 해서.

노 라　응, 지나던 길에 들렀었어. 그런데 나 좀 도와주었으면 좋겠다. 자, 소파에 앉자. 저 말이야, 내일 스텐보그 영사 댁에서 가장무도회가 있거든. 그런데 토르발은 글쎄 나더러 나폴리 어부의 딸로 가장하고 타란텔라를 추라는 거야. 카프리에서 배웠거든.

린 데　어머나, 그럼 정식으로 해보려는 거니?

노 라　응, 그이가 그렇게 하라고 하니까. 자, 봐. 이 옷이야. 그이가 나를 위해서 이탈리아에서 맞춰준 거란다. 하지만 이렇게 누더기가 되어 버려서 도무지 난 어떻게 해야 할지 모르겠어.

린 데　이런 거야 뭐 금방 고칠 수 있지. 몇 군데 솔기가 터졌을 뿐이잖니. 바늘하고 실은? 아, 여기 있구나. 이것만 있으면 충분해.

노 라　고마워, 크리스티네.

린 데　(바느질을 하면서) 그럼 너는 나폴리 아가씨로 분장을 하겠구나? 글쎄 어떤 모습일까? 네 모습을 보기 위해 잠깐이라도 들러야겠네. 그래, 아 참 깜빡 잊었었구나. 어젯밤엔 정말 고마웠어.

노 라　(일어서서 방 안을 왔다갔다하면서) 어제는 그전처럼 즐겁지가 않았어. 네가 좀더 이곳에 빨리 왔더라면 좋았을걸. 토르발은 집안을 즐겁게 하는 요령을 알고 있는가 봐. 참 잘한단다.

린 데　노라, 너도 그래. 네 아버지 딸이잖아. 그런데 노라, 랑크 박사님 께선 언제나 어제처럼 침울하시니?

노 라　아니, 어젠 특별히 더 하셨어. 박사님은 아주 위험한 병을 앓고 계셔. 가엾게도 척수결핵이래. 듣기엔 그분 아버지가 바람둥이여서 여

러 여자들과 관계했었다더구나. 그래선지 그분은 어렸을 때부터 줄곧
　병치레를 하는 체질로 태어났대.

린 데　(다시 바느질을 계속하다가 잠시 뒤) 랑크 선생께선 매일 여기에
　오시니?

노 라　응. 토르발의 어렸을 적부터 친구야. 나의 좋은 친구이기도 하고.
　우리와 한가족이나 마찬가지야.

린 데　하지만 그분 말야, 정말 진실한 분이니? 누구에게나 적당히 좋
　도록 말씀하시는 분이 아니냔 말야.

노 라　오히려 그와 반대야. 어째서 그렇게 생각하지?

린 데　어제 네가 나를 소개했을 때 그분이 내 이름을 들었다고 하셨잖
　니. 그런데 나중에 안 일이지만, 네 주인은 나를 전혀 모르시지 않
　느냔 말야. 그런데 어떻게 랑크 선생께선……?

노 라　그래, 크리스티네. 토르발은 나를 말로 표현할 수 없을 정도로
　좋아해. 그래서 자기만 독차지하고 싶어하지. 처음엔 내가 친하게 지
　내던 사람들 이야기만 해도 굉장히 질투를 하곤 했어. 그래서 나도 그
　런 말은 하지 않기로 했지. 그렇지만 랑크 선생님과는 가끔 그런 이야
　기를 했어. 왜냐하면 그분은 흥미있게 들어주시거든.

린 데　노라, 넌 정말 아직 어린아이 같구나. 난 너보다 나이도 조금 많
　고 경험도 약간 있어. 그래서 충고하는데, 랑크 선생님하고 이야기하
　는 건 그만두는 게 좋겠어.

노 라　그만두다니, 무얼?

린 데　글쎄, 여러 가지지 뭐. 어제 넌 돈을 마련해 줄 만한 부자인 좋
　은 사람 이야기를 했잖니.

노 라　그랬지. 그렇지만 그런 사람은 이 세상에 없어. 불행하게도 말야.
　그런데 그게 어쨌다는 거야?

린 데 랑크 선생님은 돈이 많으시니?

노 라 그래.

린 데 그분을 보살펴드리는 사람은 없고?

노 라 없어. 하지만······.

린 데 그리고 매일 여기에 오신다고 했지.

노 라 아까 말한 그대로야.

린 데 어떻게 그런 훌륭한 분이 그토록 뻔뻔할 수가 있니?

노 라 무슨 말을 하는지 전혀 모르겠구나.

린 데 속이지 마, 노라. 1천2백 탈레르의 돈을 누구에게서 빌렸는지 내
      가 모르는 줄 아니?

노 라 너 좀 어떻게 된 것 아니니? 어떻게 그런 생각을 하지? 매일 집
      에 놀러오시는 그분에게 돈을 꾸다니, 그런 짓을 하면 얼마나 거북한
      일이겠니.

린 데 정말 그런 일이 없다는 말이니?

노 라 그럼, 물론이지. 생각조차 할 수 없는 일이야. 그 무렵엔 그분도
      꾸어줄 만한 돈이 없었어. 훨씬 뒤에 유산을 물려받은 거야.

린 데 그렇다면 노라, 너를 위해 아주 다행한 일이구나.

노 라 랑크 선생님께 부탁을 하다니, 전혀 생각도 하지 못했었어. 그분
      께 부탁했다면 아마······.

린 데 물론 그렇게는 하지 않았을 테지?

노 라 그래, 그럴 필요가 있을 거라곤 생각도 못하겠어. 하지만 만약에
      말씀드렸다면 틀림없이······.

린 데 남편에겐 비밀로?

노 라 나는 정리를 해야 할 일이 있어. 그것도 그이 모르게 말야. 어떤
      일이 있더라도 정리를 해야 해.

린 데   그래, 어제 들었어. 하지만…….

노 라   (왔다갔다하며) 이런 건 아무래도 남자가 여자보다 잘 처리할 거야.

린 데   물론이지. 그것도 남편이라면 더욱 좋겠지.

노 라   말도 안 돼! (걸음을 멈추고) 빌린 돈을 모조리 갚아버리면 차용증서는 돌려주겠지?

린 데   그야 당연하잖아.

노 라   그렇다면 기분 나쁘고 더러운 그런 종이조각은 갈기갈기 찢어서 태워버릴 테야.

린 데   (노라를 한참 응시하다가 바느질감을 내려놓고 천천히 일어선다) 노라, 너 나한테 뭔가를 감추고 있구나?

노 라   그렇게 보여?

린 데   어제 아침부터 조금 이상해. 대체 무슨 일이니?

노 라   (그녀에게 다가가면서) 크리스티네! (귀를 기울이고) 쉿! 그이가 돌아왔어. 잠깐 아이들에게 가 있어줘. 그이는 바느질은 딱 질색이란다. 유모에게 거들어달라고 해.

린 데   (바느질감을 집어들며) 그래. 하지만 이야길 다 듣기 전에는 돌아가지 않겠어. (방으로 들어간다. 그와 동시에 헬머가 현관으로 들어온다)

노 라   (그를 맞으며) 많이 늦으셨군요.

헬 머   지금 그 사람, 재단사요?

노 라   아뇨, 크리스티네예요. 옷을 고치는 걸 도와주고 있었어요. 얼마나 예뻐질지 두고 보세요.

헬 머   내 착상이 멋있지 않소?

노 라   멋있어요! 하지만 당신 생각대로 따르는 저도 훌륭하잖아요!

헬 머 (그녀의 턱 밑에 손을 대고) 훌륭하다고? 남편이 말하는 대로 했기 때문에? 좋아, 요 고집쟁이! 당신이 그런 뜻으로 말한 게 아니라는 건 알고 있어. 그렇지만 방해는 하지 않겠어. 한번 입어봐야겠지?

노 라 하실 일이 있으신가 보죠?

헬 머 응. (서류뭉치를 보여주며) 봐요, 오늘 은행에 갔었소. (자기방으로 가려 한다)

노 라 잠깐만, 여보!

헬 머 (걸음을 멈추며) 왜?

노 라 당신의 귀여운 다람쥐가 당신께 진심으로 부탁드리고 싶은 일이 있다면…….

헬 머 그래?

노 라 들어주시겠죠?

헬 머 우선 무슨 말인지 들어봐야지.

노 라 당신이 제 부탁을 들어주신다면 이 작은 다람쥐는 사방을 팔딱거리며 뛰어다니기도 하고 귀여운 재롱도 보여드리겠어요.

헬 머 이야기해 보라니까!

노 라 당신의 종달새는 집 안 여기저기를 다니면서 노래를 부를 거예요. 장단을 맞춰서 말예요.

헬 머 그건 내 종달새가 언제나 하던 일이잖소.

노 라 전 요정처럼 달빛 아래서 날기도 하고 춤도 추겠어요. 당신 앞에서요.

헬 머 노라, 당신이 아침에 슬쩍 비쳤던 그 일은 설마 아니겠지?

노 라 (가까이 다가서며) 바로 그거예요. 토르발, 제발 부탁드리겠어요!

헬 머 노라, 정말 그 일을 다시 거론할 작정이오?

노 라 네, 그래요. 제 부탁대로 해주세요. 크로그쉬타트 씨를 지금 위치에 그대로 있게 해 주세요.

헬 머 여보, 난 그자 대신 린데 부인을 채용할 생각이오.

노 라 정말 잘하셨어요. 하지만 크로그쉬타트 씨 대신에 누구 다른 사람을 그만두게 하면 되지 않겠어요?

헬 머 정말 터무니없는 소리를 하는군. 당신이 그런 작자를 위해 무책임하게 약속을 하고는 내게 그걸 받아들이라는 거요?

노 라 그게 아니예요. 당신을 위해서예요. 그 사람은 주의해야 할 신문에도 관계하고 있다고 당신이 말씀하셨잖아요. 그러니 당신께 어떤 심한 짓을 할지 알 게 뭐예요. 전 그 사람이 너무 두려워서 견딜 수가 없어요.

헬 머 아, 알겠소. 당신은 옛날 일을 생각해 내고 두려워하는구려.

노 라 옛날 일이라뇨?

헬 머 당신 아버지 일 말이오.

노 라 네, 그래요. 그 악당들이 아버지를 놓고 신문에서 얼마나 떠들어대고 심한 중상을 했는지 당신도 기억하실 거예요. 만약 그때 정부가 당신을 파견해서 진상조사를 시키지 않았다면 아버지는 면직되고 말았을지도 모르죠. 게다가 당신이 그렇게 친절하게 아버지를 도와주시지 않았다면 말예요.

헬 머 그렇지만 여보, 당신 아버지와 나는 상당한 차이가 있소. 당신 아버지는 관리로서 완전하다고 할 수는 없었어.

노 라 하지만 악당들이 어떤 생각을 해낼지는 알 게 뭐예요. 이제 우리는 편안한 가정에서 아무 걱정도 없이 즐겁고 평화롭고 행복하게 살 수가 있지 않겠어요? 당신과 저와 아이들 모두 말예요. 그러니까 부디 이렇게 부탁드려요.

헬 머 당신이 그토록 부탁하는 걸 보니 더더욱 그자를 그대로 둘 수 없소. 크로그쉬타트를 해고시킨다는 것은 이미 온 은행에서 모르는 사람이 없을 정도란 말이오. 그런데 새 은행장이 아내의 영향에 의해 생각을 바꾸는 위인이라는 소문이 퍼진다면……

노 라　그럼 어떻게 된다는 거죠?

헬 머　뻔한 일 아니겠소. 부인의 대단찮은 응석으로 생각이 바뀐다면 나는 온 은행에서 웃음거리가 되고 말겠지. 모든 사람들에게 내가 어떤 외부의 영향에 의해 움직이는 인간이라는 낙인이 찍히고 마는 거요. 그렇게 되면 난 그 결과에 직면하게 되오! 그리고 내가 은행장으로 있는한 크로그쉬타트를 은행에 둘 수 없는 이유가 또 있소.

노 라　그게 뭔데요?

헬 머　그자의 도덕적 결함 따위는 만일의 경우에 그냥 지나칠 수도 있겠지만…….

노 라　그럴 테죠, 토르발.

헬 머　그리고 꽤 일을 잘하는 사람이라는 것도 알고 있소. 그러나 나는 어렸을 때의 그를 알고 있소. 사실 그때부터 잘 알고 지내는 사이였소. 그런데 그는 조심성없는 사람이라 남들이 보는 앞에서도 분별없이 행동한단 말이오. 그뿐 아니라 친숙하고 다정한 말투로 나에게 이야기할 권리라도 있는 것처럼 생각하고 있단 말이오. 그래서 항상 '여보게 헬머'라고 불러도 아무 상관 없는 줄 안단 말이오. 그게 나에게는 아주 불쾌한 일이야. 그가 있는 한 은행장으로서의 위엄을 유지하기 어려울 것 같단 말이오.

노 라　여보, 당신 그 말이 이유가 되는 건 아니겠죠?

헬 머　아니, 어째서 그렇게 생각하지?

노 라　왜냐하면 그런 건 하찮은 이유니까요.

헬 머　뭐라고? 하찮다고? 내가 하찮은 사람이라는 거요?

노 라　무슨 말씀을 그렇게……제가 말하고자 하는 건…….

헬 머　좋소. 당신은 나의 이유를 하찮은 거라고 했소. 그러니까 나도 하찮은 인간인지도 모르지. 하찮단 말이지? 좋소! 그렇다면 이제 결말을 내기로 하지. (현관 문으로 가서 큰 소리로) 헬레네!

노 라　어쩌시려고 그래요?

헬 머　(서류를 뒤적이며) 결말을 지으려는 거요! (하녀가 들어온다) 이 편지를 누굴 시켜서 갖다주라고 해요. 보낼 곳은 여기 적혀 있어. 자, 돈!

헬레네　네, 알겠습니다. (편지를 가지고 나간다. 헬머는 서류를 차곡차곡 쌓아놓는다.)

헬 머　자, 우리 고집쟁이.

노 라　(숨을 죽이고) 여보……지금 그 편지는 뭐예요?

헬 머　크로그쉬타트의 해고통지요.

노 라　다시 불러들이세요, 토르발! 아직 늦지 않았어요. 아, 여보, 불러들여요. 저를 위해 그렇게 해 주세요. 당신을 위해서, 아이들을 위해서 말예요! 여보, 토르발, 제발 부탁이에요. 당신은 몰라요. 그 편지 때문에 우리들이 어떻게 될지.

헬 머　이미 늦었소.

노 라　그래요, 이미 늦었어요.

헬 머　여보 노라, 당신이 그런 걱정을 하는 건 내게 대한 모욕이오. 정말 그렇단 말이오! 그런 타락한 궤변가의 복수 따위를 내가 무서워할 거라고 생각하는 것이 내게 대한 모욕이오. 하지만 용서하지. 그것도 당신이 나를 깊이 사랑하고 있다는 아름다운 증거니까. (노라를 품에 안으며) 이렇게 하는 수밖에 없소. 어떤 일이 생기더라도 내겐 그에 필요한 용기와 힘이 있소. 두고 봐요. 난 남자야. 모든 것을 내가 책임지지.

노 라 (공포에 싸여서) 무슨 뜻이죠?

헬 머 모든 것을 내가 맡겠다고 했소.

노 라 (마음을 가라앉히고) 결코 그렇게 해서는 안 될 거예요.

헬 머 좋아, 그렇다면 둘이서 분담하기로 합시다. 우린 부부니까 말이오. 그렇게 하는 게 당연해. (노라를 애무하며) 이젠 됐지? 자, 그렇게 겁먹은 비둘기처럼 놀란 얼굴을 하지 말아요. 모두가 밑도끝도없는 망상에 지나지 않아. 자, 당신도 타란텔라 춤을 추어보고 탬버린도 연습해야지. 나는 내 서재로 가서 문을 닫고 앉아 있겠소. 그렇게 하면 아무 소리도 들리지 않을 테니까 마음껏 소리를 내도 괜찮아. (문 앞에서 뒤를 돌아보며) 랑크가 오거든 내가 어디에 있는지 가르쳐 주구려. (노라에게 고개를 끄덕여 보이며 서류를 들고 자기 방으로 들어가 문을 닫는다)

노 라 (어쩔 줄 모르고 그 자리에 우두커니 서서 중얼거린다) 그 사람이라면 그렇게 하고도 남을 거야. 어떤 일이 있어도 하고 말 거야. 틀림없어. 아냐, 그렇게는 못하게 할 거야, 절대로 안 돼! 이것만은 못하게 할 테야! 무슨 방법이 없을까? 어떻게 모면할 길은 없을까── (현관에서 초인종이 울린다) 랑크 선생님이시구나! 다른 일이라면 몰라도 이것만은! 다른 일이라면 아무런들 무슨 상관이겠어! (한 손으로 얼굴을 매만지고 곧 정신을 차린 뒤 문을 연다. 랑크가 모피외투를 걸치고 현관에 서 있다. 다음 장면 사이에 점점 어두워지기 시작한다) 어서 오세요, 선생님. 초인종 소리만 듣고도 선생님이신 줄 알았어요. 하지만 토르발에게 가면 안 돼요. 무척 바쁜 모양이에요.

랑 크 부인은 어떠세요?

노 라 (랑크가 방으로 들어오자 그 뒤에서 문을 닫으며) 어머, 잘 아시면서. 선생님을 위해서라면 언제라도 시간이 있어요.

랑 크   고마워요. 부인의 친절을 달게 받죠. 그럴 수 있을 때까지.

노 라   그게 무슨 뜻이죠? 그럴 수 있을 때까지라는 게?

랑 크   저런, 놀라셨나요?

노 라   정말 이상한 말씀을 하시는군요. 대체 왜 그러시죠?

랑 크   오래 전부터 각오하고 있던 일이 드디어 닥쳐온 것 같습니다. 이렇게 빨리 오리라고는 생각조차 못했어요

노 라   (그의 팔을 잡으며) 그게 무슨 말씀이시죠?

랑 크   (난로 옆에 앉으며) 나는 내리막길을 가고 있는 것 같습니다. 이제는 어떻게 할 수가 없어요.

노 라   (안도의 한숨을 쉬며) 선생님에 관한 일이시군요.

랑 크   물론이지요, 다른 사람의 일이 아닙니다. 스스로를 속여봐야 뭘 하겠습니까? 내 환자 중에서 가장 비참한 환자는 나 자신입니다. 부인, 최근 2, 3일 나는 내 몸을 검사해 보았어요. 파산입니다! 앞으로 한 달 뒤엔 무덤 속에 누워 썩어갈 겁니다.

노 라   어머, 무슨 그런 끔찍한 말씀을 하세요?

랑 크   그야 말할 수 없이 끔찍한 일이죠. 그러나 무엇보다도 견딜 수 없는 일은 먼저 극복하지 않으면 안 될 공포입니다. 이제 오직 한 가지 검사만 남아 있습니다. 그것이 끝나면 언제 몸이 허물어질지 대강 짐작할 수가 있을 겁니다. 부인께 한 가지 말씀드리고 싶은 것이 있습니다. 헬머는 저토록 신경이 예민해서 무엇이든지 추한 것은 몹시 싫어하니 제 병실엔 오지 않았으면 좋겠습니다.

노 라   그렇지만, 선생님……

랑 크   무슨 일이 있더라도 헬머는 못 오게 할 겁니다. 오면 제가 쫓아 낼 겁니다. 최악의 상태가 왔다고 확신하면 검은 십자가가 그려져 있

는 카드를 부인께 전해 드리겠습니다. 그렇게 하면 드디어 마지막 때가 온 것으로 생각해 주십시오.

노 라　싫어요. 오늘은 정말 이상하시군요. 나는 선생님의 기분이 좋으시기를 바랐는데요.

랑 크　죽음의 신을 가슴에 안고도 말입니까? 다른 사람의 죄값을 대신 치르고 있는 형편입니다! 이것이 공평하다고 할 수 있을까요? 물론 어느 가정에나 이런 가혹한 인과응보가 있는 법입니다만.

노 라　(양쪽 귀를 막으며) 아이, 싫어요! 기분을 돌리세요. 유쾌해지도록요!

랑 크　그래요. 사실 이런 모든 게 다 웃음거리지요. 죄도 없는 나의 척추는 불쌍하게도 젊은 장교시절에 바람을 피운 아버지의 죄값을 치르고 있으니까요.

노 라　(왼쪽 테이블 곁에서) 아버님께선 아마 아스파라거스와 거위간으로 만든 만두를 좋아하셨을 거예요. 그렇죠?

랑 크　그래요. 그리고 송로(松露)버섯도.

노 라　송로버섯, 그래요. 그리고 굴도 좋아하셨겠죠?

랑 크　물론 굴도 좋아하셨지요.

노 라　그리고 포도주와 샴페인, 이런 훌륭한 음식이 모두 등뼈에 벌을 내리다니 정말 서글픈 일이에요.

랑 크　더군다나 그런 기막힌 음식을 조금도 먹은 적이 없는 불행한 사람의 등뼈에 말입니다.

노 라　그래요, 그게 무엇보다도 슬픈 일이에요.

랑 크　(노라를 지긋이 응시하며) 흠…….

노 라　왜 웃으시죠?

랑 크　부인이 먼저 웃지 않았습니까?

노 라   아뇨, 선생님께서 먼저 웃으셨어요.

랑 크   (일어서며) 부인께선 생각보다 훨씬 짓궂으시군요.

노 라   오늘 저는 장난이 하고 싶어 못 견디겠어요.

랑 크   그러신 것 같군요.

노 라   (두 손을 랑크의 어깨에 얹으며) 선생님! 선생님은 토르발과 저
         를 두고 돌아가시면 안 돼요!

랑 크   아닙니다. 그런 슬픔은 곧 사라지고 말 거예요. 죽은 사람은 이
         내 잊혀지고 마니까요.

노 라   (걱정스러운 듯 그를 응시하며) 정말 그렇게 생각하시나요?

랑 크   새로운 친구도 생길 것이고 그리고…….

노 라   누가 새로운 친구를 만들어요?

랑 크   내가 죽으면 부인도 헬머도 새 친구를 만들겠지요. 부인께선 벌
         써 그렇게 하지 않으셨나요? 그 런데 부인은 어젯밤 무엇하러 여기에
         왔지요?

노 라   어머, 선생님께선 저 불쌍한 크리스티네를 질투하시나요?

랑 크   네, 그렇습니다. 그분이 이 집에서 내 자리를 차지하게 되겠지요.
         내가 죽고 나면 그분이 아마도…….

노 라   쉿! 그렇게 큰소리 내지 마세요. 저 안에 있어요.

랑 크   오늘도 왔습니까? 그것 보세요!

노 라   제 무도복을 손질해 주려고 왔을 뿐이에요. (소파에 앉는다) 자,
         이젠 마음을 차분히 가라앉히세요. 선생님, 내일은 선생님께서도 봐
         주세요. 제가 기막힌 춤을 보여드릴 테니까요. 선생님을 위해서 추는
         춤이라고 생각하셔도 괜찮아요. 물론 토르발을 위해서 추는 거지만요.
         (상자에서 갖가지 물건을 꺼내며) 선생님, 이리 와서 앉으세요. 보여드
         리고 싶은 게 있어요.

랑 크 (앉는다) 뭡니까?

노 라 이것 보세요.

랑 크 실크 스타킹이군요.

노 라 살색이에요. 예쁘죠? 지금은 여기가 좀 어두워서 그렇지 내일이
면⋯⋯아니, 안 돼요. 발바닥만 보세요. 좋아요. 위쪽을 보셔도 괜찮아요.

랑 크 흠⋯⋯.

노 라 왜 그런 표정을 하시는 거죠? 제겐 어울리지 않는다는 건가요?

랑 크 그 점에 대해선 확실한 의견을 말씀드릴 수가 없네요.

노 라 (랑크를 힐끗 보며) 어머, 기가 막혀! (가볍게 양말로 그의 귀를
때린다) 이게 벌이에요! (양말을 집어넣는다)

랑 크 이번에는 또 어떤 기막힌 것을 보여주시렵니까?

노 라 이젠 아무것도 보여드리지 않겠어요. 아주 점잖지 못하신걸요.
(작은 소리로 콧노래를 부르며 물건을 뒤적거린다)

랑 크 (잠깐 사이를 두었다가) 이 댁에 와서 부인과 이렇게 가까이 앉
아 얘기하는 기쁨이 없었다면 내가 어떻게 되었을까 생각해 보았어요.
그건 정말로 상상할 수 없는 일이죠.

노 라 (미소 지으며) 저희집이 정말 마음에 드시는 것 같군요.

랑 크 (앞을 똑바로 쳐다보면서 좀더 작은 목소리로) 그런데 그 모든 것
과 이별이라니!

노 라 무슨 그런 말씀을! 언제까지나 우리와 함께 계시는 거예요.

랑 크 (먼저와 똑같이 하고서) 더구나 감사의 말을 들을 만한 일은 하
나도 남기지 못하고 말입니다. 내가 죽으면 빈말로라도 슬퍼해 주는
사람 하나 없을 겁니다. 오직 빈자리만 남기고 갈 텐데, 그것도 곧 메
꿔지고 말겠지요.

노 라 하지만 제가 지금 부탁드릴 일이 있다고 한다면⋯⋯아니예요.

랑 크　무슨 부탁입니까?

노 라　선생님의 크나큰 우정의 증표가 될 만한 일로……

랑 크　그래요?

노 라　아니예요. 사실은 굉장한 희생이라는 표현이 더 옳을 거예요.

랑 크　그렇다면 적어도 한 번만이라도 저를 기쁘게 해 주시겠다는 겁
　　　니까?

노 라　어떤 일인지 아시지도 못하면서.

랑 크　아무튼 말씀해 보세요.

노 라　아니, 전 말씀드릴 수 없어요. 아주 굉장한 일이에요. 의논도 드
　　　리고 싶고, 저에게 힘이 되어주셨으면 하는 일이에요.

랑 크　더욱 좋습니다. 어떤 일인지 나로서는 전혀 짐작도 할 수 없군
　　　요. 그러니 말씀해 보세요. 저를 신뢰할 수 없다는 겁니까?

노 라　아니예요. 다른 누구보다도 선생님을 신뢰하고 있어요. 제게는
　　　선생님이 가장 믿음직스럽고 훌륭한 친구인걸요. 그러니까 선생님께
　　　말씀드리려고 했던 거예요. 선생님, 선생님의 힘으로 해결해 주셔야
　　　할 일이 있어요. 토르발이 저를 얼마나 따뜻하게, 말로 할 수 없을 만
　　　큼 깊이 사랑하고 있는가는 선생님도 잘 아실 거예요. 저를 위해서 목
　　　숨을 내던질 일이 있다면 언제라도 망설이지 않을 거예요.

랑 크　(노라에게 몸을 굽히며) 노라……부인은 그런 사람이 토르발 한
　　　사람뿐이라고 생각하시나요?

노 라　(약간 놀라면서) 그럼?

랑 크　……부인을 위해서 목숨을 기꺼이 내던지려는 사람이 말입니다.

노 라　(슬픈 듯이) 네, 그래요.

랑 크　저는 죽기 전에 부인께 말씀드리려고 마음에 새겨두었습니다.
　　　지금까지 이런 좋은 기회는 없었어요. 부인, 이제 아시겠죠? 다른 누

구보다도 나를 믿으셔도 좋다는 것을 말입니다.

노 라 (조용히 그리고 차분히 일어선다) 실례하겠어요, 선생님.

랑 크 (그녀에게 길을 비켜주며 그대로 앉은 채) 부인…….

노 라 (현관으로 통하는 문 앞에서) 헬레네, 불 좀 가져와요. (난로 곁으로 가서) 선생님, 그건 말도 안 돼요.

랑 크 (일어서며) 누구처럼 진심으로 부인을 사랑한다는 것이 말입니까? 그것이 말이 안 된다는 건가요?

노 라 아니예요. 하지만 그런 말씀은 하시는 게 아니었어요. 구태여 말씀하실 필요는 없었어요.

랑 크 그렇다면? 아셨단 말입니까? (하녀가 램프를 들고 와서 테이블 위에 놓고 다시 나간다) 노라……부인……정말 알고 계셨습니까?

노 라 제가 무엇을 알고 몰랐었는지 저도 모르겠어요. 뭐라고 말씀드릴 수가 없어요. 선생님이 그렇게 서슴지 않고 말씀을 하시다니! 지금까지는 무슨 일이건 잘 되어 왔는데 말예요.

랑 크 하여튼 아시겠지만 내 몸과 마음은 부인을 위해서 있어요. 그러니 말씀을 계속해 주십시오.

노 라 (랑크를 보며) 하지만 이젠…….

랑 크 자, 어서요. 무슨 말씀인지 들려주십시오.

노 라 이젠 아무것도 말씀드릴 수 없어요.

랑 크 그게 무슨 말씀입니까? 이런 식으로 저를 괴롭히지 말고 제발 들려주십시오. 부인을 위해서라면 제 힘이 닿는 한 무슨 일이든지 하겠습니다.

노 라 이제는 저를 위해서 아무것도 해 주시지 않아도 괜찮아요. 누구의 힘도 빌릴 필요가 없다는 걸 알았어요. 모두 망상에 불과한 거예요. 정말이에요. (흔들의자에 앉아서 랑크를 바라보며 웃는다) 정말 선생님은 좋으신 분이에요. 하지만 이렇게 밝은 데서는 거북하시지 않으세요?

랑 크 아닙니다. 그렇지 않아요. 하지만 나는 가야 할 것 같습니다. 다시는 못 뵐 것 같군요.

노 라 안 돼요. 그러시면 안 돼요! 저희집에 오셔야 해요. 선생님도 잘 아시잖아요. 토르발에겐 선생님이 없어선 안 된다는 걸 말예요.

랑 크 그럼 부인께서는?

노 라 (가볍게 웃으며) 선생님이 집 안에 계시면 언제나 즐거워지는 걸요.

랑 크 바로 그 때문에 전 대단한 착각을 한 것 같습니다. 부인은 나에게 수수께끼 같은 존재였어요. 나는 가끔 부인이 나와 함께 있는 것을 헬머 군과 함께 있는 것과 마찬가지로 기뻐한다고 생각했거든요.

노 라 그건 그래요. 사람들은 누구나 사랑하는 사람이 있는가 하면 그보다도 함께 있기를 좋아하는 사람도 있는 법이에요.

랑 크 네, 그럴 수 있는 일이죠.

노 라 전에 제가 친정에서 살고 있을 때에는 누구보다도 아버지를 제일 사랑했어요. 하지만 몰래 하녀들 방에 들어가 노는 게 아주 즐거웠어요. 그들은 항상 재미있는 얘기도 했고 전혀 잔소리를 하지 않았거든요.

랑 크 아하, 그럼 저는 하녀들 대신인 셈이군요.

노 라 (벌떡 일어나 랑크 옆으로 가서) 어머, 선생님! 절대 그런 뜻은 아니었어요. 토르발이 그때의 아버지와 비슷한 존재라는 것이죠. (헬레네가 현관 복도에서 들어온다)

헬레네 아씨! (무언가 노라에게 소곤거리며 명함 한 장을 건네준다)

노 라 (명함을 흘끗 보고) 아! (명함을 호주머니에 밀어넣는다)

랑 크   무슨 언짢은 일이라도?

노 라   아녜요, 아무것도 아니예요. 한 가지 있다면……새로운 무도복
이…….

랑 크   그렇지만……옷은 거기 있지 않습니까?

노 라   네, 그래요! 하지만 이건 다른 거예요. 새로 주문한 거지요. 토르
발에겐 비밀이에요.

랑 크   아하, 이제 알았어요. 그게 큰 비밀이었군요!

노 라   네, 그래요. 그러니 선생님, 제발 그이에게 가 주시지 않으시겠어
요? 가운뎃방이에요. 될 수 있는 한 오래 붙들고 계셔주세요.

랑 크   걱정 말아요. 꼭 붙들어 둘 테니까. (헬머의 방으로 간다)

노 라   (하녀에게) 그래, 부엌에 계시니?

헬레네   네, 뒷문 계단으로 올라오셨어요.

노 라   아무도 안 계신다고 그러지 그랬어.

헬레네   소용없었어요.

노 라   돌아가려고 하지 않든?

헬레네   아씨를 만나기 전엔 절대 돌아가지 않겠답니다.

노 라   좋아, 들어오시라고 해. 하지만 조용히 해야 해. 아무에게도 말하
면 안 돼. 나리에게 들키면 큰일이니까.

헬레네   네, 알겠어요.

노 라   무서운 일이 일어나고 말았구나. 결국 터지고 말았어. 아냐, 그럴
수는 없어. 그렇게 내버려 두지는 않을 거야! (헬머의 방문 앞으로 가
서 자물쇠를 끼운다. 하녀가 현관으로 통하는 문을 열고 크로그쉬타트를
안내한 다음 문을 닫는다. 크로그쉬타트는 여행용 모피외투를 입고 장화를
신었으며 모피모자를 쓰고 있다. 노라가 다가가서) 작은 소리로 말씀해
주세요. 주인이 방에 계시니까요.

크로그쉬타트   아, 상관없습니다.

노 라   무슨 일이시죠?

크로그쉬타트   알아볼 게 있어서 왔습니다.

노 라   그럼 빨리 말씀하세요. 그게 뭐죠?

크로그쉬타트   아시겠지만, 전 해고통지를 받았습니다.

노 라   저로선 도저히 어떻게 할 수가 없었어요. 당신을 위해서 최선을
다했지만 어쩔 수가 없었어요.

크로그쉬타트   주인어른께서는 당신을 그 정도밖에 사랑하지 않습니까?
제가 당신을 어떤 입장에 처하게 할지 잘 아시면서 어떻게……

노 라   제 남편이 그것을 알고 있다고 생각하고 있는 건 아니겠지요?

크로그쉬타트   아니, 물론 저도 그러리라고 생각하고 있지 않습니다. 저
훌륭한 토르발 헬머 군에게 그만한 용기가 있다고는 생각되지 않으니
까요.

노 라   크로그쉬타트 씨, 제 남편에 대해서 실례되는 말씀은 삼가주세
요.

크로그쉬타트   오, 물론입니다! 실례되는 짓을 할 리가 있습니까. 그러
나 그 일을 그렇게 필사적으로 감추시는 걸 보니……부인, 부인께서
하신 일이 어떤 것인지 잘 아시고 계신 것 같군요.

노 라   당신의 설명을 들을 필요가 없을 만큼은 잘 알아요.

크로그쉬타트   물론이시겠죠. 저 같은 하찮은 법률가 따위가…….

노 라   도대체 뭘 원하세요?

크로그쉬타트   그저 부인께 문안이나 드릴까 하고 왔습니다. 어제는 하
루 종일 부인을 생각했습니다. 비록 고리대금업자니 하찮은 법률가니
뭐니 하는 말을 듣는 저 같은 사람에게도 세상에서 말하는 인정이라
는 것은 있으니까요.

노 라   그럼, 그걸 보여주세요. 내 아이들 일도 생각해 주시구요.

크로그쉬타트   부인이나 주인께서는 제 아이들을 생각해 본 적이 있습
니까? 이제 와서 그런 것은 아무래도 좋습니다. 나는 단지 부인께서
이 일을 너무 심각하게 생각하실 필요가 없다는 것을 말씀드리고 싶
었을 뿐입니다. 당분간은 이 문제를 재판으로 끌고 나갈 생각은 없으
니까요.

노 라   물론 그러시겠지요. 저도 알고 있어요.

크로그쉬타트   이 사건은 조용히 해결될 수 있는 일입니다. 구태여 세상
에 알릴 필요는 없죠. 우리 세 사람이면 충분한 일입니다.

노 라   그 문제에 대해 절대로 그이에게 알려선 안 돼요.

크로그쉬타트   어떻게 알리지 않을 수 있으십니까? 남은 돈을 부인께서
갚으실 수 있습니까?

노 라   아니, 지금 당장은 불가능해요.

크로그쉬타트   그럼 며칠 내로 갚으실 방법을 찾아내신 게로군요.

노 라   무슨 방도가 있는 건 아니예요.

크로그쉬타트   있다고 하더라도 이젠 아무 소용이 없을 겁니다. 설사
지금 그만한 현금을 가지고 오신다 하더라도 차용증서는 돌려드리지
않을 테니까요.

노 라   그걸 움켜쥐고 대체 어떻게 하실 작정이시죠?

크로그쉬타트   그냥 보관하고 싶을 뿐입니다. 제 수중에 말입니다. 관계
없는 사람에게는 절대 알리지 않겠습니다. 혹시 부인께서 뭔가 엉뚱한
결심이라도 하신다면······.

노 라   그럴지도 모르죠.

크로그쉬타트   혹 집을 뛰쳐나가시는 일이라도······.

노 라   어떻게 아셨지요?

크로그쉬타트 그런 생각은 단념하시는 게 좋을 겁니다.

노 라 어떻게 아시죠? 제가 그런 생각을 하고 있다는 것을 말예요.

크로그쉬타트 대부분의 사람들은 거의 그런 생각을 하죠. 처음엔 말입니다. 저 역시 그랬거든요. 그러나 제게는 용기가 없었습니다.

노 라 (힘없이) 저도 마찬가지예요.

크로그쉬타트 (마음을 놓았다는 듯이) 그러시겠죠! 부인께서는 그럴 용기가 없습니다.

노 라 네, 없어요.

크로그쉬타트 그건 매우 어리석은 짓이니까요. 집안의 풍파는 한차례 지나가 버리면 그만이죠. 그래서 저는 지금 호주머니 속에 주인어른께 드릴 편지를 갖고 있습니다만……

노 라 그 속에 모든 것을 쓰셨나요?

크로그쉬타트 되도록 조심해서 썼습니다.

노 라 (빠른 어조로) 그 편지를 그이에게 전하지 말아주세요. 찢어버리세요. 돈은 어떻게든 마련하겠어요.

크로그쉬타트 죄송합니다 부인. 그것은 조금 전에 말씀드렸을 텐데요.

노 라 아니예요. 전 제가 꾼 돈을 말하고 있는 게 아니예요. 도대체 당신은 그이에게서 얼마를 바라고 계시죠? 제가 그 돈을 마련하겠어요.

크로그쉬타트 저는 주인어른에게서 돈 따위를 바라는 게 아닙니다.

노 라 그럼 대체 뭘 바라는 건가요?

크로그쉬타트 말씀드리지요. 저는 다시 한번 일어나고 싶은 겁니다. 부인, 저는 명예를 찾고 싶습니다. 그러자면 주인어른의 힘이 필요합니다. 최근 일년 반 동안 저는 아무런 불명예스러운 행동도 하지 않았습니다. 그 동안 저는 곤란한 상황과 계속 싸워가며 한단계 한단계 나의 길을 걸어가기 위해 준비했습니다. 그런데 이제 와서 무너지려 하고 있습니다. 이렇게 되면 남의 동정으로 본래의 자리로 돌아가는 것만으로는 만족할 수 없습니다. 저는 은행으로 돌아가서 전보다 높은 지위에 앉고 싶습니다. 댁의 주인이시라면 저를 위해 그런 자리를 만들어 주실 수 있습니다.

노 라 주인은 절대 그렇게 하지 않아요.

크로그쉬타트 꼭 그렇게 하게 될 겁니다. 전 그 사람을 잘 압니다. 우물쭈물할 사람이 아닙니다. 부인도 아시게 될 겁니다. 주인과 함께 제가 은행에서 일하게 되면 일년도 채 못 되어 저는 은행장의 믿음직한 오른팔이 될 겁니다. 그렇게 되면 주식은행을 사실상 운영하는 사람은 토르발 헬머가 아니라 닐스 크로그쉬타트일 것입니다.

노 라 그렇게는 안 될 거예요!

크로그쉬타트 그렇다면 부인께서는…….

노 라 이제야 용기가 생겼어요.

크로그쉬타트 그렇게 놀라게 하지 마십시오. 부인같이 귀엽고 응석받이로 자라신 분이…….

노 라 네, 좋아요. 두고 보세요. 곧 아시게 될 겁니다.

크로그쉬타트 아니, 얼음 밑으로라도 들어갈 생각이십니까? 차갑고 시커먼 물 속에 뛰어들 건가요? 그러고 나면 부인께서는 봄에 흉측한 모습으로 머리털은 다 빠져 누군지도 알아볼 수 없게 되어 물 위로 떠올라 표류할 테죠.

노 라 위협하지 말아요!

크로그쉬타트 저도 겁먹지 않습니다. 그런 짓은 아무도 하지 않습니다. 부인, 그렇게 한다 해도 아무런 도움도 되지 않을 테니까요. 어차피 주인의 운명은 제 호주머니 속에 있습니다!

노 라 이제부터 앞으로 내내 그럴 건가요? 제가 없어진다 해도?

크로그쉬타트　　부인이 죽은 후의 명예도 제가 하기에 달렸다는 것을 잊
　　지 마십시오.
노 라　　(아무 말도 하지 않고 선 채 그를 지켜본다)
크로그쉬타트　　자, 이제 부인께서 어떠한 입장에 있는가를 아셨을 줄 압
　　니다. 어리석은 흉내는 절대로 내지 마십시오. 이 편지에 대해서 헬머
　　군이 어떤 회답을 줄 것인지 기다리기로 하겠습니다. 그리고 기억해
　　두십시오. 제가 이런 방법을 쓰지 않으면 안 되게 된 것은 부인의 주
　　인어른 탓이니까요. 이것만은 절대로 용서하지 않을 작정입니다. 부인,
　　그럼 안녕히! (현관으로 나간다)
노 라　　(현관으로 통하는 문으로 뛰어가 문을 조금 열고 귀를 기울인다)
　　그가 갔구나. 편지는 그냥 갖고 갔어. 그래, 두고 갈 리가 없지. (문을
　　조금씩 연다) 웬일일까? 아직 서 있네. 계단을 내려가지 않잖아! 생각
　　이 달라졌나? 그렇다면? (편지가 우편함에 떨어진다. 이윽고 계단을 내
　　려가는 크로그쉬타트의 발소리가 들린다. 노라는 질식하는 듯한 소리를 지
　　르며 방 안을 빠져나와 소파 옆 테이블가로 달려온다. 잠시 서 있다가) 우
　　편함에! (살금살금 현관문으로 간다) 아, 저기 있구나. 토르발, 토르발,
　　이제 우린 끝장이에요.
린 데　　(왼쪽 문에서 의상을 들고 들어온다) 자, 이젠 더 고칠 데가 없어.
　　입어봐.
노 라　　(쉰 목소리로) 크리스티네, 이리 와 봐.
린 데　　(옷을 던지고) 왜? 무슨 일이야? 안색이 왜 그래?
노 라　　이리 좀 와. 저 편지가 보이지? 저기 봐. 저기—— 우편함의 유리
　　를 통해서 말이야.
린 데　　그래, 그런데?
노 라　　크로그쉬타트에게서 온 편지야.

린 데   노라, 크로그쉬타트에게서 돈을 빌렸구나!

노 라   응, 그래! 이제 곧 모든 걸 그이가 알게 될 거야.

린 데   그렇지만 노라, 그 편이 오히려 두 사람을 위해서 최선의 길이
        라고 생각해.

노 라   크리스티네, 네가 모르는 게 있어. 난 그 차용증서에 허위서명을
        했어.

린 데   맙소사!

노 라   크리스티네, 한 가지만 부탁해. 나의 증인이 되어 줘.

린 데   증인이라니? 대체 무슨?

노 라   내가 만일 정신이 돌아버리면……그래, 그렇게 될지도 몰라.

린 데   아니, 노라! (뜻밖의 말에 한 발 다가선다)

노 라   그렇지 않으면 무언가……그래, 내가 여기에 있을 수 없는 일이
        라도 생긴다면. 그리고…….

린 데   애, 정말 왜 그러는 거야?

노 라   그럴 때 만약 누군가가 모든 것을, 일체의 죄를 나에게 덮어씌
        우려고 한다면……알겠지?

린 데   응, 그래. 하지만 어떻게 그런 걸 생각하지?

노 라   그렇게 된다면 네가 증인이 되어 그것은 거짓말이라고 해 줘.
        난 조금도 이상하지 않아. 정신은 아직 말짱해. 그리고 미리 말해 두
        지만, 이건 아직 아무도 모르는 일이야. 나 혼자서 한 짓이란다. 그걸
        잊지 말아 줘.

린 데   그래, 잊지 않을게. 하지만 난 도무지 이해가 안 가는구나.

노 라   그래, 어떻게 이해하겠니. 이제 곧 놀라운 일이 벌어질 거야!

린 데   놀라운 일?

노 라   그래, 놀라운 일. 그리고 아주 무서운 일이야. 일어나선 안 되는

일이야. 절대로.

린 데   내가 지금 크로그쉬타트에게로 가서 이야기해 볼게.

노 라   가면 안 돼! 너한테 어떤 심한 짓을 할지 몰라!

린 데   그 사람이 한때 나를 위해서는 무슨 일이든 기꺼이 해 주겠다던
　　　　시절이 있었어.

노 라   크로그쉬타트가?

린 데   그가 어디에 살고 있지?

노 라   글쎄, 어디더라? 아, 그래. (주머니에 손을 넣는다) 여기 명함이
　　　　있어. 하지만 저 편지가……!

헬 머   (그의 방에서 문을 두드리며) 노라!

노 라   (너무나 놀라서 외치듯) 네, 왜 그러세요? 무슨 일이에요?

헬 머   여보, 그렇게 놀랄 건 없어요. 들어가지 않을 테니까. 당신이 문
　　　　을 잠갔잖소. 무도복을 입어보는 중이오?

노 라   그래요, 옷을 입어보고 있어요. 여보, 무척 잘 어울리는데요!

린 데   (명함을 읽고) 그 사람 바로 요 앞길 모퉁이에 사는구나.

노 라   그래……하지만 이젠 아무 소용 없어. 우린 끝장이 난 거야. 편
　　　　지가 저 우편함 속에 있는 걸 뭐.

린 네   열쇠는 주인이 갖고 계시니?

노 라   응, 언제나.

린 데   크로그쉬타트가 그 편지를 되돌려 달라고 해야 돼. 어떤 구실을
　　　　붙여서라도 말야.

노 라   그렇지만 지금이 바로 그이가 항상 우편함을 열어보는 시각이
　　　　야.

린 데   어떻게든 붙잡아 둬. 되도록 오래 시간을 끌어. 될 수 있는 한
　　　　빨리 갔다올게. (서둘러 현관으로 나간다)

노 라   (헬머의 방문 쪽으로 가서 문을 연다) 여보!

헬 머   (방 안에서) 자, 이제야 겨우 당신 방에 들어갈 수 있단 말인가? 랑크, 어디 구경 좀 하세. (문 앞에서) 아니 어떻게 된 일이지?

노 라   뭐가요?

헬 머   랑크의 말대로라면 기막히게 차린 모습을 볼 것 같았거든.

랑 크   (문가에서) 나는 분명 그렇게 생각하고 있었어. 잘못 알았나?

노 라   제 멋진 모습은 내일까지 숙제예요.

헬 머   당신 몹시 피곤해 보이는군. 연습을 너무 많이 한 거 아니오?

노 라   아뇨, 연습은 아직 시작도 하지 않았어요.

헬 머   그렇지만 연습은 해 둬야 해.

노 라   네, 알고 있어요. 하지만 당신이 도와 주시지 않으면 아무것도 할 수 없어요. 전 모두 잊어 버렸는걸요.

헬 머   뭘, 곧 생각이 날 거야.

노 라   그러니까 저를 도와 주셔야 해요. 약속해 주시겠지요? 전 정말 걱정이 돼요. 많은 분들이 오실 게 아녜요? 오늘 밤은 내내 제 옆에 계셔주세요. 다른 일은 제쳐두시구요. 아무것도 하지 마세요. 펜도 들지 마세요! 네? 그렇게 하실 거죠, 여보?

헬 머   약속하지. 오늘 밤은 당신이 하라는 대로 하겠어. 다른 데 의지할 곳 없는 귀여운 아이니까 말이오! 아, 잠깐! 그 전에. (현관문 쪽으로 간다)

노 라   거기에는 뭘 하러 가세요?

헬 머   편지가 와 있지 않나 해서…….

노 라   안 돼요, 토르발, 가지 마세요.

헬 머   왜 그러지?

노 라   제발……여보, 아무것도 안 왔어요.

헬 머   하지만 잠깐 보고 오리다. (가려고 한다)

노 라   (피아노 앞에 앉아 타란텔라의 첫음절을 연주한다)

헬 머   (문 앞에서 걸음을 멈추고) 아니, 저런!

노 라   내일 춤추려면 당신과 함께 연습해 두어야겠어요.

헬 머   (노라 옆으로 가서) 그렇게 걱정스럽소?

노 라   네, 정말 걱정이에요. 지금 곧 연습해요. 식사 때까지는 아직 시
        간이 많이 있어요. 자 여기 앉아서 피아노를 쳐 주세요. 제가 잘못하
        면 고쳐 주시는 거예요. 언제나처럼 가르쳐 주세요.

헬 머   좋아, 당신이 그렇게 원한다면. (피아노 앞에 앉는다)

노 라   (상자 안에서 탬버린을 꺼내 들고 색색가지 무늬가 든 숄을 꺼내어
        어깨에 걸친다. 그런 다음 앞으로 훌쩍 뛰어나가 큰 소리로 말한다) 자,
        연주하세요! 춤을 출 테니까요! (헬머는 피아노를 치고 노라는 춤을 춘
        다. 랑크는 헬머의 뒤에 서서 그녀가 춤추는 것을 보고 있다)

헬 머   (피아노를 치면서) 좀더 천천히, 좀더 천천히.

노 라   그렇게 할 수가 없어요.

헬 머   그렇게 난폭하게 추면 못써요, 노라.

노 라   이게 맞아요.

헬 머   (피아노 치는 것을 멈추고) 안 돼, 안 돼, 그렇게 추면 안 돼.

노 라   (웃으며 탬버린을 흔든다) 그러니까 제가 당신에게 말씀드렸잖아
        요.

랑 크   내가 반주하지.

헬 머   (일어서며) 그렇게 해주게. 그러면 가르치기가 쉬워지지.

    랑크, 피아노 앞에 앉아 치기 시작한다. 노라는 점점 더 거칠게 춤춘
다. 헬머는 난로 옆에 서서 이따금 주의를 준다. 노라는 그 소리가 들리

지 않는 것 같다. 그녀의 머리가 풀어져내려 어깨를 덮는다. 그래도 그녀는 아랑곳하지 않고 계속 춤을 춘다. 린데 부인이 들어온다.

린 데   (어이없다는 듯 문 옆에 서서) 아니!
노 라   (춤추면서) 굉장하지, 크리스티네?
헬 머   여보, 당신은 마치 목숨을 내걸고 필사적으로 춤추는 것 같군!
노 라   네, 그래요.
헬 머   랑크, 그만하게. 정신이 나간 것 같아. 그만둬! (랑크가 피아노를 그치자 노라 갑자기 멈춰선다. 헬머, 노라 옆으로 가서) 설마 이럴 줄은 몰랐어. 내가 가르쳐 준 것을 완전히 잊어버렸잖아.
노 라   (탬버린을 내동댕이치고) 그것 보세요.
헬 머   정말 다시 연습해야겠는걸.
노 라   그렇지요? 그러니까 마지막까지 가르쳐 주셔야 해요. 당신 약속하시죠?
헬 머   좋아, 내게 맡겨요.
노 라   오늘부터 내일까지 저 말고는 아무것도 생각지 마세요. 편지도 읽어선 안 돼요. 우편함도 열지 마시구요.
헬 머   하하, 아직도 그를 두려워하고 있군 그래.
노 라   네, 그것도 그래요.
헬 머   여보, 당신 얼굴을 보니 그자의 편지가 이미 와 있는 게로군.
노 라   그런지도 모르죠. 난 몰라요. 하지만 지금은 그런 걸 읽으면 싫어요. 모든 게 다 끝날 때까지는 우리 사이에 귀찮은 일은 아무것도 없어야 해요.
랑 크   (헬머에게 작은 목소리로) 부인이 하자는 대로 하게.
헬 머   (노라를 안으며) 우리 아기 말대로 하지. 그러나 내일 밤 당신의 춤이 끝나면…….

노 라   그땐 마음대로 하세요.

헬레네   (오른쪽 문가에서) 아씨, 준비가 다 되었습니다.

노 라   헬레네, 샴페인을 갖다줘.

헬레네   네, 알겠습니다. (나간다)

헬 머   저런, 오늘이 진짜 파티로군.

노 라   내일 아침까지 샴페인을 마시는 거예요. (밖을 향해 큰 목소리로)
    헬레네! 마카롱도 듬뿍 가져와. 오늘뿐이니까.

헬 머   (그녀의 두 손을 잡고) 여보, 그렇게 떨며 흥분하지 마. 평소처럼
    귀여운 종달새가 되어야지.

노 라   네, 그럴게요. 하지만 이제 식당으로 가 주시지 않겠어요? 선생
    님도요. 크리스티네, 내 머리 좀 다시 빗겨 줘.

랑 크   (헬머와 나가면서) 왜 그럴까? 뭔가 숨기고 있는 것 같지 않은
    가?

헬 머   천만에! 아무것도 아니야, 랑크. 다만 아까 자네에게 말한 대로
    어린애처럼 흥분한 거야. (두 사람 오른쪽으로 사라진다)

노 라   어떻게 됐어?

린 네   여행을 떠났다는구나 시골로.

노 라   네 태도로 알았어.

린 네   내일 밤에 돌아온대. 그래서 메모를 남겨놓고 왔어.

노 라   그렇게까지 하지 않아도 좋았을걸. 이젠 소용없어. 하지만 놀랄
    만한 일을 기다린다는 건 몹시 즐거운 일이구나.

린 네   도대체 네가 기다린다는 게 뭐지?

노 라   아, 넌 모르는 일이야. 자, 저리로 가 봐. 나도 곧 갈 테니. (린데
    부인은 식당으로 간다. 노라는 잠시 조용히 서 있다가 시계를 본다) 지금

이 5시니까 자정까지 7시간 남았구나. 그런 다음 내일 밤 12시까지 24시간이 더 있고. 그때는 타란텔라도 끝나겠지. 24시간과 7시간? 아직 31시간이 남았구나.

헬 머   (오른쪽 문에서) 내 귀여운 종달새는 대체 언제까지 그러고 있을 셈이지?

노 라   (두 팔을 벌리고 그에게로 달려가며) 그 종달새 여기 있어요.

제 3 막

전 막과 같은 방 안. 소파 옆에 있던 테이블이 방 안 한복판으로 옮겨져 있다. 그 둘레에 여러 개의 의자, 테이블 위의 램프에 불이 켜져 있다. 현관으로 통하는 문은 활짝 열려 있고 2층으로부터 음악 소리가 들린다. 린데 부인이 테이블 옆에 앉아서 멍하니 책장을 넘기고 있다. 읽으려고 애쓰지만 집중되지 않는 것 같다. 이따금 계단 문 쪽에 신경을 쓰며 귀를 기울인다. 자기 시계를 꺼내 본다.

린 데   아직도 안 오는구나. 지금이 딱 좋은 때인데. 그 사람이 오지 않는다면……. (다시 귀를 기울인다) 아! 온다. (현관으로 가서 조심스럽게 밖의 문을 연다. 계단을 올라오는 낮은 발소리. 린데, 속삭이듯이) 들어오세요. 아무도 없어요.
크로그쉬타트   (문간에서) 당신이 남기고 간 메모를 보았습니다. 대체 그것은 무슨 뜻이지요?
린 데   당신에게 꼭 이야기하고 싶은 게 있어서요.
크로그쉬타트   그래요? 그렇지만 그 이야기를 꼭 이 집에서 해야만 되는 겁니까?

린 데   제 집에서는 좀 곤란해요. 제 방에는 출입구가 따로 없거든요. 자, 들어오세요. 우리 두 사람뿐이에요. 하녀는 잠이 들었고, 헬머 씨 부부는 무도회에 갔어요.

크로그쉬타트   (방 안으로 들어오며) 하하! 두 사람 다 무도회에 갔다구요? 정말입니까?

린 데   네, 왜 그러시죠?

크로그쉬타트   아니오, 아무것도.

린 데   크로그쉬타트 씨, 이제 이야기할까요?

크로그쉬타트   우리 사이에 아직도 무슨 할 얘기가 남아 있었던가요?

린 데   물론, 많아요.

크로그쉬타트   그럴 리가 없을 텐데요.

린 데   당신은 정말 나라는 사람을 잘 알지 못하는군요.

크로그쉬타트   그 이상 무엇을 알아야 한다는 겁니까? 진부한 이야기 아닙니까? 매정한 여자가 자기에게 좀더 좋은 상대를 찾았기 때문에 전 남자로부터 달아나 버렸다는 것뿐이겠지요.

린 데   저를 그런 매정한 여자라고 생각하시는군요! 당신과 헤어지는 게 쉬웠다고 생각하세요?

크로그쉬타트   그렇지 않았던가요?

린 데   크로그쉬타트, 정말 그렇게 생각하세요?

크로그쉬타트   그렇지 않았다면 그때 어째서 그런 편지를 쓰셨지요?

린 데   그렇게 할 수밖에 없었어요. 나는 당신과 헤어져야 했어요. 그러니 나에 대한 당신의 감정을 모두 없애 버리는 것이 제 의무이기도 했던 거예요.

크로그쉬타트   (두 손을 움켜쥐며) 그랬었나요? 그것도 단지 돈 때문에.

린 데   기억하고 계시겠지만, 그때 내게는 의지할 곳 없는 어머니와 어린 두 동생이 있었어요. 우리는 언제까지나 당신을 기다릴 수가 없었던 거예요. 그 무렵의 당신은 앞날에 대한 가능성이라는 것이 전혀 없었으니까요.

크로그쉬타트 그랬을지도 모르지요. 그래도 다른 사나이 때문에 나를 차 버릴 권리가 당신에겐 없었을 겁니다.

린 데 하지만 저도 모르겠어요. 그렇게 할 권리가 있었는지 어쨌는지. 저 스스로에게 이따금 묻곤 했어요.

크로그쉬타트 (목소리를 낮추어) 당신을 잃었을 때 나는 마치 땅이 꺼지는 것 같았어요. 나를 봐요. 지금도 풍파를 만나 나뭇조각에 간신히 매달린 조난자 신세에 지나지 않습니다.

린 데 구조선이 가까이 와 있을 수도 있어요.

크로그쉬타트 네, 왔었죠. 당신이 와서 방해하기 전까진 말입니다.

린 데 몰랐어요, 크로그쉬타트. 당신 대신 제가 은행에 들어간다는 것을 안 것은 바로 오늘이었어요.

크로그쉬타트 당신이 말하는 걸 믿겠소. 그러나 그런 사실을 알게 된 지금, 당신이 물러나기라도 하겠다는 겁니까?

린 데 아뇨. 그렇게 한다 해도 당신을 위해서는 아무런 도움도 되지 않을 거예요.

크로그쉬타트 흥, 도움! 나라면 도움이 되지 않는다 하더라도 그렇게 하겠소.

린 데 일은 이성적으로 처리해야만 한다는 것을 전 배워 왔어요. 괴로운 인생과 가난이 그것을 가르쳐 주었답니다.

크로그쉬타트 그런데 내게는 인생이 이렇게 가르쳐 주더군요. 남의 말을 믿지 말라고요.

린 데 그렇다면 인생은 매우 현명한 것을 당신께 가르쳐 드린 셈이군요. 하지만 실행하면 믿어주시겠죠?

크로그쉬타트 무슨 뜻입니까?

린 데 당신은 널빤지에 매달린 조난자라고 말씀하셨지요?

크로그쉬타트 네. 그렇게 말할 수 있는 충분한 이유가 있으니까요.

린 데 저도 마찬가지로 널빤지에 매달린 조난자 신세예요. 제게는 걱
  정을 해 주거나 돌보아 주는 사람이 아무도 없어요.

크로그쉬타트 그건 당신 자신이 선택한 거요.

린 데 그때는 달리 어쩔 수 없었어요.

크로그쉬타트 그래서요?

린 데 조난당한 우리 두 사람이 힘을 합쳐 헤쳐 나갈 수는 없을까요?

크로그쉬타트 뭐라고요?

린 데 하나의 널빤지에 따로따로 매달려 있기보다는 둘이서 한 판자
  에 매달려 있는 편이 낫지 않을까요?

크로그쉬타트 크리스티네!

린 데 제가 왜 이곳으로 왔다고 생각하세요?

크로그쉬타트 나를 생각하고 왔다는 건 아니겠지요?

린 데 살아가기 위해서 나는 일을 해야 했어요. 지금 생각해 보니 나
  는 내내 일만 해 왔어요. 일하는 것이 유일한 기쁨이었지요. 하지만
  지금은 그야말로 외톨이가 되어 무서울 정도로 가슴이 텅 비었어요.
  세상으로부터 외면당하고 오로지 자신만을 위해서 일한다는 것은 아
  무런 기쁨도 될 수 없어요. 그러니 닐스, 그 사람을 위해 일할 수 있을
  만한 누군가를, 일할 목표를 나에게 만들어 주세요!

크로그쉬타트 믿어지지 않는군요. 그건 자신을 희생하려고 하는 들뜬
  여인의 과장된 기분에 지나지 않는 게 아닙니까?

린 데 이런 제 모습을 당신은 보신 적이 있으신가요?

크로그쉬타트   정말 그렇게 할 수 있다는 겁니까? 당신은 나의 과거에 대해서 전부 알고 있나요?

린 데   네.

크로그쉬타트   그리고 이 고장에서의 나의 평판에 대해서도 알고 있습니까?

린 데   조금 전 이야기로는, 당신이 저와 함께였다면 전혀 다른 사람이 되어 있었을 것처럼 생각되었는데요.

크로그쉬타트   분명히 그렇소.

린 데   지금은 이미 틀렸을까요?

크로그쉬타트   크리스티네, 당신은 충분히 생각하고 말하는 겁니까? 물론 그렇겠지요. 당신의 표정으로 알 수 있어요. 정말 그렇게 하실 용기가 있습니까?

린 데   전 누군가의 어머니가 되어주고 싶어요. 당신 아이들의 어머니가 되어주고 싶어요. 그 아이들에게는 어머니가 필요해요. 무엇보다도 우리 두 사람은 서로를 필요로 하고 있어요. 나는 당신의 진실한 마음을 믿고 있어요. 당신과 함께라면 전 뭐든지 하겠어요.

크로그쉬타트   (그녀의 두 손을 꽉 잡고) 고맙소, 크리스티네! 고맙소! 이번에야말로 다시 한번 명예를 회복할 수 있겠지요! 아, 그런데 한 가지 잊은 게…….

린 데   (귀를 기울이고) 쉿! 타란텔라예요. 이젠 돌아가세요! 어서요!

크로그쉬타트   왜요? 왜 그럽니까?

린 데   위에서 춤추는 소리가 들리지요? 춤이 끝나면 모두 돌아올 거예요.

크로그쉬타트   그렇겠군요! 돌아가죠. 당신은 모르고 있는 게 있소. 이 집 사람들에 대해서 내가 어떤 일을 하고 있는지 말이오.

린 데   아뇨, 전 다 알고 있어요.

크로그쉬타트   그렇다면 그런 사실을 알고 있으면서도 어떻게…….

린 데   당신 같은 분이 절망에 빠지면 어떻게 되는지도 전 잘 알고 있어요.

크로그쉬타트   아, 그것을 취소할 수만 있다면! (한 손으로 머리를 감싼다)

린 데   아직 가능해요. 당신의 편지는 아직 우편함 속에 있어요.

크로그쉬타트   정말이오?

린 데   정말이고말고요. 하지만…….

크로그쉬타트   (깊이 살피듯 그녀를 응시하며) 아, 그랬군요. 당신은 어떤 희생을 치러서라도 친구를 구하려는 거로군요. 분명히 대답하오. 그렇지요?

린 데   크로그쉬타트, 남을 위해서 한 번 자신을 판 사람은 두 번 다시 그런 짓을 하지 않아요.

크로그쉬타트   편지를 되돌려달라고 하겠소.

린 데   그건 안 돼요.

크로그쉬타트   아니, 그렇게 하겠소. 헬머 군이 내려올 때까지 기다리겠소. 그리고 그 편지를 돌려달라고 하리다. 편지에는 다만 나의 해고에 대한 것밖에 씌어 있지 않으며……읽을 필요조차도 없는 거라고 말하겠소.

린 데   아니, 편지를 돌려받아서는 안 돼요.

크로그쉬타트   그러나 당신이 나를 부른 것은 그 때문이 아니었소?

린 데   네, 처음에는 당황해서 그랬어요. 하지만 하루가 지나는 사이에 나는 이 집에서 믿기 어려운 일들을 보고 말았어요. 헬머 씨가 모든 것을 다 알아야 해요. 이런 불쾌한 비밀은 모두 공개하고 두 사람이 충분히 의논을 해야만 해요. 부부간에 감추거나 거짓말을 하는 것이 있다면 결혼생활은 지속할 수 없어요.

크로그쉬타트 좋소. 당신이 굳이 그렇게 하겠다면……그러나 한 가지 내가 꼭 해야 할 일이 있소. 지금 당장.

린 데 (귀를 기울인다) 서둘러야겠어요. 어서 돌아가세요! 춤이 끝났어요. 이렇게 머뭇거리고 있을 시간이 없어요.

크로그쉬타트 밑에서 기다리겠소.

린 데 네, 그렇게 하세요. 나중에 집까지 데려다 주세요.

크로그쉬타트 이렇게 행복한 기분은 지금까지 한 번도 느껴보지 못했소. (밖으로 나간다. 방과 현관 사이의 문은 열려 있다)

린 데 (주위를 대강 정리하고 자기의 외투와 모자를 다시 잘 정리해 놓는다) 내가 어쩜 이렇게 변했을까! 정말 너무 변했어! 그를 위해서 일할 수 있고 살아갈 보람도 생겼구나. 돌볼 가정도 생기고. 아, 행복하고 즐겁게 생활을 꾸려가야지. 정성껏 잘해야 해. 저 사람들이 빨리 돌아왔으면 좋겠는데. (귀를 기울인다) 아, 오는구나. 내 물건을 챙겨야지. (모자와 외투를 집어든다)

헬머와 노라의 목소리가 밖에서 들리고, 열쇠구멍에 열쇠를 꽂아 돌리는 소리가 나며 헬머가 노라를 억지로 현관으로 끌어들인다. 그녀는 이탈리아식 무도복을 입고 그 위에 검은 숄을 걸치고 있다. 헬머는 연미복을 입고 그 위에 검은 도미노를 걸치고 있다.

노 라 (아직도 문가에서 헬머와 실랑이를 한다) 싫어요, 싫다니까요. 집에 들어가고 싶지 않아요! 다시 올라갈래요. 이렇게 빨리 돌아오고 싶지 않아요.

헬 머 하지만 여보.

노 라 제발 부탁이에요. 한 시간만 더.

헬 머 일 분이라도 더는 안 돼. 그건 약속했잖소! 자! 방으로 들어가
요. 이런 데 있다간 감기 들겠소. (저항하는 노라를 다정스레 방 안으로
데리고 들어온다)

린 데 안녕하세요?

노 라 크리스티네!

헬 머 아니, 린데 부인! 이렇게 늦은 시각에 어떻게?

린 데 네, 용서하세요. 노라의 멋진 모습을 보고 싶었어요.

노 라 여기서 오래 기다렸어?

린 데 응. 좀 늦게 왔더니 네가 벌써 무도회에 가고 없더구나. 하지만
꼭 너를 보고 가고 싶었어.

헬 머 (노라의 숄을 벗겨 주며) 그러시다면 잘 보아 주십시오. 그만한
가치는 있을 것 같습니다. 린데 부인, 노라가 아름답지 않습니까?

린 데 네, 정말 아름다워요.

헬 머 아주 멋있지요? 오늘 저녁 모임에서도 모두 입을 모아 칭찬했답
니다. 그렇지만 이 귀여운 고집쟁이가……여기까지 억지로 끌고 와야
만 했어요.

노 라 여보, 당신! 나중에 후회하실 거예요. 적어도 30분만 더 있게 했
다면 좋았을 거라고요.

헬 머 보십시오, 이렇답니다. 이 사람은 타란텔라를 추었습니다. 굉장
한 갈채를 받았지요. 물론 그 가치는 충분했습니다. 그런데 그 춤이
좀 지나치게 사실적이었던 것 같습니다. 엄밀하게 말하면 예술이 요구
하는 이상으로 사실적이었다는 겁니다. 그것은 어쨌든, 성공적이었습
니다. 대성공이었어요. 그렇다고 이 사람을 그대로 거기 놓아둘 수는

없지 않겠습니까? 그러면 모처럼의 효과가 약해져 버리니까요. 전 내 귀여운 카프리 소녀를, 이런 표현을 해도 잘못이 아니겠죠, 억지로 끌고 온 셈입니다. 온 홀 안을 돌면서 여기저기 인사를 하게 하고……소설 속에서처럼, 아름다운 환상은 곧 사라져 버리는 겁니다. 언제나 물러설 때가 가장 중요하니까요, 부인. 그런데 노라는 도무지 이해를 못 하는군요. 호오! 그런데 이 방은 왜 이렇게 덥지! (도미노를 의자 위에 벗어던지고 그의 방으로 통하는 문을 연다) 이런, 캄캄하잖아! 아, 그래. 잠깐 실례. (안으로 들어가서 두 서너 개의 초에 불을 켠다)

노 라　(재빨리 숨도 쉬지 않고 속삭인다) 어떻게 됐어?

린 데　(작은 소리로) 그에게 이야기했어.

노 라　그래?

린 데　노라, 모든 걸 남편에게 털어놓도록 해.

노 라　(힘없이) 그럴 줄 알았어.

린 데　크로그쉬타트 씨에 관해서는 두려워할 거 없어. 하지만 말은 해야 해.

노 라　그럴 수 없어.

린 데　하지만 저 편지를 읽으면 다 알게 될 텐데.

노 라　고마워, 크리스티네. 내가 할 일이 뭔지 이제 겨우 알았어. 쉿! (헬머가 돌아온다)

헬 머　어떻습니까 부인! 놀라셨지요.

린 데　네. 그럼 전 이만 가봐야겠어요.

헬 머　아니, 벌써 가시려고요? 이 뜨개질감은 부인 것이 아닙니까?

린 데　(그것을 받아들고) 네, 고맙습니다. 하마터면 잊을 뻔했어요.

헬 머　뜨개질을 하십니까?

린 데　네.

헬 머   자수가 더 좋으실 텐데요.

린 데   그럴까요? 그건 왜 그렇지요?

헬 머   그 편이 훨씬 우아해 보이니까요. 보세요, 이렇게 왼쪽 손에 수
놓을 것을 들고, 오른손에 바늘을 쥐고 수를 놓아갑니다. 이렇게 가볍
고 길게 곡선을 그리면서 말입니다. 그렇지 않습니까?

린 데   네, 그럴지도 모르지요.

헬 머   그런데 뜨개질은 아무리 보아도 아름답다고는 할 수 없습니다.
(실제로 뜨개질하는 모습을 흉내내면서) 보십시오. 팔을 이렇게 오므리
고 뜨개바늘을 올렸다 내렸다, 마치 중국사람 같지 않습니까? 하하!
그런데 오늘 저녁에 나온 샴페인은 아주 훌륭했어…….

린 데   안녕, 노라. 더 이상 고집부리지 마.

헬 머   좋은 말씀입니다, 린데 부인.

린 데   편히 쉬세요, 은행장님! (헬머가 문까지 그녀를 따라 나간다)

헬 머   안녕히 가십시오. 조심하세요. 모셔다드려야 되겠지만 그다지 먼
데가 아니니까 괜찮으시죠? 편히 쉬십시오. (린데 부인이 나간다. 헬머는
문을 닫고 돌아온다) 이제야 겨우 해방이로군. 무척 지루한 사람이야!

노 라   여보, 피곤하지 않으세요?

헬 머   아니, 괜찮아.

노 라   졸리지도 않아요?

헬 머   아니, 조금도. 오히려 정신이 더 또렷해지는걸. 그런데 당신은 어
떻소? 몹시 피곤하고 졸린 것 같구려.

노 라   네, 피곤해요. 그만 자야겠어요.

헬 머   그것 보라구! 그냥 돌아오길 정말 잘했지.

노 라   그래요. 당신이 하시는 일은 항상 옳아요.

헬 머   (노라의 이마에 키스를 하며) 이제야 우리 종달새가 영리한 말을

하는군 그래. 그건 그렇고, 당신 눈치채지 못했소? 오늘 저녁 랑크가
아주 즐거워한 것 말이오.

노 라   그랬어요? 거기에 계셨군요? 전 그분과 얘기할 기회가 없었어
요.

헬 머   나도 그랬소. 그러나 그 친구의 기분이 그렇게 좋은 건 근래엔
본 적이 없소. (노라를 잠시 바라보다가 가까이 다가간다) 아, 이렇게 집
에 돌아와 당신과 단둘이 있으니 기막힌 기분인데? 당신 아주 예쁘고
매력적이야!

노 라   그렇게 유심히 보지 마세요.

헬 머   왜? 나의 가장 소중한 보물을 왜 보면 안 된다는 거지? 나 한
사람의, 나만의 훌륭한 보물을 말이오.

노 라   (테이블 반대쪽으로 가서) 오늘 밤엔 그런 식으로 말하지 마세요.

헬 머   (노라의 뒤를 쫓아가며) 아직도 당신 핏속엔 타란텔라 춤이 남아
있구려. 그래서 이렇게 예뻐 보이는 거야. 저런! 손님들이 돌아가기
시작한 모양이군. (작은 소리로) 곧 집안이 조용해질 거요.

노 라   네, 그랬으면 좋겠어요.

헬 머   노라, 당신도 눈치챘겠지만, 난 오늘 같은 파티에 당신과 함께
나가면 당신과 별로 이야기도 하지 않고 멀리 떨어져서 이따금 당신
을 훔쳐보기만 한다오. 왜 그러는지 아오? 난 그런 때면 공상을 하는
거야. 당신이 내 숨겨둔 연인이고 신부이며, 아무도 우리들 두 사람
사이의 비밀을 알아차리지 못한다고 말이오.

노 라   네, 그래요. 당신이 생각하시는 것은 오직 저뿐이라는 걸 잘 알
아요.

헬 머   그리고 돌아오기 위해 당신의 부드럽고 탄력있는 어깨에······
그 멋진 목덜미에······숄을 둘러줄 때는 이렇게 상상한다오. 당신이 내

신부며, 지금 막 결혼식을 끝내고 교회에서 나와 처음으로 내 집에 데리고 돌아오려는 참이며, 처음으로 단둘이 있게 되는 거라고. 떨고 있는 젊고 아름다운 당신과 단둘이 있게 되는 거라고 말이오! 오늘 저녁은 내내 당신만을 생각했었다오. 당신이 타란텔라를 추어 사람들을 흥분시키는 걸 보았을 때 피가 끓어서 도무지 참을 수 없더군. 그래서 당신을 이렇게 빨리 집으로 데리고 온 거요.

노 라   이제 그만 저리 가세요. 혼자 있게 해 주세요. 그런 말 더 듣고 싶지 않아요.

헬 머   뭐라고? 나를 놀리는 거요, 당신? 듣고 싶지 않아요, 듣기 싫어요라니? 나는 당신 남편이란 말이오.

밖에서 문을 두드리는 소리가 들린다.

노 라   (깜짝 놀라며) 들어보세요!

헬 머   (현관 쪽으로 가면서) 누구요?

랑 크   (밖에서) 날세. 잠깐 들어가도 괜찮겠나?

헬 머   (화가 난 듯 작은 소리로) 지금 이 시각에 도대체 무슨 일이지? (목소리를 높여) 잠깐 기다려 주게. (가서 문을 연다) 어서 들어오게. 그냥 지나치지 않고 잘 들렀어.

랑 크   자네 목소리가 들려서 잠깐 들러 본 걸세. (휘이 둘러보고) 아, 정든 방. 자네들은 정말 즐겁고 행복하군.

헬 머   오늘 밤 자네도 아까 저 위에서는 아주 즐거워 보이더군.

랑 크   그래? 물론 즐거웠지. 이 세상에 모든 것을 즐기지 말아야 할 이유가 없어. 될 수 있는 대로 많이 즐겨야 돼. 오늘 저녁 술은 최고였어.

헬 머 특히 샴페인이 좋았지?

랑 크 자네도 그렇게 생각했나? 나도 무척 많이 마셨네.

노 라 토르발도 오늘 저녁엔 많이 마셨어요.

랑 크 그렇습니까?

노 라 네, 샴페인을 마신 뒤에는 언제나 이렇게 기분이 좋은가 봐요.

랑 크 하루 종일 유익한 일을 하고 하루 저녁 유쾌하게 지내는 게 왜 나쁘겠습니까!

헬 머 유감이지만 나 같은 사람은 그렇게 내세울 수 있는 게 없어.

랑 크 (그의 어깨를 두드리며) 그렇지만 나는 내보일 만한 게 있다네.

노 라 랑크 선생님, 그렇다면 오늘 과학적 실험이라도 하신 모양이군요.

랑 크 맞았습니다.

헬 머 아니, 우리 노라가 '과학적인 실험' 이라는 말을 다 하다니?

노 라 그래, 그 결과는 어때요? 미리 축하말씀을 드려도 좋은가요?

랑 크 좋고말고요.

노 라 성공이었군요!

랑 크 의사로서나 환자로서 이토록 큰 성공은 없을 겁니다. 확실합니다.

노 라 (재빠르게 살피듯이) 확실하다니요?

랑 크 아주 확실합니다. 그러니 오늘 저녁을 즐기지 않을 수 있겠습니까!

노 라 네, 물론이에요.

헬 머 나도 찬성일세. 내일 어떻게 되는 게 아니면 말일세.

랑 크 이 세상에 대가없이 얻을 수 있는 건 없네.

노 라 선생님, 가장무도회가 마음에 드시는가 보지요?

랑 크 그렇습니다. 재미있는 가장을 한 사람이 많을 때는요.

노 라   그럼 말씀해 보세요. 이 다음 가장무도회에는 선생님과 제가 무
　　　　엇으로 꾸미는 게 좋을까요?

헬 머   성질도 급하군. 벌써 다음 무도회를 생각한단 말이오?

랑 크   부인과 나 말입니까? 그렇군요. 부인은 행복의 천사가 되시지요.

헬 머   응, 그렇지만 거기 어울리는 의상은 어떻게 한다지?

랑 크   그럴 필요가 뭐 있나. 부인 같으면 평소 그대로의 모습으로도
　　　　충분할 텐데.

헬 머   정말 그렇군! 맞았어. 그럼 자네는 무엇으로 가장할 작정인가?

랑 크   난 이미 결정했네.

헬 머   뭐라고? 그게 뭔가?

랑 크   다음 가장무도회에는 나는 눈에 보이지 않는 모습이 되어 있을
　　　　걸세.

헬 머   그것 참 별난 생각이군.

랑 크   저 커다란 검은 모자 알지? 그 마법의 모자에 관한 이야기를 들
　　　　은 적이 있겠지? 그걸 쓰면 아무도 볼 수가 없게 된다네.

헬 머   (간신이 웃음을 참으며) 응, 그것 참 좋은데!

랑 크   그런데 내가 깜박 잊었군. 여기 온 용건을 말일세. 헬머, 담배 한
　　　　대 주게나. 검은 하바나로 말이야.

헬 머   음, 여기 있네. (담뱃갑을 내민다)

랑 크   (한 개비를 꺼내어 끝을 자른다) 고맙네!

노 라   (성냥불을 켠다) 자, 붙이세요.

랑 크   감사합니다. (노라가 성냥불을 내밀고 랑크가 불을 붙인다) 그럼,
　　　　이만 가겠네.

헬 머   잘 가게, 랑크!

노 라   편히 쉬세요, 랑크 선생님!

랑 크 그 인사 말씀 고맙습니다.

노 라 제게도 그렇게 인사해 주세요.

랑 크 부인께도요? 네, 소원이시라면. 편히 쉬십시오. 불을 붙여 주셔서 감사합니다. (두 사람에게 인사하고 나간다)

헬 머 (목소리를 낮추어) 많이 취했군.

노 라 (멍하니) 그런 모양이군요. (헬머가 열쇠뭉치를 주머니에서 꺼내들고 현관 쪽으로 간다) 당신, 뭘 하시려구요?

헬 머 우편함을 열어봐야겠소. 꽉 찼구려. 내일 아침 신문도 들어갈 수 없을 정도야.

노 라 오늘 밤에도 일하실 거예요?

헬 머 아니오, 알고 있잖소. 아니? 누가 자물쇠를 만졌군 그래.

노 라 자물쇠를?

헬 머 그렇소. 어떻게 된 걸까? 설마 하녀가? 부러진 머리핀이 있군. 노라, 이건 당신 게 아니오?

노 라 (빠른 말로) 그럼, 아마 아이들이 그랬나 보죠.

헬 머 그런 장난은 못하게 해야지. (열쇠를 이리저리 돌려본다) 흠, 흠 ── 겨우 열렸군. (속의 우편물을 꺼내고 부엌을 향해 외친다) 헬레네! 헬레네, 복도의 불을 끄도록 해. (방으로 돌아와서 현관으로 가는 문을 닫는다. 편지를 들고 와서) 자, 봐요. 이렇게 쌓여 있소. (뒤적이며 보고 있는 동안) 이건 뭐지?

노 라 (창문 옆에서) 그 편지구나! 아, 안 돼요! 안 돼요, 토르발!

헬 머 명함이 두 장, 랑크 군의 것이군.

노 라 선생님의?

헬 머 이름 위에 검은 십자가가 그려져 있어. 이것 봐요. 언짢은 장난을 했는데? 마치 자신의 사망통지서 같군 그래.

노 라　맞아요.

헬 머　불쌍한 친구! 결코 오래가진 않을 거라는 생각은 했지만 이렇게 빨리……상처 입은 짐승처럼 몸을 숨기려는 거로군.

노 라　네, 그 명함으로 이별하고 가신 거예요. 그분은 문을 닫고 방에 들어앉아 죽을 작정인 거예요.

헬 머　뭐라고? 이미 알고 있었소? 당신에게 뭔가 말했단 말이오?

노 라　그렇게 될 운명이라면 아무 말도 하지 말고 내버려두는 것이 가장 좋은 일일 거예요. 그렇지 않아요, 여보?

헬 머　그는 늘 우리와 함께 있었소. 우리의 생활에 그 사람이 없다는 것은 생각할 수도 없소. 그의 고통과 고독은 태양처럼 빛나는 우리의 행복을 위한 구름 같은 배경이었소. 그러나 그에겐 이것이 최선의 길일지도 몰라. (걸음을 멈추며) 그리고 결국 우리에게도. 이제 우리 둘만 남았구려. (노라를 안는다) 귀여운 노라! 아무리 힘껏 끌어안아도 더욱 꼭 안고 싶어. 노라, 난 이따금 이런 생각을 하곤 해. 당신에게 어떤 무서운 위험이 닥쳐서 내가 온 재산과 목숨을 바쳐 당신을 구할 수 있다면 좋겠다고 말이오.

노 라　(남편의 가슴에서 몸을 강하게 빼내며 단호하게 말한다) 그 편지를 읽으세요, 여보!

헬 머　아니, 아니야. 지금은 그만두겠소. 당신 곁에 있고 싶어.

노 라　당신 친구가 죽어가고 있는데도요?

헬 머　그렇군. 그건 우리에겐 충격적인 일이야. 우리 사이에 우울한 일이 생긴 거야. 죽는다든가 허물어진다든가 하는 생각 말이오. 그런 생각을 떨쳐버려야 해. 그때까지는 서로 떨어져 있기로 합시다.

노 라　(헬머의 목을 끌어안고) 여보, 편히 쉬세요! 안녕!

헬 머　(노라의 이마에 키스를 하며) 안녕, 귀여운 종달새. 푹 자도록 해

요. 자, 편지를 읽어야겠군. (편지뭉치를 가지고 자기 방으로 들어가 문을 닫는다)

노 라   (미친 듯 주위를 둘러보고 나서 헬머의 도미노를 움켜잡아 몸에 걸치며 쉰 목소리로 띄엄띄엄 중얼거린다) 이제 두 번 다시 그이를 못 보게 돼. (숄을 머리에 푹 뒤집어쓰고) 다시는 아이들도 못 만나, 다시는 아! 저 얼음처럼 차가운 검은 물. 바닥을 알 수 없는 깊고도 깊은 물 속⋯⋯아, 그것으로 이런 일이⋯⋯모두 끝나버리기만 한다면⋯⋯그이가 편지를 들고 지금 읽고 있을까? 아냐, 아직 읽지 않았을지도 몰라! 토르발, 안녕. 내 자식들아, 안녕⋯⋯. (그녀가 현관을 지나 뛰쳐나가려는 것과 동시에 헬머가 자기 방문을 열고 펼쳐든 편지를 흔들며 나온다)

헬 머   노라!

노 라   (소리 높여 외친다) 아!

헬 머   이게 뭐요? 이 속에 뭐가 씌어 있는지 알고 있소?

노 라   네, 알고 있어요. 가게 해 주세요! 제발 저를 나가게 해 주세요!

헬 머   (노라를 붙잡으며) 어딜 가려는 거지?

노 라   (뿌리치려고 애쓰면서) 저를 구하려고 하지 마세요!

헬 머   (뒤로 물러서며) 그럼, 정말이란 말이오? 그자가 쓴 게 사실이란 말이오? 무서운 일이야! 아니, 아니, 이런 일은 절대 있을 수 없어.

노 라   사실이에요. 저는 이 세상의 그 무엇보다 당신을 사랑했으니까요.

헬 머   쓸데없는 변명은 집어치워!

노 라   (그에게로 한 걸음 다가서며) 토르발!

헬 머   정말 한심해. 이게 대체 무슨 짓이지?

노 라   가겠어요! 저 때문에 당신이 난처한 처지가 되어선 안 돼요! 당신이 고통을 당하게 하진 않겠어요.

헬 머 그 따위 어릿광대 짓은 집어치워요! (현관문을 잠근다) 자, 이리
       와서 말해 봐요. 당신이 어떤 일을 저질렀는지 알고나 있소? 대답을
       해요! 모르겠소?
노 라 (남편을 뚫어지게 쳐다보며 굳은 표정으로) 네, 지금 겨우 사실을
       알기 시작했어요.
헬 머 (방 안을 이리저리 돌아다니면서) 아아, 어쩌면 이제야 깨닫다니.
       그 8년이라는 세월 동안 나의 기쁨이고 자랑이던 여자가 위선자요, 거
       짓말쟁이라니……그보다 훨씬 더한 범죄자였다니! 아, 이럴 수가! 당
       신 속에 숨어 있는 그 말할 수 없이 더러운 근성! 쳇, 이게 무슨 일이람!
노 라 (말없이 남편을 지켜보고 있다)
헬 머 (노라 앞에서 걸음을 멈추고) 이런 일이 일어날 걸 미리 알지 못
       한 내가 바보야. 당신은 당신 아버지의 경솔한 성격을 그대로 이어받
       은 거야. 종교도 없고, 도덕도 없고, 책임감도 없단 말이오. 그런 사람
       을 대범하게 보았기 때문에 내가 벌을 받는 거야. 모두 당신을 위해서
       그랬던 거요. 그런데 당신이 날 이런 꼴로 만들다니!
노 라 네, 그래요.
헬 머 당신은 나의 행복을 모두 파괴해 버리고 말았소. 내 앞날을 엉
       망진창으로 만들고 말았단 말이오. 아, 생각만 해도 끔찍한 일이야. 양
       심도 없는 그자가 나를 멋대로 휘두를 거요. 그자는 나를 자기 마음대
       로 할 수 있소. 하고 싶은 대로 할 수 있단 말이오. 그런데도 난 싫다
       고 할 수가 없단 말이오. 경솔한 아내 때문에 이렇게 비참하게 파멸해
       야 한다니!
노 라 제가 이 세상에서 없어져 버리면 당신은 자유롭게 될 거예요.
헬 머 쓸데없는 소리 마오! 그런 변명은 당신 아버지한테서도 귀에 못
       이 박히게 들었소. 당신이 이 세상에서 없어져 버린다고 해서 그게 내

게 무슨 소용이란 말이오! 아무런 도움도 되지 않아. 그런다고 그자가 이 사건을 그대로 덮어둘 줄 알아? 그렇게 되면 나까지 당신의 범죄 행위를 알고 있었다는 혐의를 받게 될 게 뻔해. 세상에선 내가 당신을 뒤에서 교사했다고 생각하겠지! 이 모든 것이 다 결혼해서 오늘까지 보물처럼 소중하게 여겨온 당신 탓이란 말이오. 당신이 나에게 대체 무슨 짓을 했는지 이제야 알겠지?

노 라   (싸늘하게) 네!

헬 머   정말 믿어지지 않아. 지금도 뭐가 뭔지 잘 모르겠어. 그러나 어떻게 하면 헤쳐 나갈 수 있을 것인지 곰곰이 생각해 봐야 해. 숄을 벗어요! 벗으라고 하지 않소! 어떻게 해서든지 그 사나이를 달래야만 하오. 무슨 짓을 해서라도 이 사건을 감춰 버려야 해. 그리고 당신과 나 사이는, 우리 둘 사이는 지금처럼 그대로 두어야 해. 그러나 그건 단지 세상에 대한 체면 때문이오. 말할 필요도 없는 일이지만, 당신은 전과 다름없이 이 집에 있어야 해. 그러나 아이들의 교육은 허락하지 않겠소. 당신에게 맡길 수가 없단 때문이오—— 아, 이런 말을 자기 아내에게 하지 않으면 안 되다니. 내가 그토록 진심으로 사랑했던, 아니 아직도 사랑하고 있는 아내에게 이런 말을 해야 하다니! 모든 게 끝났어! 오늘부터 행복이란 나와는 아무 상관 없는 것이 되어 버리고 말았구나. 다만 깨진 조각들을 긁어모아 체면이나 유지해야지. (현관에서 초인종 소리가 난다. 몹시 놀라며) 누구야, 이렇게 늦게! 끔찍한 일이……드디어 그자가……? 숨어 있어, 노라! 병이 났다고 해둘 테니까. (노라는 꼼짝도 하지 않고 그대로 서 있다. 헬머가 가서 현관문을 연다)

헬레네   (옷을 절반쯤 걸친 모습으로 현관에서) 아씨께 편지가 왔어요.

헬 머   이리 다오. (편지를 받고 문을 닫는다) 그렇군, 그자로부터야. 당신에게 줄 수는 없어. 내가 직접 읽겠소.

노 라   좋으실 대로!

헬 머   (램프 가까이에 다가서며) 읽을 용기도 안 나는군. 아마도 이것으로 모든 게 끝이 날 거야, 당신과 나. 그렇다고 읽지 않을 수도 없지. (편지를 뜯어 급히 두어 줄 읽고 끼워져 있던 한 장의 종이를 본다. 기쁨에 벅찬 소리로) 노라!

노 라   (이상한 듯 그를 쳐다본다)

헬 머   노라! ……아니야! 다시 한번 읽어 봐야지. 응, 역시 그래. 난 살았어. 노라, 난 살았어!

노 라   저는요?

헬 머   물론 당신도. 우린 둘 다 살아난 거야. 차용증서를 보내 왔어. 몹시 후회한다고 했어……자기에게도 행복한 생활이 시작될 것 같다고도 하고……그러나 그가 어떤 말을 썼든지 그건 아무래도 좋소. 우리는 살아났단 말이오. 노라! 이제는 아무도 당신을 어쩌지 못해. 아, 노라, 노라! 이 지긋지긋한 걸 이 세상에서 없애 버리기로 합시다. 그 전에 잠깐 보아 두기나 하지── (증서를 흘끗 보고) 아니야 보고 싶지도 않아. 이런 끔찍한 일은 모조리 악몽이었던 것으로 치지. (증서와 두 장의 편지를 찢어 난로에 던지고 불타오르는 것을 응시한다) 자, 이것으로 모든게 끝났소. 그의 편지에는 크리스마스 이브부터였다고 씌어 있었소. 정말 당신에게는 끔찍한 사흘이었겠구려, 노라!

노 라   네, 그 사흘은 제게 몹시 고통스러웠어요.

헬 머   얼마나 고통이 컸는지 다른 도리가 없었단 말이지. 그러나 이제 이 끔찍한 일은 모두 잊어버립시다. 그저 끝났어, 끝났어 하고 기쁨의 소리만 지르면 되는 거요. 하지만 노라, 당신은 아직도 실감을 못하는가 보군. 일이 다 끝났다는 게 믿어지지 않아? 왜 그러오? 그런 불쾌한 얼굴을 하고 말이오. 불쌍하게도 당신은 아직도 믿어지지 않는 모양이구려. 내가 용서한다는 걸 말이오. 그러나 이젠 괜찮소. 맹세하지만 나는 모든 것을 다 용서했소. 나는 다 알고 있소. 당신이 한 일은 모두 나에 대한 애정에서 비롯됐다는 걸 말이오.

노 라 그건 사실이에요.

헬 머 당신은 아내로서 남편에게 할 수 있는 모든 것을 다 바쳐 나를 사랑했소. 다만 판단력이 모자랐기 때문에 방법을 잘못 택했을 뿐이지. 하지만 당신 혼자서 처리할 능력이 없다고 해서 나에게 있어 당신이 조금도 사랑스럽지 않을 거라고 생각하오? 결코 그렇지 않아. 당신은 나만 믿으면 되는 거요. 의논도 함께 하고 인도도 해 주겠소. 당신의 불안한 모습이 내 눈에 어느 때보다 훨씬 더 매력적으로 보이지 않는다면 나는 사나이라고 할 수가 없지. 처음엔 너무 놀라 당신에게 심한 말을 했는데 그건 마음에 두지 말아요. 그때는 모든 것이 내 머리 위로 와르르 무너져 내리는 것처럼 느껴졌으니까. 나는 당신을 용서했소, 노라. 맹세하지, 당신을 용서하겠소.

노 라 용서해 주셔서 고맙군요. (오른쪽 문으로 나간다)

헬 머 잠깐 기다려요. (안을 들여다보며) 거기서 무얼 하려는 거요?

노 라 (안에서) 가장무도복을 벗는 거예요.

헬 머 (열어젖힌 채로 있는 문가에서) 그게 좋겠군. 마음을 가라앉히고 편한 마음이 되는 게 좋겠소. 이런! 겁에 질려 있군. 내 작은 종달새! 마음놓고 푹 쉬도록 해요. 내 큰 날개로 보호해 줄테니까. (문 주위를 서성거리며) 아, 참으로 즐겁고 평화로운 가정이야. 여기 있으면 당신은 아무 걱정 없소. 무서운 매의 발톱에서 구출해 낸 작은 비둘기처럼 당신을 보호해 줄게. 놀라서 팔딱거리는 당신의 가슴도 진정시켜 줄게. 노라 안심해. 내일이 되면 모든 것이 달라져 보일 거요. 곧 예전처럼 될 거야, 모두가. 당신도 더 이상 용서해 달라는 말을 되풀이하지 않아도 좋을 거고. 당신 스스로 확실히 느끼게 될 거요. 어째서 당신은 내가 당신을 내쫓는다든지, 당신을 무섭게 책망한다든지 하는 것을 상상하고 있었소. 여보, 노라, 당신은 남자의 진심을 모르고 있어. 마음속으로부터 자기 부인을 완전하게 용서해 주었다는 것을 마음 속 깊이 느끼는 남자에겐 아름답고 만족스러운 뭐가 있소. 아내는 그에 의해 이중의 의미로 자기의 것이 되는 거지. 결국 남편의 아내인 동시에 아이가 되는 셈이란 말이오. 당신은 지금부터 그런 존재가 되는 거요. 아무데도 의지할 데 없는 당신은 나만을 진심으로 의지하면 되오. 걱정할 것 없소. 다만 무엇이든지 다 털어놓고 의논하기만 하면 되오. 그렇게 하면 나는 당신의 의지도 되고 양심도 되어줄 테니까.—— 왜 그래? 자지 않으려오? 옷을 갈아입었군?

노 라　(평상복을 입고 있다) 네, 그래요.

헬 머　왜? 이렇게 늦은 시각에?

노 라　오늘 밤 전 이 집에서 자지 않겠어요.

헬 머　아니, 여보?

노 라　(자기의 시계를 보며) 아직 그렇게 늦은 시각은 아니군요. 앉으세요, 토르발. 둘이서 이야기하고 싶은 게 많아요. (테이블 한쪽에 앉는다)

헬 머　노라, 도대체 어쩌겠다는 거요? 그런 굳은 표정은 무얼 말하는 거지?

노 라　앉으세요. 이야기가 기니까요. 당신과 이야기할 게 많아요.

헬 머　(앉는다) 정말 이상해. 도무지 알 수가 없어.

노 라　네, 바로 그거예요. 당신은 저를 모르고 계세요. 저도 당신이라는 존재를 전혀 몰랐어요. 바로 조금 전까지도 말예요. 아니, 제 말을 막지 마세요. 듣기만 하시면 돼요. 이젠 우리 사이를 청산해야겠어요.

헬 머　그게 무슨 소리야?

노 라 (잠시 가만 있다가) 우리가 이렇게 마주앉아 있는데 아무것도 깨
닫지 못하시겠어요?

헬 머 무슨 말이야?

노 라 우리가 결혼한 지 8년이 되네요. 그래도 모르시겠나요? 우리가,
당신과 제가 남편과 아내로서 이렇게 마주앉아 진지하게 이야기하는
것이 오늘이 처음이라는 사실을 말예요.

헬 머 진지한 이야기라니, 그건 무슨 뜻이지?

노 라 만 8년 동안 아니, 더 될 거예요. 우리는 처음 서로 알게 된 날
부터 이제껏 한 번도 우리 일에 대해 진지하게 이야기를 나눈 적이
없었어요.

헬 머 그럼 내가 당신을 항상 걱정스런 일에 끌어들였어야 했단 말이
오? 당신으로서는 어떻게 할 수 없는 일에 말이오?

노 라 그것에 대해서만 말하는 게 아니예요. 다만 어떤 일이든 둘이
마주앉아 진지하게 의논해 본 사실이 한 번도 없었다고 말씀드리는
거예요.

헬 머 그러나 여보, 그런 것은 당신에겐 어울리지 않는 일이었소.

노 라 바로 그것이 문제예요. 당신은 저에 대해 전혀 모르고 계세요.
당신들은 저에게 크나큰 잘못을 저질러왔어요. 처음엔 아버지, 다음엔
당신이.

헬 머 뭐라고? 우리 두 사람이? 당신을 이 세상에서 가장 사랑해 온
우리 두 사람이?

노 라 (머리를 가로저으며) 당신들은 나를 사랑한 게 아니예요. 나를
사랑하고 있다는 것을 자기 스스로에 대한 위안으로 삼고 있었을 뿐
이에요.

헬 머 여보, 노라! 무슨 말을 하는 거지?

노 라 네, 그래요. 제가 아버지와 함께 살 무렵, 아버지는 무슨 일이든
당신의 생각만 나에게 말했어요. 그것은 바로 저의 생각이기도 했어
요. 서로 의견이 다를 경우엔 전 그것을 숨기곤 했어요. 왜냐하면 그
렇게 말하면 아버지가 싫어하셨을 테니까요. 아버지는 나를 자신의 인
형이라고 불렀지요. 마치 제가 인형하고 노는 것을 좋아한 것처럼 말
이에요. 그러다가 당신에게로 왔어요.

헬 머 그런 식으로 우리 결혼을 말하다니!

노 라 (아랑곳하지 않고) 아버지의 손에서 당신의 손으로 건너갔다는
의미예요. 당신은 모든 것을 당신의 취미대로 했어요. 그래서 저는 또
당신과 같은 취미가 되고 말았어요. 하지만 그런 체했을 뿐인지도 몰
라요. 그 점에 대해서는 저도 잘 모르겠어요—— 아마도 그 양쪽 다였
는지도 몰라요. 나는 당신에게 여러 가지 재주를 부려 보이면서 살아
왔죠. 당신도, 아버지도 제게 굉장한 죄를 지은 거예요. 제가 아무것도
못하는 것은 당신들 때문이에요.

헬 머 어쩌면 그렇게 어리석고 은혜를 모른단 말이오! 당신은 이 집에
서 행복하지 않았다는 거요?

노 라 네, 조금도 행복하지 않았어요. 행복하다고 생각했었지만 전혀
그렇지 않았어요.

헬 머 행복하지 않았다고?

노 라 네. 다만 재미있었을 뿐이에요. 당신은 언제나 저에게 무척 친절
하셨어요. 하지만 우리 가정은 다만 놀이하는 방에 지나지 않았어요.
여기에서 나는 당신의 장난감 인형 같은 아내였던 거예요. 마치 친정
에서 아버지의 인형 아기였듯이. 그리고 이번에는 아이들이 제 인형이
었어요. 당신이 저를 가지고 놀아주면 무척 기뻤어요 그것은 마치 제
가 아이들의 상대가 되어 놀아주면 아이들이 기뻐하듯이 말예요. 그것

이 우리의 결혼이었어요.

헬 머   당신 말이 어떤 점에서는 일리가 있소. 과장이 지나치긴 하지만 말이오. 하지만 이제부터는 모든 게 달라질 거요. 장난하며 놀 때가 끝났으면 교육시간이 있는 거요.

노 라   누구의 교육이지요? 제 교육인가요, 아니면 아이들의 교육인가요?

헬 머   당신과 애들 둘 다요.

노 라   아, 토르발, 당신은 저를 당신을 위한 훌륭한 아내로 교육할 수 있을 만한 남편은 되지 못해요.

헬 머   무슨 말을 하는 거요?

노 라   그리고 나도……나 또한 아이들을 교육할 만한 자격은 가지고 있지 않아요.

헬 머   노라!

노 라   당신이 조금 전에 말씀하셨잖아요? 나에게는 그런 책임을 지우지 않겠다고요.

헬 머   그건 화가 났기 때문이오! 어째서 그런 말을 지금 이러쿵저러쿵 한단 말이오!

노 라   하지만 당신이 하신 말씀은 옳았어요. 내게는 그런 힘이 없어요. 그보다 먼저 해결해야만 할 문제가 제게는 따로 있어요. 나 자신을 교육하는 데 노력해야만 하겠어요. 그리고 당신은 그렇게 하는 나를 도울 수 없어요. 저 혼자서 해야 할 일이에요. 그래서 나는 당신 곁을 떠나려 해요.

헬 머   (펄쩍 뛰며) 뭐라고?

노 라   내 자신과 바깥세상을 올바르게 알기 위해서는 저는 독립할 필요가 있어요. 그러니까 이제 더 이상 당신 곁에 있을 수가 없어요.

헬 머   노라! 노라!

노 라   당장 여기서 나가겠어요. 오늘 밤엔 크리스티네한테 가서 잘 생각이에요.

헬 머   당신 정신 나갔구려. 그건 안 돼! 용서하지 않겠소. 허락할 수 없어.

노 라   이제부터는 아무것도 제게 금할 수 없어요. 제 물건만을 가지고 나가겠어요. 당신한테서는 아무것도 받지 않겠어요. 지금은 물론 앞으로도.

헬 머   이건 미친 짓이야!

노 라   내일은 집으로 가겠어요……제가 태어난 집을 말하는 거예요. 뭔가 시작하려면 그곳이 가장 적당할 것 같아요.

헬 머   어쩌면 그렇게 사리를 분별하지 못하고 마구 덤빈단 말이오?

노 라   그러니까 이젠 세상일을 알려고 애써야 하지 않겠어요?

헬 머   당신의 가정도, 남편도, 아이들도 다 버리고 말이오? 생각해 봐요. 세상사람들이 뭐라고 하겠나!

노 라   그런 것은 문제가 안 돼요. 저로선 이 길만이 필요하다는 것을 알고 있을 뿐이에요.

헬 머   정말 어이없는 사람이군. 그런 짓을 하면 당신은 가장 신성한 의무를 저버리게 되는 거요.

노 라   제게 있어서 가장 신성한 의무가 뭐라고 생각하시는 거죠?

헬 머   그걸 꼭 말로 해야 안단 말이오? 남편과 아이들에 대한 의무가 아니고 무엇이겠소!

노 라   제게는 그와 똑같이 신성한 의무가 있어요.

헬 머   그런 게 있을 리 없소. 대체 어떤 의무가 있다는 거요!

노 라   저 자신에 대한 의무예요.

헬 머   무엇보다 당신은 아내이며 어머니요.

노 라 이제 더 이상 그런 것을 믿지 않겠어요. 무엇보다도 먼저 저도 당신과 마찬가지로 인간이라고 믿어요. 아니, 그렇게 되려고 한다는 편이 더 옳은 표현일지 모르겠군요. 세상사람들은 모두 다 당신이 옳다고 하겠지요. 책에도 그렇게 씌어 있다는 걸 잘 알고 있어요. 하지만 세상 사람들이 어떻게 말하건, 책에 무엇이 씌어 있건 그런 건 이미 제게는 아무런 표준도 되지 않아요. 저 혼자 생각하고 일을 분명하게 할 필요가 있어요.

헬 머 당신은 가정에 있어서의 자신의 위치를 잘 알지 못하는 게 아니오? 이런 문제에 대해서 잘못이 없도록 잘 인도해 줄 사람이 당신에겐 없단 말이오? 당신에겐 종교도 없지 않소.

노 라 그래요, 토르발. 종교라는 것이 어떤 것인지 전 정말 알 수 없어요.

헬 머 무슨 말을 하는 거요?

노 라 견진을 받을 때 한센 신부님께서 말씀하신 것밖에는 몰라요. 그분은 종교라는 것은 이러이러한 것이라고 말씀하셨어요. 지금의 처지에서 빠져나가 저 혼자 있게 된 뒤에 이것도 깊이 생각해 볼 작정이에요. 신부님께서 말씀하신 것이 옳은지 어떤지. 아니, 그것이 제게 있어 옳은가 어떤가라고 말하는 편이 좋을지도 모르겠네요. 그것도 알게 되겠지요.

헬 머 당신같은 젊은 여자가 어떻게 그런 말을 한단 말이오! 그래, 종교가 당신을 인도하는 손길이 아니라고 한다면 하다못해 당신의 양심에라도 호소하기로 합시다. 대체 당신은 도덕심이라는 것을 지니고 있소? 아니면 여보, 그것마저도 갖고 있지 않단 말이오?

노 라 네, 그 물음에 대답하기란 매우 힘들군요. 저로선 전혀 모르겠어요. 분명치가 않아요. 전 다만 그런 일에 대해 당신과는 전혀 다른 생각을 가지고 있다는 것밖에 몰라요. 법률이라는 것도 제가 생각했던 것과는 다르다는 것을 요즈음에야 겨우 알았어요. 법률만이 옳다는 것은 저로서는 도무지 납득이 가지 않아요. 죽어가고 있는 늙은 아버지의 고통을 덜어드리고 남편의 목숨을 구할 권리가 여자에게는 없단 말인가요? 그런 일을 저로선 믿을 수가 없어요!

헬 머　어린아이 같은 말은 그만 하오. 당신은 이 사회가 어떤 건지 잘 모르고 있소.

노 라　네, 몰라요. 그래서 이제부터는 거기로 들어가서 똑똑히 알아볼 작정이에요. 그리고 나서 사회와 나, 어느 쪽이 옳은지 분명히 알고 싶어요.

헬 머　당신 어디가 아픈 거야, 노라. 열이 있어. 그래서 정신이 이상해진 게 틀림없소.

노 라　지금만큼 의식이 분명하고 맑았던 적은 한 번도 없었어요.

헬 머　그렇다면 어째서 내가 당신의 사랑을 잃게 되었는지 설명해 줄 수 있겠소?

노 라　네, 그래요.

헬 머　그러면 이제 남은 것은 단 하나의 해석뿐이오.

노 라　뭔가요?

헬 머　당신은 이미 나를 사랑하지 않는다는 것.

노 라　네, 바로 그거예요.

헬 머　노라! 어떻게 그런 말까지 한단 말이오?

노 라　저도 매우 괴로워요, 토르발. 당신은 언제나 내게 친절했어요. 하지만 이제는 어떻게 할 수 없어요. 전 더 이상 당신을 사랑하지 않아요.

헬 머　(억지로 마음을 가라앉히며) 그것도 분명 확실한 신념이오?

노 라　그래요. 그러니까 더 이상 여기에 있고 싶지 않은 거예요.

헬 머　그러면 뭣 때문에 당신의 사랑이 식었는지 설명할 수 있겠소?

노 라　네, 할 수 있어요. 오늘 밤에 기적이 일어나리라고 생각했는데 일어나지 않았어요. 그때 저는 당신이 지금까지 생각했던 그런 분이 아니라는 것을 알 수 있었어요.

헬 머　좀더 분명히 말해 봐요. 무슨 소린지 모르겠소.

노 라　8년이라는 긴 세월을 전 참을성있게 기다렸어요. 왜냐하면 기적이라는 게 매일 일어나는 것이 아니라는 건 저도 잘 알고 있었으니까요. 그런데 이번 재난이 제게 덮쳐왔어요. 그래서 이번에야말로 기다리던 그 훌륭한 일이 일어날 거라고 굳게 믿었어요. 크로그쉬타트의 편지가 저 우편함에 들어 있을 때……당신이 그런 사나이에게, '세상에 알리려면 알려라!' 하고 말할 거라고 굳게 믿고 있었어요. 그런데 일이 터지니까…….

헬 머　흐음, 그러면 어떻게? 내가 내 아내를 수치와 불명예 속에 두었어야 했단 말이오?

노 라　그렇게 되면 틀림없이 당신이 나서서 잘못은 모두 당신 자신에게 있다고 말할 줄 알았어요. 그리고 모든 것을 책임질 거라고 말예요. 저는 확신하고 있었어요.

헬 머　노라!

노 라　제가 당신에게 그런 희생을 치르게 하지는 않을 거라고 생각하고 계시는 거죠? 물론이에요. 하지만 제가 아무리 주장하더라도 당신의 마음이 움직이지 않으면 어쩔 수 없겠죠. 그거예요. 제가 겁을 잔뜩 먹으면서도 바라던 기막히게 훌륭한 일이란 바로 그거였어요. 그것을 막기 위해서는 목숨까지 내버릴 생각이었어요.

헬 머　당신을 위해서라면 난 기꺼이 밤낮을 가리지 않고 일할 것이고,

어떤 고통도 가난도 참고 견딜 거요. 하지만 어떤 남자도 자기가 사랑하는 사람을 위해서 자기의 명예를 희생시키려고 하지는 않을 거요.

노 라　그것을 많은 여성들은 해 왔어요!

헬 머　아, 당신은 마치 아무것도 모르는 아이처럼 생각하고 말하는구려.

노 라　그럴지도 몰라요. 하지만 당신이 생각하고 말하는 것도 내가 믿고 의지할 수 있을 만한 분의 생각이나 말은 아니예요. 당신이 두려워하는 것은 저를 위협하고 있는 것 때문이 아니라 당신 자신에게 닥칠지도 모른다는 데 대한 거예요. 그리고 그 두려워하던 일이 없어지자 마치 아무 일도 없었던 것처럼 행동하시더군요. 나는 단순히 당신의 작은 종달새였고 인형이었어요. 그리고 약하고 망가지기 쉽다는 이유로 앞으로는 한층 더 신경을 써서 꼭 안으려고 하시는 거예요. (일어서면서) 여보, 그 순간에 저는 깨달았어요. 8년 동안 이 집에서 나와 상관없는 타인과 함께 생활해 왔으며, 그 사람의 아이를 셋이나 낳았다는 것을 말예요. 아, 생각만 해도 견딜 수가 없어요. 내 자신의 몸을 갈기갈기 찢어버리고 싶은 정도예요.

헬 머　(우울하게) 알았소, 알았소. 정말로 우리 사이에는 깊은 도랑이 생기고 말았구려. 하지만 여보, 그 도랑을 어떻게도 메꿀 수는 없는 걸까?

노 라　지금 이 상태로는 도저히 더 이상 당신의 아내가 될 수 없어요.

헬 머　내게는 자신을 바꾸는 힘이 있소.

노 라　아마 당신에게서 인형이 없어졌을 때에는 그렇게 되겠죠.

헬 머　헤어지다니, 당신과 헤어지다니! 안 돼! 안 돼, 그런 건 생각조차 할 수 없소.

노 라　(오른쪽 문으로 들어간다) 그럴수록 더욱 단호하게 헤어져야만 해요. (모자와 외투를 들고 조그마한 여행가방을 들고 나온다. 가방을 테

이블 옆 의자 위에 놓는다)

헬 머　노라, 노라, 지금은 안 돼! 내일까지만 기다려요.

노 라　(외투를 입으면서) 난 낯선 남자의 집에서 밤을 보낼 수는 없어요.

헬 머　정 그렇다면 이 집에서 남매처럼 살아갈 수는 없을까?

노 라　(모자를 쓰고) 그런 것이 오래 계속되지 못한다는 것은 당신이 더 잘 아실 텐데요. (숄을 걸치고) 안녕, 토르발. 아이들은 만나고 싶지 않아요. 아이들은 나보다 훨씬 좋은 분이 돌봐 주겠죠. 지금 제 상태로는 아이들을 돌볼 수 없어요.

헬 머　그러나 언젠가는 또……여보, 언젠가는 다시.

노 라　어떻게 될지 모르겠어요. 저 자신이 어떻게 될 것인지 저도 모르겠어요.

헬 머　그렇지만 당신은 나의 아내요. 지금도, 그리고 앞으로도.

노 라　여보, 토르발. 지금 제가 하듯이 아내가 남편의 집에서 나가면 제가 아는 한 남편은 아내에 대한 의무에서 풀려나는 것으로 법률에는 되어 있을 거예요. 적어도 저는 당신을 모든 의무에서 풀어 드리겠어요. 당신은 저와 마찬가지로 아무데에도 구속당하지 않게 돼요. 어느 쪽이나 완전히 자유롭게 되어야만 해요. 당신의 반지를 돌려 드리겠어요. 제것도 돌려 주세요.

헬 머　그것까지도?

노 라　네.

헬 머　(한참을 머뭇거리다가) 자, 받아요.

노 라　됐어요. 이것으로 우리 둘 사이의 모든 일이 끝났어요. 열쇠는 여기에 놓아 두겠어요. 집안 살림은 헬레네가 잘 알고 있어요. 저보다도 훨씬 잘. 내일 제가 떠난 뒤에 크리스티네가 와서 제가 친정에서 가지고 온 것을 챙겨서 꾸려 주리라고 생각해요. 나중에 보내 달라고 부탁해 두겠어요.

헬 머   이젠 정말 끝장이란 말이오? 여보, 당신은 이제 나를 생각해 주
지 않을 거란 말이오?

노 라   아마 가끔은 당신이나 아이들, 이 집에 대해 생각하겠지요.

헬 머   편지를 보내도 될까?

노 라   아니, 안 돼요. 거절하겠어요.

헬 머   하지만 무어든지 보내는 정도는…….

노 라   안 돼요, 아무것도 원치 않아요.

헬 머   곤란할 때에는 도와주고 싶소.

노 라   안 된다고 했잖아요. 남에게서는 아무것도 받지 않겠어요.

헬 머   여보, 나는 당신에게 있어 이제는 남 이상의 아무것도 절대로
되지 못할까?

노 라   (여행가방을 들고) 큰 기적이 일어나야 되겠지요.

헬 머   그것이 뭔가 말해 봐요.

노 라   우리 두 사람, 당신과 내가 완전히 변해서……아뇨, 토르발. 저는
이제 그런 기적이 생기리라고는 믿지 않아요.

헬 머   그러나 난 그것을 믿소. 완전히 변해서, 그리고 어떻게 되는 거지?

노 라   우리의 공동생활이 진실한 결혼생활이 된다면 말이죠. 그럼, 안
녕히 계세요. (현관을 지나 밖으로 나간다)

헬 머   (문 옆 의자에 쓰러져 얼굴을 두 손으로 감싸안는다) 노라! 노라!
(주위를 둘러보고 일어선다) 없구나! 노라는 가 버렸어. (한 가닥의 희
망을 안고) 큰 기적이라고 했지?

밑에서 문이 쾅 닫히는 소리가 들린다.

바다에서 온 여인
Fruen fra Havet

그는
우리가 바다와 결혼해야 한다고
말했어요.

제 1 막

　왼쪽으로 큰 베란다가 딸려 있는 의사 봔겔의 집이 있다. 그 집을 정원이 둘러싸고 있으며 베란다 앞에는 깃대가 서 있다. 정원 오른쪽에는 정자나무가 한 그루 서 있고, 그 밑에 테이블과 의자들이 놓여 있다. 뒤쪽으로는 작은 대문이 나 있는 울타리가 있고, 그 울타리 너머로 흐르는 물을 따라 길이 보이는데 양 옆에는 가로수들이 서 있다. 나무들 사이로 협만이 보이고, 멀리 높은 산들이 뾰족한 산봉우리를 드러내고 있다.
　때는 무더운 여름 아침, 아주 맑은 날씨이다.

　중년신사 발레스테드가 낡은 벨벳 재킷에 넓은 테를 두른 예술가 풍의 모자를 쓰고 깃대 밑에서 얽힌 줄을 풀고 있다. 기는 땅바닥에 놓여 있다. 조금 떨어진 곳에 캔버스가 얹혀 있는 이젤이 서 있고 그 옆에 휴대용 접의자와 솔, 팔레트와 물감통이 놓여 있다.
　볼레타 봔겔이 열려 있는 프랑스식 창문을 통하여 베란다로 나온다. 그녀는 큰 꽃병을 가지고 와서 테이블 위에 올려놓는다.

볼레타　아저씨, 다 푸셨어요?

발레스테드 응. 그렇게 어렵지 않았다. 그런데 이 기는 손님들이 오셔서 게양하나 보지?

볼레타 네. 아침 일찍 안홀름 교장선생님께서 오실 거예요. 어제 저녁에 도착하셨어요.

발레스테드 안홀름이라고? 잠깐, 몇 년 전 여기에 안홀름이라는 가정교사가 있지 않았나?

볼레타 네. 바로 그분이에요.

발레스테드 그래, 그분이 이 지방에 다시 오셨구나.

볼레타 그 때문에 우리가 기를 올리려는 거예요.

발레스테드 그래, 그건 아주 당연한 일이지.

볼레타가 다시 들어간다. 조금 후 링스트란트가 오른쪽에서 길을 따라온다. 그는 발걸음을 멈추고 흥미있게 이젤과 그림도구를 본다. 그는 날씬한 청년으로 허약하고 초라해 보이지만 옷차림은 말쑥한 편이다.

링스트란트 (울타리 건너편에서) 안녕하세요?

발레스테드 (돌아다보며) 오, 안녕. (그는 기를 올린다) 아하! 풍선이 올라가는구나! (그는 줄을 빨리 당긴 후 서둘러서 이젤 쪽으로 간다)

링스트란트 화가시죠?

발레스테드 물론 그렇구말구. 그렇게 안 보이나?

링스트란트 아닙니다. 화가이신 줄 금방 알 수 있겠는데요. 잠깐 들어가도 될까요?

발레스테드 보고 싶나?

링스트란트 네. 보고 싶어요.

발레스테드 아직은 볼 게 별로 없네. 하지만 들어오게. (링스트란트가 대문으로 들어간다) 내가 그리고 있는 건 협만일세. 저 섬들 사이에 있는 거 말야.

링스트란트　네. 그렇군요.

발레스테드　아직 사람은 못 그려 넣었다네. 하지만 이 도시 어디에서도 모델을 구할 수가 없어.

링스트란트　사람도 그려 넣으시려고요?

발레스테드　그렇다네. 가장 잘 보이는 이 바위 위엔 죽어가는 인어를 그려 넣을 작정일세.

링스트란트　왜 하필 죽어가는 인어를?

발레스테드　그 인어는 넓은 바다에서 길을 잃었지. 돌아갈 길을 찾을 수 없는 거야. 바닷물은 짜고 그래서 여기 누워 있는 거야. 죽어가면서 말야.

링스트란트　아! 알겠어요.

발레스테드　내게 그 같은 그림의 착상을 준 것은 이 집 부인이었다네.

링스트란트　그림이 다 완성되면 제목은 뭐라고 하실 건가요?

발레스테드　〈인어의 죽음〉이라는 제목을 붙일까 생각중이야.

링스트란트　좋은 생각이시군요! 아주 멋있는 그림이 되겠어요.

발레스테드　(링스트란트를 바라보며) 자네도 이 계통에 있는 모양이지?

링스트란트　화가 말인가요?

발레스테드　그렇지.

링스트란트　아닙니다. 조각가가 되려고 해요. 제 이름은 한스 링스트란트입니다.

발레스테드　조각가? 조각 역시 아주 아름답고 정교한 예술이지. 자네를 시내에서 한두 번 본 것 같군. 이 지방에 산 지 오래 됐나?

링스트란트　이 주일밖에 안 되었어요. 하지만 여름이 끝날 때까지는 머물러 있을 작정입니다.

발레스테드 수영을 좋아하는군. 그렇지 않나?

링스트란트 네. 좀 건강해지고 싶어서요.

발레스테드 허약한 모양이지?

링스트란트 네, 그런 편이죠. 하지만 심각하지는 않아요. 숨쉬기가 좀
거북할 뿐이에요.

발레스테드 하지만 수영은 소용없네. 훌륭한 의사한테 가 봐야지.

링스트란트 네. 기회 있으면 여기 뽄겔 선생님께 진찰을 받아 볼까 생
각했어요.

발레스테드 바로 그거야. (왼쪽을 내다보면서) 아, 배가 또 한 척 오는
구먼. 여행자들로 가득 차 있어. 한두 해 사이에 여행자들이 부쩍 늘
었어. 놀라운 일이야.

링스트란트 그래요. 이곳이 붐빌 것 같아요.

발레스테드 또 여름 관광객들로도 초만원이라네. 난 가끔 이 모든 외
지인들이 우리의 작은 도시를 더럽히지나 않을까 걱정이 된다네.

링스트란트 여기가 고향이신 모양이죠?

발레스테드 꼭 그렇지는 않네. 내가 적응을 한 거야. 그 후로는 내가
거의 이 지방의 한 부분인 것처럼 느껴진다네.

링스트란트 그럼 이곳에서 꽤 오랫동안 사셨군요?

발레스테드 8년 가까이 머물고 있네. 처음엔 스키브 유랑극단과 함께
왔었지. 그런데 재정상의 어려움으로 극단이 깨져 산산조각이 났다네.

링스트란트 그 후 아저씨께서는 여기 남으셨어요?

발레스테드 그렇지, 그냥 주저앉았지. 그런데 모든 게 아주 잘되었어.
그 당시 난 단지 극단의 배경 화가였다네. (볼레타가 흔들의자를 들고
나와서 베란다에 놓는다)

볼레타　(정원실 안으로 소리친다) 힐데야! 아버지의 자수 발판이 어디 있는지 봐.

링스트란트　(베란다로 와서 인사한다) 봔겔 양 안녕하세요?

볼레타　오, 안녕하세요, 링스트란트 씨. 잠깐 실례해요. 막 해야 할 일이……. (그녀는 다시 집으로 들어간다)

발레스테드　이 집 식구들을 알고 있는 모양이지?

링스트란트　잘 몰라요. 한두 번 만났지요. 봔겔 부인과는 대화도 나눠보았구요. 지난번 전망대 음악당에서 있었던 음악회에서 부인을 만났는데 내게 집에 와도 좋다고 하셨어요.

발레스테드　지금이 어떤가? 자네도 그들과 교제를 하는 게 좋겠네.

링스트란트　네. 그래서 방문을 한 거예요. 하지만 적당한 구실이 생각나지 않네요.

발레스테드　구실이라고? 도대체 무슨 구실 말인가! (왼쪽을 내다보면서) 제기랄, 배가 벌써 선창에 도착했군. (자기 물건들을 놓으면서) 호텔에 내려가봐야겠네. 아마도 새로 온 사람들 중에는 나를 필요로 하는 사람이 있을지도 몰라. 사실 나는 이발도 좀 할 줄 알거든.

링스트란트　아저씨는 확실히 팔방미인이시네요.

발레스테드　오! 이런 작은 도시에서는 모든 것에 적응을 해야 하거든. 자네 머리 손질하는 데 필요한 것이 있으면, 포마드 같은 것 말일세. 댄스 교사 발레스테드에게 말하기만 하면 되네.

링스트란트　댄스 교사요?

발레스테드　아니면, 이 지방 브라스 밴드 단장을 찾게. 아무거나 좋을 대로. 우리는 오늘 저녁 전망대에서 음악회를 열 걸세. 또 보세. 안녕.

발레스테드는 그림 도구들을 들고 쪽문을 통해서 나가 왼쪽으로 간다. 힐데가 발판을 들고 나온다. 그리고 볼레타는 꽃을 많이 가져온다. 링스트란트가 정원에서 나오는 힐데에게 인사를 한다.

힐 데 (난간에서 그의 인사에 답례도 하지 않고) 언니가 그러는데 오늘 은 대담하게도 정원까지 들어오셨다구요?

링스트란트 네. 잠깐 마음대로 들어와 보았습니다.

힐 데 아침 산책 안 나가셨어요?

링스트란트 오늘은 산책을 오래 하지 않았습니다.

힐 데 그럼 수영은 하셨어요?

링스트란트 했어요. 잠깐 들어갔다 나왔습니다. 힐데 양 어머니께서 거 기 오셨던데요. 막 수영하러 들어가던 참이었어요.

힐 데 누가요?

링스트란트 힐데 양 어머니 말예요.

힐 데 그래요? (흔들의자 앞에 발판을 갖다 놓는다)

볼레타 협만에 나가 있는 아버지 배를 보셨어요?

링스트란트 배 한 척이 떠 있는 건 보았지요.

볼레타 그게 아버지 배일 거예요. 아버지께서는 섬사람들을 진찰하러 가셨거든요. (테이블 위의 물건들을 정리한다)

링스트란트 (베란다 층계로 한 발짝 올라오면서) 아! 꽃이 이렇게 많다 니!

볼레타 아주 멋있지 않아요?

링스트란트 네, 아름다워요. 집안에 축하할 일이 있는 모양이군요?

힐 데 네, 맞아요.

링스트란트 혹시 아버지의 생신이신가 보죠?

볼레타 (힐데에게 경고하면서) 에헴.

힐 데   (볼레타의 경고를 개의치 않고) 아니, 어머니의 생신이에요.

링스트란트   아, 어머니의 생신입니까?

볼레타   (화가 나서 작은 소리로) 힐데! 안 돼!

힐 데   (역시 작은 소리로) 상관 마, 언니. (링스트란트에게) 이제 점심식 사하러 가실 거 아녜요?

링스트란트   (뒤로 물러서며) 그렇네요. 뭘 먹을까 생각해야 되겠군요.

힐 데   식사는 호텔이 제일 좋을 텐데요.

링스트란트   나는 호텔엔 더 이상 가지 않을 거예요. 나에겐 너무 비싼 곳이거든요.

힐 데   그러면 지금 어디에 계세요?

링스트란트   옌센 부인 댁에 있습니다.

힐 데   어떤 옌센 부인 말인가요?

링스트란트   조산원 말입니다.

힐 데   링스트란트 씨, 실례합니다만 할 일이 많아서……

링스트란트   오, 말하지 말 걸 그랬나 봐요.

힐 데   뭘 말예요?

링스트란트   방금 말한 거 말입니다.

힐 데   (귀찮다는 듯 그를 위아래로 훑어본다) 정말 무슨 뜻인지 모르겠 어요.

링스트란트   물론 모르시겠죠. 이제 가 봐야겠습니다.

볼레타   (걸어 나오면서) 링스트란트 씨, 안녕히 가세요. 오늘 죄송합니 다. 다음에 시간이 나시면 오셔서 아버지를 만나 보세요. 그리고 우리 도 보구요.

링스트란트   고맙습니다. 정말 그러고 싶어요. (인사를 하고 정원문을 통 해서 나간 다음 오른쪽으로 길을 따라 지나가면서 다시 베란다를 향하여

인사를 한다)

힐 데　(작은 소리로) 안녕. 엔센 할머니에게 안부 전해 주세요!

볼레타　(힐데의 팔을 흔들며 조용히 말한다) 힐데! 넌 장난꾸러기야. 그건 바보 같은 일이야. 링스트란트 씨가 네 말을 들었을는지도 몰라.

힐 데　쳇, 내가 걱정할 것 같아?

볼레타　(오른쪽을 내다보며) 아, 아버지가 오신다.

뵌겔 의사가 외출복에 작은 가방을 들고 오른쪽 작은 길로 온다.

뵌 겔　애들아, 내가 왔다! (쪽문을 통하여 들어온다)

볼레타　(정원으로 가 아버지를 맞는다) 아버지, 돌아오셔서 기뻐요.

힐 데　(아버지에게 와서) 이제 오늘 일은 다 마치셨어요?

뵌 겔　아니다, 아직 잠깐 진찰실에 가 보아야 한다. 그런데 안홀름 선생님께선 어떻게 되었지?

볼레타　네, 저희들이 알아보러 호텔에 갔었어요.

뵌 겔　그런데 아직 못 뵈었니?

볼레타　네, 못 뵈었어요. 하지만 분명히 아침나절엔 여기 오실 거예요.

뵌 겔　그래. 반드시 그러실 거야.

힐 데　(아버지를 잡아당기며) 아버지, 보세요!

뵌 겔　(베란다를 바라보며) 축제 같구나.

볼레타　예쁘게 꾸몄죠?

뵌 겔　정말 잘 꾸몄구나. 안에 누가 있니?

힐 데　아니예요. 그 여자는 나갔어요.

볼레타　(빠르게 말을 막으면서) 어머니께서는 수영하러 내려가셨어요.

뵌 겔　(볼레타를 사랑스럽게 바라보면서 머리를 톡톡 두드린다. 그리고 나

서 주저하면서) 애들아, 여길 봐라. 이 장식물들을 온종일 놓아 두려고
하니? 그리고 기도 그렇구 말이야.

힐 데　하지만 아버지, 저희들이 그걸 건다는 걸 잘 아시잖아요.

봔 겔　그렇지만……

볼레타　(장난스럽게) 그렇지만 아버지는 이해가 안 가세요? 이 모든건
안홀름 선생님에게 경의를 표하기 위해서 한 거예요. 그분 같은 오랜
친구분이 아버지께 문안을 드리러 올 때를 뜻하는 거예요.

힐 데　(미소를 지으면서 아버지를 흔들며) 아버지, 무엇보다 그분은 언
니의 가정교사였잖아요!

봔 겔　(쓰디쓴 미소를 지으며) 너희는 작은 말괄량이 한 쌍이구나. 그렇
구말구! 무엇보다 너희들 어머니에 대해 생생하게 기억하는 것은 아
주 당연한 일이야. 그렇지만……여기 있다, 힐데야. (가방을 힐데에게
주면서) 이걸 진찰실에 갖다 놓아라. 그렇지만 애들아, 내가 저걸 어떻
게 설명하지? 내가 허락하지 않았는데 너희가 한 걸 말이다. 이처럼
연례행사를 하는 것은……하지만 너희들이 그밖에 달리 어떻게 할 수
있을는지 나도 모르겠다. (힐데가 가방을 들고 정원을 통하여 왼쪽으로
가려다가 되돌아선다)

힐 데　(손으로 가리키며) 저기 보세요. 누군가 언덕 위로 올라오고 있
어요. 안홀름 선생님이 틀림없어요.

볼레타　(언덕 아래를 내려다보며) 뭐라구? 저 사람? 맙소사! 힐데, 넌
그것도 모르니? 선생님은 중년이 아니시잖아.

봔 겔　볼레타, 잠깐만. 그럴 거야. 그래, 확실히 안홀름 선생님이구나.

볼레타　(놀라 바라보면서) 맙소사! 그런 것 같아요.

안홀름이 스마트한 아침 옷을 입고 금테안경을 쓰고 가벼운 지팡이

를 들고서 왼쪽에서부터 길로 들어선다. 좀 피곤한 것처럼 보인다. 그는 정원에 있는 그들을 보자 다정하게 인사를 하고 대문으로 들어온다.

봔 겔 (가서 그를 맞으며) 안홀름 선생님, 여기에 다시 돌아오신 걸 보니 여간 기쁘지 않군요.

안홀름 고맙습니다, 선생님. (그들은 악수를 하고 함께 정원을 가로질러 온다) 애들도 역시 그렇구. (딸들을 쳐다보며 손을 잡는다) 이 애들은 몰라보겠어요.

봔 겔 그럴 거예요.

안홀름 아마 볼레타지? 맞아, 볼레타는 알아볼 수 있어.

봔 겔 알아보기 힘드실 거예요. 이 애를 마지막으로 본 지 거의 9년이 지났으니까요. 그 이후로 여긴 아주 많은 변화가 있었어요.

안홀름 (둘러보며) 그렇진 않은 것 같습니다. 나무들은 아주 많이 자랐군요. 맞아요. 그리고 저 정자나무는 못 보던 나문데요.

봔 겔 난 겉모습의 변화를 말하는 게 아니에요.

안홀름 (미소를 지으면서) 그리고 물론 아주 장성한 두 딸들이 이제는 집에 있고요.

봔 겔 글쎄요. 한 아이만 성장했을 뿐이죠!

힐 데 (작은 소리로) 오, 아버지! 과연 그래요!

봔 겔 이제 베란다로 가서 앉는 게 좋겠어요. 거긴 좀 시원하니까요. 먼저 가세요.

안홀름 감사합니다. (그들은 올라가고 봔겔이 안홀름에게 흔들의자를 권한다)

봔 겔 자, 이제는 편안히 앉아서 좀 쉬십시오. 여행 후라서 그런지 좀 피곤해 보이시네요.

안홀름　괜찮습니다. 오랜만에 왔더니······.

볼레타　(아버지에게) 정원실에 소다수와 설탕물을 갖다 놓을까요? 밤이 되면 굉장히 더워질 거예요.

봔 겔　좋은 생각이다. 소다수와 설탕물, 그리고 브랜디도 좀.

볼레타　브랜디도요?

봔 겔　조금만. 마시고 싶으면 마시게 말이다.

볼레타　좋아요. 힐데야, 진찰실에 가방 안 갖다 놓을 거니?

　　볼레타가 정원실로 들어가서 문을 닫는다. 힐데는 가방을 들고 정원을 가로질러 왼쪽으로 해서 집 뒤로 간다.

안홀름　(볼레타를 바라보고 있다가) 아주 예뻐요. 따님들이 아주 예쁘게 자랐어요!

봔 겔　(앉으면서) 네, 그렇죠?

안홀름　볼레타는 아주 놀랄 만하군요. 힐데도 그렇구요. 그런데 선생님은 어떠세요. 남은 생애를 여기서 보내실 건가요?

봔 겔　물론 그럴 것 같아요. 난 여기서 태어나서 여기서 자랐지요. 그리고 아내와도 여기서 정말 행복했어요. 그 사람이 우리를 남겨두고 떠나기 전까진 말입니다. 선생님도 그 사람을 아시지요?

안홀름　네, 네······.

봔 겔　그런데 지금 난 두 번째 아내와도 아주 행복하게 지내고 있어요. 전반적으로 볼 때 나의 운명은 좋았다고 말해야 될 겁니다.

안홀름　그런데 두 번째 부인에게서는 애들이 없으신가요?

봔 겔　아들이 하나 있었죠. 2년, 거의 3년 전이었죠. 그렇지만 태어난 지 몇 달 만에 죽었답니다.

안홀름　　부인께선 오늘 집에 안 계신가요?

봔 겔　　이제 곧 돌아올 겁니다. 수영하러 갔지요. 집사람은 매년 이맘때면 하루도 거르지 않고 수영을 합니다. 날씨에 상관없이 말예요.

안홀름　　어디 편찮으신가요?

봔 겔　　꼭 어디 아픈 데는 없어요. 신경이 좀 예민하지요. 이따금 그럽니다. 지난 몇 년 전부터 그랬어요. 왠지 모르겠어요. 그렇지만 바다에 나가기 시작하면서 아주 좋아지고 즐거워합니다.

안홀름　　네, 기억나요.

봔 겔　　(거의 알아보기 힘든 미소를 지으며) 아, 네, 선생님이 스콜드빅에 교사로 계실 때 엘리다를 아셨죠?

안홀름　　네, 그렇습니다. 목사님을 뵈러 가끔 갔었죠. 그리고 부인의 아버님을 뵙기 위해 제가 등대에 갔을 때 가끔 만났어요.

봔 겔　　그렇다면 선생님께서는 제 아내가 그곳에서의 생활로 인해 어떤 깊은 영향을 받았는지 알아내실 수 있을 거예요. 이 도시 사람들은 그걸 전혀 이해하지 못해요. 사람들은 그녀를 '바다에서 온 여인'이라고 부르지요.

안홀름　　아, 그렇습니까?

봔 겔　　그래요. 선생님……옛시절에 관해서 아내와 얘기를 좀 나눠주세요. 그게 그녀에게 많은 도움이 될 겁니다.

안홀름　　(의아스러운 듯 봔겔을 바라보며) 정말 그렇게 생각하세요?

봔 겔　　분명히 그럴 거예요.

엘리다　　(정원 밖 오른쪽에서) 여보, 당신 거기 계세요?

봔 겔　　(일어서며) 그래요, 여보.

엘리다 봔겔 부인이 크고 가벼운 옷으로 몸을 감싸고 머리는 젖은 채로 어깨까지 늘어뜨리고 정자 옆 나무들이 있는 곳에서 나온다. 안홀름이 일어선다.

뽠 겔 (미소 지으며 엘리다에게 손을 내민다) 우리 인어, 이리 와요!

엘리다 (베란다로 빨리 올라와서 그의 손을 잡는다) 당신, 고맙게도 무사히 돌아오셨네요. 언제 집에 도착했어요?

뽠 겔 지금 막, 아니 몇 분 전에 왔소. (안홀름을 가리키며) 옛친구에게 인사하지 않고 뭐하고 있소?

엘리다 (안홀름에게 손을 내민다) 안녕하세요? 제가 없을 때 오셨군요. 죄송해요.

안홀름 아, 아닙니다. 제게 격식은 차리지 마세요.

뽠 겔 오늘 물은 어땠소? 쾌적하고 신선했소?

엘리다 신선했냐구요? 여기 물은 전혀 신선하지 않아요. 느리고 미지근해요. 이 협만의 물은 흐름이 완만하거든요.

뽠 겔 완만하다구?

엘리다 네, 완만해요. 아마 그것이 우리들도 그렇게 만드는 것 같아요.

뽠 겔 (미소를 지으며) 좋아. 그거 수원지 선전을 위해서는 아주 훌륭한 광고인걸!

안홀름 뽠겔 부인, 부인께서는 바다와 특별한 친밀감을 가지고 계신 것 같군요. 그리고 해야 할 모든 것도 그렇구요.

엘리다 네, 그럴 거예요. 나도 자신을 거의 그렇게 생각해요. 아, 보세요. 아이들이 선생님을 위해서 저렇게 예쁘게 장식해 놓았군요.

뽠 겔 (난처해하며) 에……. (시계를 보면서) 자, 이제 가봐야 할 시각이 됐소.

안홀름 이게 정말로 저를 위한 건가요?

엘리다   분명히 그럴 거예요. 우리는 평상시에는 이렇게 장식을 하지
         않거든요. 아, 더워서 숨이 막힐 것 같아요! (정원으로 내려간다) 이리
         오세요. 여기는 적어도 신선한 공기가 조금은 있어요. (정자에 앉는다)
안홀름   (그녀를 따라가며) 여기 공기는 아주 신선하군요.
엘리다   선생님은 갑갑한 도시의 분위기에 익숙하게 되셨죠? 거긴 여
         름에는 아주 지독하다고 들었어요.
봔 겔   (역시 정원으로 내려와서) 여보, 나는 잠깐 가봐야 하니 우리 친
         구를 잘 모시구려.
엘리다   뭐 하실 일이 있으세요?
봔 겔   그래요. 진찰실에 가봐야 하고, 옷도 갈아 입어야 하오. 하지만
         오래 걸리진 않을 거요.
안홀름   (정자 밑으로 들어와 앉으면서) 선생님, 서두르실 필요 없어요.
         부인과 내가 그럭저럭 시간을 보낼 수 있을 겁니다.
봔 겔   (고개를 끄덕이며) 물론 그러실 테죠. 그럼 잠깐 다녀오겠습니다.
         (대문을 통하여 왼쪽으로 나간다)
엘리다   (잠시 후에) 여긴 앉아 있기 좋은 장소죠?
안홀름   바로 지금은 매우 좋군요.
엘리다   사람들은 이곳을 나의 정자라고 불러요. 그걸 계획한 건 나였
         거든요. 아니면 나를 기쁘게 하려고 남편이 만들었기 때문인지도 모르
         죠.
안홀름   보통 여기에 나와 앉아 계십니까?
엘리다   네, 거의 매일 나와 있어요.
안홀름   딸들도 함께 나와 있겠죠?
엘리다   아니예요. 애들은 대개 베란다에 있어요.
안홀름   의사선생님은요?

엘리다   그 양반은 왔다갔다하시죠. 어느 때는 나와 함께, 어느 때는 애
　　　들과 함께 베란다에 앉아 계세요.

안홀름   그래도 괜찮아요?

엘리다   그렇게 하는 게 우리 모두에게 어울리는 것 같아요. 우리는 항
　　　상 아래위에서 서로 소리를 질러요. 말할 게 있을 때는 말예요.

안홀름   (잠깐 생각에 잠겼다가) 우리가 마지막 만났을 때가……스콜드
　　　빅에서 말예요. 오래 전 일이죠?

엘리다   그래요. 선생님이 우리와 함께 그곳에 있었던 때가 아마 10년
　　　전쯤 될 거예요.

안홀름   그래요. 약 10년 됐습니다. 등대에서의 부인이 기억나요. 그때
　　　할아버지인 목사님께서는 부인을 이교도라고 불렀죠. 부인의 아버지
　　　께서 부인의 이름을 기독교식 이름 대신 배 이름을 따서 지었기 때문
　　　이었지요.

엘리다   좋지 않아요?

안홀름   난 이곳에 와서 부인이 봔겔 선생님과 결혼한 것을 보고 뜻밖
　　　이었어요.

엘리다   그때 그분은……그때는 애들 어머니가 살아 계셨어요.

안홀름   알아요. 그렇지만 그렇지 않다 하더라도, 봔겔 선생님께서 완전
　　　히 자유스런 몸이었다 하더라도 이렇게 될 줄은 몰랐습니다.

엘리다   나도 그랬어요. 그때는 말예요.

안홀름   의사선생님은 참 좋은 분이세요. 아주 강직하고 모든 사람에게
　　　친절하고 정이 많으시거든요.

엘리다   (다정스럽고 진지하게) 네, 정말 그래요.

안홀름   그렇지만 부인과 그분은 정반대의 사람이라고 생각됩니다.

엘리다   네, 선생님 말이 맞아요. 우리는 아주 달라요.

안홀름 그런데 어떻게 일이 이루어졌나요? 이렇게 말입니다.

엘리다 그건 묻지 마세요. 설명할 수가 없어요. 설명한다 하더라도 전혀 이해하지 못하실 거예요.

안홀름 음── (목소리를 낮추어서) 나에 대한 이야기를 그분에게 한 적이 있나요? 물론 내 말뜻은 내가 성급하게 부인께 청혼했던 얘기 말입니다.

엘리다 하지 않았어요. 제가 어떻게 그 말을 하겠어요. 난 그분에게 한 마디도 하지 않았어요. 선생님이 말한 것에 대해서는요.

안홀름 마음이 놓이는군요. 나는 그 생각 때문에 어찌할 바를 몰랐습니다.

엘리다 그러실 필요 없어요. 나는 그분에게 단지 완벽한 진실만을 얘기했어요. 내가 선생님을 대단히 좋아했고, 선생님은 내가 등대에서 사귄 친구 중 가장 좋은 친구라는 것 말예요.

안홀름 정말 고맙습니다. 하지만 내가 떠난 다음에 왜 나에게 편지를 하지 않으셨죠?

엘리다 선생님 마음을 상하게 해 드릴지 모른다고 생각했어요. 선생님이 원하시는 걸 들어드릴 수 없는 사람한테서 소식을 들으면 말예요. 옛 상처를 건드릴 것 같은 생각이 들었어요.

안홀름 그래요. 부인 생각이 옳았을지도 모르죠.

엘리다 하지만 선생님은 왜 편지를 안 하셨어요?

안홀름 (반은 꾸짖는 듯한 미소를 머금고 엘리다를 바라보면서) 내가? 먼저? 아마 내가 다시 한번 더 시도해 볼 거라고 생각했나 보죠? 그런 거절을 당하고도 말예요.

엘리다 물론 안 하시겠죠. 무슨 뜻인지 알겠어요. 그런데 다른 여자에 겐 청혼을 생각해 본 적이 없나요?

안홀름   없었어요. 나는 추억만을 간직해 왔습니다.

엘리다   (반농담으로) 말도 안 돼요. 좋지 않은 추억에 집착하지 말아
요. 선생님은 행복한 결혼을 할 것이라는 생각을 하시는 게 훨씬 좋을
것 같아요.

안홀름   그것도 젊었을 때 어울리는 말이지요. 죄송하지만 내 나이 벌
써 서른일곱 살이 넘었다는 걸 생각해 봐요.

엘리다   그러니 더욱 시간을 낭비하면 안 되는 거예요. (잠깐 침묵을 지
키다가 낮은 목소리로 진지하게) 안홀름, 들어 보세요. 나는 그때 내 생
활을 위해서라도 선생님께 말할 수 없었던 걸 지금 말씀드리겠어요.

안홀름   그게 뭔가요?

엘리다   그건, 선생님께서 저에게 청혼했을 때 말예요. 나는 그때 그 대
답 외에는 다른 대답을 할 수가 없었어요.

안홀름   알아요. 부인은 나에게 서로의 우정만을 말했었죠. 그건 알고
있어요.

엘리다   그렇지만 선생님께서는 내가 어떤 사람을 열렬히 사랑하고 있
었다는 것은 모르셨잖아요?

안홀름   그때 이미?

엘리다   네.

안홀름   하지만 그럴 리 없어요. 부인은 지금 그때를 잘못 알고 있는
겁니다. 부인은 그때 봔겔 선생님을 몰랐어요.

엘리다   난 지금 그분을 말하고 있는 게 아니예요.

안홀름   봔겔 씨가 아니라구요? 하지만 그때 스콜드빅에서 부인이 사
랑에 빠질 만한 사람은 생각이 안 나는데요.

엘리다   물론 생각나지 않을 거예요. 모든 게 완전히 미친 짓이었으니
까요.

안홀름   좀더 자세히 말해 봐요.

엘리다   내가 그때 자유스런 몸이 아니었다는 것을 아는 것으로 충분치 않으세요? 그리고 이제 선생님께서 그걸 알게 됐구요.

안홀름   부인께서 자유스러웠다면?

엘리다   그렇다면?

안홀름   내 편지에 대한 답장이 달랐을까요?

엘리다   어떻게 말할 수 있겠어요? 닥터 뵌겔이 나타나서 내 답이 달라진 거예요!

안홀름   그렇다면 부인께서 자유롭지 않았다고 나에게 말해서 무슨 소용이 있는 거죠?

엘리다   (고통스러운 듯 신경질적으로 일어서며) 누군가에게 얘기해야 하기 때문이에요. 아네요. 일어서지 마세요.

안홀름   그러면 부인의 남편께선 그걸 모르셨나요?

엘리다   처음엔 얘기했어요. 내가 한때 사랑에 빠졌었다구요. 그분은 더 이상 알기를 원치 않았어요. 그래서 우리는 그 이후로 더 이상 언급을 하지 않았죠. 어쨌든 그건 정말로 미친 충동 이외는 아무것도 아니었어요. 그리고 그건 곧 모두 끝났어요. 최소한 어느 정도는 말예요.

안홀름   (일어서며) 단지 어느 정도라고요? 전부 다 끝난 게 아니고요?

엘리다   네, 전부예요! 안홀름 선생님, 그건 선생님께서 생각하시는 것과는 달라요. 매우 이해하기 힘든 것이어서 설명드릴 방법이 없어요. 선생님께서는 내가 아프거나 정신 나갔었다고만 생각하실 거예요.

안홀름   우리는 항상 친한 친구잖아요. 이제 모두 사실대로 말해 봐요.

엘리다   말하겠어요. 하지만 어느 누가 당신처럼 정말 이해할 수 있을는지……. (주위를 둘러보고 말을 끊는다) 기다려요. 누가 와요.

링스트란트가 왼쪽에서 나와서 길을 따라 정원 안으로 들어온다. 그는 단춧구멍에 꽃을 꽂고 실크 리본이 달린 크고 예쁜 부케를 종이에 싸서 들고 온다. 그는 머뭇거리다가 베란다 앞에 불안하게 서 있다.

엘리다　(정자에서) 링스트란트, 우리 애들을 찾고 있어요?

링스트란트　(돌아서며) 아, 안녕하세요? 봥겔 부인. (인사를 하고 엘리다에게 다가간다) 아니예요. 아가씨들을 찾는 게 아니라 부인을 뵈러 왔어요. 와도 좋다고 하셨지요?

엘리다　그랬었죠. 우리는 항상 링스트란트를 만나는 게 기뻐요.

링스트란트　고맙습니다. 오늘이 특별히 좋은 날이라고 들어서요…….

엘리다　오늘이 특별한 날이라고 들었다구요?

링스트란트　네. 그래서 부인께 드리려고 이걸 가지고 왔어요. (그는 정중하게 인사를 하고 그녀에게 부케를 내민다)

엘리다　(미소를 지으며) 하지만 링스트란트, 안홀름 선생님께 그 아름다운 꽃을 직접 드리는 게 더 좋지 않아요? 누구보다 이분에게 경의를 표해야 하거든요.

링스트란트　(의아스러운 듯 두 사람을 번갈아 쳐다보며) 아, 실례했습니다. 하지만 전 이 신사분을 전혀 모르겠는데요. 난 단지 생신 때문에 왔어요.

엘리다　생신이라구요! 뭔가 잘못 알고 있는 게 분명해요. 우리집엔 아무도 생일을 맞지 않았어요.

링스트란트　(의미있는 듯한 미소를 지으며) 아, 다 알고 있어요. 하지만 그게 그렇게 비밀이었는지는 몰랐습니다.

엘리다　그런데 뭘 알고 있죠?

링스트란트　부인, 부인의 생신이시라는 거 말예요.

엘리다 　내 생일이라고요?

안홀름 　(미심쩍은 듯 엘리다를 바라보며) 오늘? 아닌데요. 확실히 아녜요.

엘리다 　(링스트란트에게) 왜 그렇게 생각했죠?

링스트란트 　힐데 양이 그렇다고 했어요. 나는 오늘 아침 일찍 여기 잠시 들렀어요. 왜 이렇게 아름답게 꾸미는지 물어보았죠. 꽃을 갖다놓고 기를 깃대에 높이 올리고 해서 말예요.

엘리다 　그런데?

링스트란트 　그런데 힐데 양이 '오늘이 어머니의 생신날'이라고 말했어요.

엘리다 　어머니의? 오, 알겠어요.

안홀름 　아! (그와 엘리다는 의미있는 시선을 주고받는다) 자, 반겔 부인, 이 청년이 모든 걸 알고 있는 것 같으니…….

엘리다 　(링스트란트에게) 그래요. 알고 있다니…….

링스트란트 　(다시 부케를 그녀에게 내밀면서) 수없이 행복한 날이 다시 돌아오기를 기원합니다.

엘리다 　(꽃을 받으면서) 정말 고마워요. (엘리다와 안홀름, 그리고 링스트란트가 정자에 앉아 있다) 안홀름 선생님, 내 생일에 대한 이 모든 것은 극비로 계획됐어요.

안홀름 　그러니 모르죠. 우리 같은 외부인들에겐 알리지도 않으시구요.

엘리다 　(테이블에 꽃을 놓으며) 그래요. 외부인들에겐 안 알렸어요.

링스트란트 　절대로 아무에게도 입밖에 내지 않겠어요.

엘리다 　오, 그런 말이 아니었어요. 그런데 건강은 어때요? 한결 나아보이는군요.

링스트란트 　네. 눈에 띄게 좋아지고 있는 것 같아요. 그리고 내년에 남쪽으로 갈 수 있다면…….

엘리다 가실 작정이군요. 그래서 우리 애들이 나에게 말했군요.

링스트란트 네. 베르겐에는 저를 돌봐 줄 좋은 친구가 있어요. 내년에
  는 제가 그리 갈 수 있도록 도와 주겠다고 그 친구가 약속했어요.

엘리다 그 친구는 어떻게 만났어요?

링스트란트 아주 큰 행운이었어요. 언젠가 그의 배를 타고 바다에 나
  갔었어요.

엘리다 그랬군요. 그래서 그때 바다를 좋아하게 됐군요?

링스트란트 아니, 꼭 그렇지는 않아요. 어머니가 돌아가신 뒤에 아버지
  께서는 제가 집에만 틀어박혀 있는 걸 원치 않으셨어요. 그래서 저를
  바다로 보내신 거예요. 바다에 나갔다가 귀항하는 도중에 우리는 영국
  해협에서 난파당했어요. 그리고 그게 저에겐 행운이었던 거죠.

안홀름 어떻게?

링스트란트 제가 부상을 입었기 때문이에요. 여기 가슴에 말예요. 구조
  되기까지 얼음물 속에 너무 오랫동안 있어서 그래요. 그래서 전 바다
  를 포기하고 말았어요. 맞아요. 그게 정말로 큰 행운이었어요.

엘리다 정말로 그렇게 생각해요?

링스트란트 그럼요. 제 부상은 그렇게 위험스럽지 않았거든요. 그리고
  이젠 제가 늘 원했던 조각가가 될 수 있기 때문이죠. 생각해 보세요.
  아름다운 흙을 가지고 일한다는 것을 말예요. 손가락으로 흙을 부드럽
  게 만지면서 모양을 만든다는 걸 생각해 보세요.

엘리다 그러면 모델은 어떤 것으로 하죠? 인어들인가요? 아니면 옛날
  해적들인가요?

링스트란트 아니예요. 그런 게 아니예요. 모델을 택하게 된다면 아주
  큰 모델을 선택하려고 해요. 그룹으로 말예요.

엘리다   오! 그러면 그 그룹은 뭘까요?

링스트란트   그건 제 자신이 경험한 것이 될 거예요.

안홀름   그래요. 그게 언제나 가장 좋지요.

엘리다   그런데 그게 뭐죠?

링스트란트   글쎄요. 제 생각으로는 젊은 부인이 어떨까 싶어요. 선원의
　　아내 같은 모델 말예요. 잠자리에 누워 있으면서도 이상하게 불안해
　　하는 선원의 아내 말입니다. 그녀는 꿈을 꾸고 있어요. 전 사람들이
　　그걸 알 수 있도록 조각할 수 있을 거예요.

안홀름   그 외에 다른 것은 없나요?

링스트란트   있어요. 또 다른 모델도 있어요. 그건 아마 형태가 더 명확
　　할 거예요. 그녀의 남편이지요. 선원의 아내는 남편이 없는 동안 부도
　　덕한 생활을 했어요. 그런데 그 남편은 바다에서 익사를 했어요.

안홀름   오, 그건……?

엘리다   남편이 물에 빠져 죽었다고요?

링스트란트   네, 항해중에 물에 빠졌어요. 그런데 이상한 것은 그가 집
　　으로 돌아온 거예요. 그것도 한밤중에 말입니다. 그는 침대 옆에 서서
　　아내를 보고 있는 겁니다. 흠뻑 젖은 상태로, 물에 빠진 사람들이 바
　　다에서 끌어올려졌을 때의 그런 모습으로 거기에 서 있는 거예요.

엘리다   (의자에 등을 기대며) 참 이상스런 착상이군요. (눈을 감으면서)
　　그래요. 그걸 아주 생생하게 볼 수 있군요.

안홀름   그렇지만 젊은이, 도대체 어떻게……? 자네는 직접 경험한 것
　　이 될 거라고 말하지 않나?

링스트란트   저는 그걸 경험했어요. 그런 식으로 말예요.

안홀름   그렇게 죽은 사람을 알고 있다는 건가?

링스트란트   참, 제가 실제로 그런 사람을 알고 있다는 게 아니라 현실

생활에서 말예요. 하지만 어느쪽이든······.

엘리다 (간절히 듣고 싶어하며 흥분해서) 알고 있는 모든 것을 말해 봐요. 그걸 모두 듣고 싶어요.

안홀름 (미소를 지으면서) 그래요. 부인은 재미가 있겠군요. 그 얘기 속에 바다맛이 나는 그 무엇이나 말이오.

엘리다 링스트란트, 나에게 그걸 말해 줘요.

링스트란트 우리 배가 귀항할 예정이었지요. 할리팍스라는 곳에서 말예요. 그런데 우리는 선원 한 사람을 병원에 두고 떠나야 했어요. 그래서 우리는 그 사람 대신 한 미국인을 고용했어요. 그런데 이 새로운 선원은······.

엘리다 미국인?

링스트란트 네. 어느 날 그는 선장에게서 오래 된 신문 한 뭉치를 빌려 왔어요. 그는 항상 그 신문들을 열심히 읽었어요. 그는 노르웨이 말을 배우고 싶다고 했어요.

엘리다 계속해요.

링스트란트 그런데 어느 날 저녁, 우리는 악천후를 만나서 모든 선원들이 갑판에서 대비해야만 했어요. 그 선원과 저를 제외하고는 모두 말예요. 그는 발목을 삐어서 걸을 수 없었고 저는 건강이 좋지 않았거든요. 그래서 저는 침대에 누워 있었고, 그는 오래된 신문을 읽으면서 앞 갑판 밑 선원실에 앉아 있었어요.

엘리다 그런데?

링스트란트 그때 그가 앉아 있는 곳에서 갑자기 신음소리 같은 것이 들렸어요. 바라보니 그의 얼굴이 백지장처럼 하얗게 변해 있더군요. 그리고 그는 신문지를 꽉 비틀어서 갈기갈기 찢어버리는 거예요. 한 마디 말도 없이 그렇게 했어요.

엘리다　　그가 아무 말도 안 했어요? 전혀 말을 안 했나요?

링스트란트　　그때는 아무 말도 안 했어요. 그런데 조금 있다가 그는 독
　　백하듯이 말했어요. '결혼을 해? 다른 사람과……내가 없는 사이에!'

엘리다　　(작은 소리로 자신에게 말하듯, 눈을 감고서) 그렇게 말했어요?

링스트란트　　네. 그런데 짐작도 못할 거예요. 그는 완벽하게 훌륭한 노
　　르웨이 말로 그 말을 했어요. 그는 외국어에 아주 훌륭한 재능을 지니
　　고 있었던 게 틀림없어요.

엘리다　　그리고 그 다음엔 어떻게 됐나요?

링스트란트　　그런데 지금부터가 이상한 말이에요. 난 살아 있는 동안에
　　는 그 말을 잊을 수가 없을 거예요. 그는 말을 계속 했어요. 아주 조용
　　히 말예요. '하지만 그녀는 내 여자야. 그리고 언제나 그럴 거야. 내가
　　물에 빠져 죽어 혼이 되어 그녀를 데려가기 위해 바다의 심연에서 오
　　게 된다 하더라도 그녀는 나와 함께 있게 될 거야!'

엘리다　　(떨리는 손으로 컵에 물을 부으면서) 오, 오늘 날씨가 왜 이렇게
　　덥지!

링스트란트　　그리고 그가 너무나 단호하게 그 말을 해서 저는 그가 정
　　말로 그렇게 할 수 있을지도 모른다고 생각했어요.

엘리다　　알고 있어요? 그가 어떻게 됐는지 말예요.

링스트란트　　오, 봔겔 부인. 그는 분명히 죽었어요.

엘리다　　(빠르게) 왜 그렇게 생각하죠?

링스트란트　　그 후 우리는 영국 해협에서 파선이 되었거든요. 저는 선
　　장과 다섯 사람의 선원과 함께 긴 보트를 타고 떠났으나 항해사는 작
　　은 보트를 탔어요. 그 미국인과 또 다른 한 사람이 함께 탔어요.

엘리다　　그 이후로는 그들에 대해서 무슨 말을 들어본 적이 없어요?

링스트란트　　전혀 못 들었어요. 제 친구가 요전에 그렇게 편지를 써 보

냈더군요. 그래서 그 그룹을 모델로 하려고 하는 거예요. 나는 그 선원의 부도덕한 아내를 아주 생생하게 볼 수 있어요. 그리고 익사했지만 바다에서 집으로 돌아오는 보복자도요. 나는 아주 명확히 그들 둘을 다 볼 수 있어요.

엘리다   나도 그래요. (일어서며) 들어가요. 아니, 남편에게 가요. 여기는 더워서 숨이 막혀요! (정자에서 나온다)

링스트란트   가 봐야겠습니다. 전 부인의 생신을 축하하기 위해 들렀을 뿐이에요.

엘리다   그럼, 가 봐야 한다면, (손을 내밀면서) 잘 가요. 그리고 꽃 고마웠어요.

링스트란트가 인사를 하고 쪽문을 통하여 왼쪽으로 나간다.

안홀름   (일어서서 엘리다에게 다가가면서) 뾴겔 부인, 당황하셨죠?

엘리다   네, 조금은 그랬어요. 하지만……

안홀름   하지만 마음 속으로는 그걸 각오하고 있었겠죠?

엘리다   (놀라서 그를 바라보며) 각오라구요?

안홀름   난 그렇게 생각했어요.

엘리다   남자가 돌아올 걸 각오했냐구요? 그처럼 돌아올 걸 말예요?

안홀름   도대체 뭐요? 그건 조각가의 엉뚱한 허풍이 아니었던가요?

엘리다   안홀름 선생님, 그건 아마 아주 엉뚱한 얘기는 아닐 거예요.

안홀름   말도 안 되는 소리요. 죽은 사람에 대한 얘기 때문에 부인이 그렇게 당황했다는 건가요? 내 이야긴……

엘리다   무슨 말씀인지…….

안홀름   아! 나는 부인이 장님처럼 아무것도 모르고 이 집에 살고 있다고 생각했어요. 그리고 정말로 부인을 기분 나쁘게 한 것은 일년에 한 번 있는 기념일이 부인 모르게 비밀리에 진행되고, 남편과 애들이 부인이 관여 못하는 추억을 간직하고 있다는 걸 알았기 때문이라고 생각했어요.

엘리다   아니예요. 그건 중요하지 않아요. 나는 남편을 독점할 권리가 없어요.

안홀름   난 부인이 그럴 권리가 있다고 생각할 수밖에 없어요.

엘리다   그래요. 하지만 실제로는 그렇지 않아요. 그게 중요한 거예요. 나는 내 자신의 생활이 있어요. 그들이 간섭 못하는 생활 말예요.

안홀름   부인은 남편을 진실로 사랑하지 않는다고 말하려는 겁니까?

엘리다   사랑해요. 사랑하고말구요. 나는 그를 완벽하게 사랑하게 됐어요. 그러나 이건 소름이 끼치는 일이에요. 설명할 수도 없고 전혀 상상할 수도 없어요.

안홀름   이제는 나를 믿고 아까 그 얘기를 모두 해 주세요. 해 주시지 않겠어요?

엘리다   말할 수 없어요. 어쨌든 지금은 못해요. 나중에는 혹시 모르지만요.

볼레타가 베란다로 나와서 정원으로 내려온다.

볼레타   아버지가 진찰실에서 나오세요. 우리 모두 정원에 가지 않으시겠어요?

엘리다   그래, 가자.

뽠겔이 옷을 바꿔입고 힐데와 함께 집 뒤에서부터 왼쪽으로 나온다.

140

봔 겔   다녀왔소. 이젠 다 끝났소. 시원한 것 좀 마셨으면 좋겠군.

엘리다   잠깐 기다리세요. (정자로 가서 부케를 가져온다.)

힐 데   야, 아주 아름다운 꽃이네요. 어디서 났어요?

엘리다   힐데야, 링스트란트가 나에게 주었단다.

힐 데   (놀라며) 링스트란트가요?

볼레타   (불안해서) 링스트란트가 또 왔었어요?

엘리다   (미소를 지으며) 그래 이걸 가지고 왔었다. 나에게 오늘 같은
　　　기쁜 날이 수없이 돌아오기를 기원한다면서 말이다.

볼레타   (힐데를 바라보며) 아!

힐 데   (중얼거린다) 바보!

봔 겔   (아주 난처해하면서 엘리다에게) 흠, 그렇소? 그런데 여보, 그 이
　　　유를 좀······.

엘리다   (말을 막으며) 애들아, 이리 와. 이 꽃을 다른 꽃들과 함께 물
　　　속에 넣어 두자. (베란다로 올라간다)

볼레타   (힐데에게 작은 소리로) 봐! 어느 누구보다도 마음이 좋잖아?

힐 데   (화가 난 듯 조그맣게) 웃기지 마! 아버지 비위를 맞추려고 그럴
　　　뿐이야.

봔 겔   (베란다로 올라가서 엘리다의 손을 꽉 쥔다) 고맙소. 여보, 진심으
　　　로 고맙게 생각하오.

엘리다   (꽃들을 정돈하며) 그런데 나도 함께 참여하면 안 되나요? 애들
　　　어머니의 생일에 말예요.

안홀름   흠.

　안홀름, 봔겔과 엘리다가 있는 곳으로 올라간다. 볼레타와 힐데는 정
원에 그대로 남아 있다.

제 2 막

도시 뒤편 나무들이 우거진 정상에 전망대가 있고 조금 뒤쪽에는 풍향계가 있어 이정표 구실을 하는 케른이라는 원뿔꼴 돌무덤이 있다. 케른 주위에는 전방에서처럼 큰 돌들이 앉아 있기에 좋게 좌석처럼 놓여 있다. 후방 훨씬 아래에는 협만의 외부가 보이는데 섬들이 널려 있고 육지가 삐죽 나와 있다. 넓은 바다는 보이지 않는다. 때는 여름 밤의 황혼 무렵이다. 하늘에는 주황색 아지랑이가 저 멀리 보이는 산봉우리까지 퍼져 있다. 후방 아래쪽에서 희미한 중창소리가 들린다.

도시에서 올라온 청년들과 신사숙녀들이 친밀하게 대화를 나누며 오른쪽으로부터 쌍을 지어 올라와 케른을 지나서 왼쪽으로 간다. 잠시 후 발레스테드가 외지의 관광객들을 안내하며 들어온다. 그는 그들의 외투와 가방을 메고 있다.

발레스테드　(지팡이로 위를 가리키며) 보세요, 여러분. 저 위에 또 다른 언덕이 있습니다. 우리는 곧 저기도 올라갈 겁니다. 지금은 아래로 가고요.

그는 프랑스 어로 계속 말한다. 그리고 오른쪽으로 일행을 데리고 가버린다. 힐데가 오른쪽 비탈을 빠른 걸음으로 올라온다. 걸음을 중지하고 뒤를 돌아본다. 조금 후 볼레타와 같이 올라온다.

볼레타　힐데야, 왜 링스트란트를 놓아두고 달아나니?

힐 데　언덕을 저렇게 천천히 올라오는 걸 참을 수 없어서 그래. 저봐! 기어올라오잖아!

볼레타　그렇지만 그 사람은 아프잖아?

힐 데　아주 심각한 거야?

볼레타　물론이야.

힐 데　그 사람이 오늘 오후 아버지에게 진찰을 받으러 왔었어. 결과가 어떤지 알고 싶어.

볼레타　아버지가 그러시는데 양쪽 폐에 반점들이 있다는구나. 오래 살지 못할 거래.

힐 데　그래? 나도 그렇게 생각했어.

볼레타　그런데 말야, 제발 그에겐 아무 얘기도 하지 마.

힐 데　내가 할 것 같아? (목소리를 낮추며) 저 봐! 지금 한스가 용케도 기어올라왔어. 한스 맞아. 언니는 그를 바라보기만 해야 돼. 알았지? 그리고 그가 한스라는 걸 알고 있기만 해야 돼.

볼레타　(속삭이는 말로) 얌전히 굴어! 농담하는 게 아냐!

링스트란트가 손에 우산을 들고 오른쪽에서 온다.

링스트란트　아가씨들, 죄송합니다. 보조를 맞출 수가 없어서요.

힐 데　그래서 지금 우산을 들고 오셨어요?

링스트란트 　아가씨의 어머님 거예요. 그분 말씀이, 내가 이걸 지팡이로 사용하면 좋을 거래요. 내게 우산이 없는 걸 보고 주셨어요.

볼레타 　그분들 아직도 저 아래 계세요? 아버지와 다른 사람들 말예요.

링스트란트 　네. 아가씨 아버님께서는 잠깐 레스토랑으로 가셨구요. 다른 사람들은 음악을 들으며 밖에 앉아 있어요. 그런데 아가씨들 어머님 말씀으로는 곧 이곳으로 올라오실 거래요.

힐 데 　(서서 그를 바라보며) 링스트란트 씨, 피곤해 보여요.

링스트란트 　그래요. 좀 피곤한 것 같아요. 좀 앉아야 할까 봐요. (그는 오른쪽 앞에 있는 돌에 앉는다)

힐 데 　(그 앞에 서서) 조금 있다가 음악당에서 무도회가 있는 거 알고 있죠?

링스트란트 　네, 그런 말을 들었어요.

힐 데 　춤추실 거죠?

볼레타 　(들꽃을 따면서) 힐데야, 링스트란트 씨 숨 좀 돌리게 해드려!

링스트란트 　그래요. 힐데 양, 난 춤추는 걸 좋아해요. 춤출 수만 있다면 말예요.

힐 데 　아, 알겠어요. 춤을 배우지 않았군요?

링스트란트 　실제로는 배우지 않았어요. 하지만 내가 말한 뜻은 그게 아니예요. 가슴 때문에 춤을 출 수 없다는 거예요.

힐 데 　아, 랑스트란트 씨가 말한 가슴의 부상을 말하는 거군요?

링스트란트 　네, 맞아요.

힐 데 　그런 부상을 입어 아주 속상하죠?

링스트란트 　아뇨. 정말로 그렇지 않아요. (웃으면서) 모든 사람이 나에게 친절하고 다정하며 우호적인 것은 바로 이 병 때문이라고 생각하거든요.

힐 데　물론 그건 그렇게 심한 건 아니죠?

링스트란트　네, 심하지 않아요. 아가씨 아버님께서도 심하다고 생각하시는 것 같지 않았어요.

힐 데　링스트란트 씨가 외국에 가면 곧 나아질 거예요.

링스트란트　그래요, 나아져야죠.

볼레타　(꽃들을 꺾어 와서) 봐요, 링스트란트 씨. 단춧구멍에다 하나 꽂아요.

링스트란트　봔겔 양, 정말 고마워요. 아가씨는 정말 친절하시군요.

힐 데　(오른쪽을 내려다보며) 사람들이 길을 따라 올라오고 있어요.

볼레타　(역시 내려다보며) 그들이 도는 곳을 알았으면 좋겠는데. 아냐, 그들은 길을 잘못 들 거야.

링스트란트　(일어서며) 내가 도는 데로 뛰어내려가서 소리를 질러 알리겠어요.

힐 데　아주 크게 소리질러야 할 거예요.

볼레타　아니에요. 그럴 필요가 없어요. 지치기만 할 거예요.

링스트란트　내려가는 길은 쉬워요. (그가 오른쪽으로 간다)

힐 데　내리막길이야. 그래, (그를 계속 지켜보며) 그가 뛰기도 하는데! 다시 올라와야 하는 건 생각지 않는 모양이야.

볼레타　불쌍한 사람!

힐 데　링스트란트 씨가 언니에게 청혼하면 받아들일 거야?

볼레타　너 미쳤구나!

힐 데　물론 내 말은 그가 병이 없고 곧 죽지 않을 거라면 말야. 그렇다면 그의 청혼을 승낙할 거야?

볼레타　내 생각엔 네가 그렇게 하는 게 좋을 것 같다.

힐 데　어쩜, 내가 어떻게 그런 일을! 그는 콩 한 쪽도 없어. 자기 자신도 먹여 살리지 못할 거야.

볼레타 그렇다면 왜 넌 언제나 그에 대해 그렇게 관심을 갖니?

힐 데 아, 단지 그의 병 때문이야.

볼레타 그런데 난 네가 그를 그렇게 가엾게 여기는 것같지 않은데?

힐 데 난 가엾게 여기지 않아. 그저 재미있을 뿐이야.

볼레타 뭐라고?

힐 데 그를 관찰해 보면 그는 자기 병이 심각하지 않다고 생각해. 외국에 나갈 거고 예술가가 될 거래. 정말 그렇게 믿고 있어. 그리고 그는 어리석게도 그걸 행복해하고 있어. 하지만 그런 일은 절대로 일어나지 않을 거야, 절대로. 그는 그렇게 오래 살지 못할 테니 말야. 나에겐 그런 생각이 아주 흥미롭거든.

볼레타 흥미롭다구!

힐 데 응. 난 그게 흥미로워. 분명히 인정해.

볼레타 힐데, 너는 정말 무서운 아이구나!

힐 데 내가 되고 싶은 게 바로 그거야. 순전히 보복심리 같은 거야. (아래를 내려다보며) 아, 역시! 안홀름 선생님은 그렇게 등산을 좋아하시지 않아! (돌아서면서) 그런데 말야, 언니는 내가 점심 먹을 때 안홀름 선생님한테서 뭘 눈치챘는지 알아?

볼레타 뭔데?

힐 데 상상해 봐. 선생님은 대머리가 됐어. 바로 머리꼭대기가 말야.

볼레타 말도 안 되는 소리! 그렇지 않아.

힐 데 대머리야. 게다가 주름살도 생겼어. 눈가에 말야. 큰일날 뻔했어, 언니! 선생님이 언니의 가정교사로 있을 때 언니가 선생님을 사랑했던걸 생각해 봐!

볼레타 (웃으면서) 맞아. 그런 일이 있었다니 생각조차 못하겠다. 선생

146

님은 그때 볼레타가 흉한 이름이라고 했어. 그래서 울었던 기억이 나는구나.

힐 데   정말 그랬어? (다시 아래를 내려다보며) 언니, 저길 봐. '바다의 부인'이 지금 선생님과 걸어오고 있어. 아버지와 오는 게 아니고 말야. 계속 지껄여대고 있어. 저 사람들 둘 다 약간 돌아버린 거 아냐?

볼레타   창피한 걸 알아라! 네가 어떻게 어머니에 대해 그렇게 말할 수 있니? 우린 이제 막 어머니와 아주 잘 지내기 시작했는데 말야.

힐 데   우리 언니는 지금 상상을 하고 있는 거야. 아냐, 우리는 절대 저 여자와 함께 지낼 수 없을 거야. 저 여자는 우리와 같은 사람이 아니고 우리는 저 여자와 같은 사람이 아냐. 아버지가 왜 저 여자를 우리 가정에 끌어들였는지는 아무도 몰라. 어느 날 저 여자가 미쳐서 헛소리를 할지라도 나는 조금도 놀라지 않을 거야.

볼레타   미쳐? 넌 어떻게 그런 말을 할 수 있니?

힐 데   글쎄, 놀라지 않을 거야. 저 여자의 어머니가 미쳤었어. 미쳐서 죽었어. 나는 그 사실을 알고 있어.

볼레타   맙소사! 큰일이야. 넌 도대체 쓸데없는 소리를 하고 있구나. 이젠 그런 얘기 하지 마. 아버지를 위해서 말야. 이제는 착한 애가 되어라. 힐데, 내 말 듣니?

완겔, 엘리다, 안홀름, 그리고 링스트란트가 오른쪽에서 올라온다.

엘리다   (뒤를 가리키며) 저렇게 밖으로 뻗어 있어요.

안홀름   네. 물론 그래야 되겠죠.

엘리다   저기가 바다가 있는 곳이에요.

볼레타   (안홀름에게) 여기가 꽤 높다고 생각하지 않으세요?

안홀름   대단한데! 장관이야!

봔 겔   그래요. 전에는 여기까지 올라와 본 적이 없었죠?

안홀름   네, 없어요. 예전에 난 누가 여기까지 올라올 수 있을까 생각하
　　　　 곤 했죠. 길이 없었거든요.

봔 겔   공원도 없었어요. 지난 몇 년 사이에 다 생겼어요.

볼레타   까마귀집이 있는 언덕에서 보면 경치가 더 좋아요. 저 위에서
　　　　 보면 말예요.

봔 겔   여보, 우리 저기 올라가 볼까?

엘리다   (오른쪽 돌에 앉으면서) 가고 싶지 않아요. 올라들 가 보세요.
　　　　 난 여기 앉아서 기다릴게요.

봔 겔   그러면 나도 당신과 여기 남겠소. 애들이 안홀름 선생을 모시고
　　　　 갈 수 있을 거요.

볼레타   선생님, 우리와 함께 가요.

안홀름   응, 좋지. 저기에도 올라가는 길이 있나?

볼레타   네. 넓고 좋은 길이 있어요.

힐 데   두 사람이 팔을 끼고 아주 편안히 걸을 수 있으리만큼 넓어요.

안홀름   (농담으로) 힐데 양, 정말? (볼레타에게) 그러면 우리 가 볼까?

볼레타   (웃음을 참으며) 네, 좋아요.

　　　　 그들은 팔을 끼고 왼쪽으로 나간다.

힐 데   (링스트란트에게) 우리도 가요.

링스트란트   팔을 끼고?

힐 데   왜 안 되나요? 난 괜찮아요.

링스트란트   (즐겁게 웃으며 힐데의 팔을 잡고) 이거 정말 행복한데!

힐 데   행복하다구요?

링스트란트   그래요. 우리가 꼭 약혼한 것 같아요.

힐 데   링스트란트 씨, 전에도 숙녀와 팔을 끼고 걸어 본 적이 있으신
가 보죠?

그들이 왼쪽으로 나간다.

봔 겔   (케른 옆에 서서) 여보, 이젠 우리 두 사람만 남았소.

엘리다   네, 이리 와서 제 옆에 앉으세요.

봔 겔   (앉으면서) 여긴 아주 조용하고 평화롭군. 이제 우리 애기나 좀
해 볼까?

엘리다   무슨 애기 말예요?

봔 겔   당신에 대한 애기 말이오. 그리고 우리들에 대한 애기도. 일이
이런 식으로 나갈 수 없다는 걸 알고 있소.

엘리다   무슨 하실 말씀이 있으시군요?

봔 겔   여보, 완전한 믿음 말이오. 그리고 우리가 지금까지 영위해 온
것과 같이 함께 할 알맞은 생활을 말하는 거요.

엘리다   할 수만 있다면요. 하지만 그건 전혀 불가능해요.

봔 겔   나는 이해한다고 생각하오. 그래요, 때때로 당신은 어떤 일에서
고의로 멀어지려고 했소. 난 이해하오.

엘리다   (격렬하게) 당신은 이해 못해요. 그런 말씀하지 마세요. 당신은
이해할 수 없어요.

봔 겔   하지만 나는 이해하오. 여보, 당신은 천성이 훌륭하고 아주 성실
해요.

엘리다   네. 그렇다고 생각해요.

봔 겔 당신이 어떤 관계에서든지 진실로 행복해야 한다면 그건 완전한 관계여야 하오.

엘리다 (그를 뚫어지게 쳐다보며) 네? 그런데요?

봔 겔 당신이 두 번째 아내라는 걸 의미하는 게 아니었소.

엘리다 왜 그럼 지금 그렇게 생각하죠?

봔 겔 가끔 그런 생각이 내 머리를 스치곤 하오. 하지만 오늘은 확실히 알았소. 애들이 지켜온 그들 어머니의 생일 말이오. 당신은 나를 공범자로 간주했소. 물론 남자란 자신의 추억을 지울 수는 없소. 적어도 나는 그래요. 나는 그러지 못해요.

엘리다 알아요. 난 그걸 아주 잘 알고 있어요.

봔 겔 그렇지만 당신이 틀렸어요. 당신에게는 애들의 어머니가 아직까지 살아 있는 것같이 느껴질 거요. 보이지는 않지만 우리와 함께 아직까지 여기 있는 것 같을 거요. 당신은 내 마음이 당신과 그녀로 나누어져 있다고 느끼고 있소. 그런 생각이 당신에게 충격을 안겨주고, 당신은 우리의 관계에 어떤 부도덕한 것이 있을 거라고 느끼는 거요. 그 때문에 당신은 더 이상 나의 아내로서 나와 함께 살 수 없거나, 아니면 살려고 하지를 않는 거요.

엘리다 (일어서며) 그걸 아셨어요? 그렇게 명확히 그 모든 걸 보셨어요?

봔 겔 그래요. 난 오늘 마침내 그걸 절실히 느꼈소. 완벽하게.

엘리다 완벽이라구요? 아니예요. 그렇게 생각하지 마세요.

봔 겔 (일어서며) 여보, 그 뒤에 뭔가 더 있다는 것도 나는 잘 알고 있소.

엘리다 (걱정스럽게) 그것까지 알고 있어요?

봔 겔 그래요. 당신이 이 지방을 견딜 수 없도록 싫어하게 된 이유가 있소. 당신은 산들이 당신을 가두고 당신을 억누른다고 생각하고 있소. 여기엔 당신에게 필요한 충분한 빛이 없는 거요. 우리의 지평선은 너무 좁아요. 여기 공기는 당신에겐 너무 희박하고 느슨하오.

엘리다　네. 당신의 말씀은 정확해요. 밤이나 낮이나, 여름이나 겨울이나 나는 참을 수 없는 바다에 대한 그리움 때문에 미칠 것 같아요.

봔 겔　여보, 그건 알고 있소. (그녀의 머리 위에 손을 얹으며) 그래서 가엾게도 앓고 있는 당신을 당신 고향으로 다시 돌아가도록 할 거요.

엘리다　무슨 뜻이에요?

봔 겔　아주 간단한 얘기요. 우린 떠날 거요.

엘리다　떠나요?

봔 겔　그래요. 넓은 바다가 있는 곳으로, 당신이 당신 마음에 드는 고향을 찾을 수 있는 어느 곳으로 떠날 거요.

엘리다　오, 여보. 그런 생각하지 마세요. 불가능해요. 여기 말고는 세상 어디에서도 당신은 행복하지 않아요.

봔 겔　그건 걱정 말아요. 내가 여기서 행복할 수 있다고 생각하오? 당신 없이?

엘리다　하지만 난 여기 있잖아요! 그리고 남아 있을 거예요. 내가 없으면 당신도 없어요.

봔 겔　여보, 내가 없다고?

엘리다　그런 얘긴 하지 말아요. 당신이 목적한 모든 삶이 여기 있어요. 당신이 갈망하고 있는 모든 것, 당신의 전 생애의 업적이 여기에 있어요.

봔 겔　내가 말하지 않았소. 그건 걱정하지 말아요. 우리는 여길 떠날거요. 어딘가 다른 곳으로. 여보, 이젠 완전히 결정된 거요.

엘리다　하지만 그게 무슨 도움이 될 거라고 생각하세요?

반 겔   당신은 건강을 회복할 거고 마음의 안정을 되찾게 될 거요.

엘리다   그게 난 의심스러워요. 당신은 어때요? 당신 자신도 생각해 보
세요. 그렇게 해서 뭘 얻을 수 있죠?

반 겔   엘리다, 나는 당신을 다시 얻게 되는 거요.

엘리다   여보, 그렇게 안 될 거예요. 절대 안 될 거예요. 생각만 해도 무
서워요. 가슴이 터질 것 같아요.

반 겔   알아둬야 할 게 있소. 당신이 이런 생각을 계속하면 당신을 위
해서 떠나가는 것 외엔 다른 해답이 없소. 그리고 그건 빠를수록 좋
아. 이제 결정된 거요. 내 말 듣고 있소?

엘리다   아뇨. 아무것도 몰라요. 차라리 모든 걸 사실 그대로 당신께 얘
기하는 게 나을 것 같군요.

반 겔   그래요. 말해 봐요.

엘리다   나는 당신이 나 때문에 비참해지도록 내버려 둘 수 없어요. 특
히 그게 우리에게 아무 이득도 주지 못할 때는 말예요.

반 겔   당신 나에게 모든 걸 말하겠다고 하지 않았소? 사실대로 말이
오.

엘리다   할 수 있는 대로 다 말하겠어요. 내가 알고 있다고 느끼는 모
든 걸 말예요. 이리 와서 내 옆에 앉으세요. (그들은 하나의 돌 위에 앉
는다)

반 겔   말해 봐요.

엘리다   그날 거기서 당신은 아주 솔직하게 첫 번째 결혼에 대해서 나
에게 말했어요. 당신이 내게 청혼하던 그날 말예요. 그 결혼생활은 아
주 행복했다고 당신은 말했어요.

반 겔   그랬소?

엘리다   네, 확실히 그랬어요. 무슨 다른 이유가 있어서 내가 지금 이

말을 하는 건 아니예요. 단지 나는 당신이 나에게 솔직했던 것처럼 나도 당신에게 솔직했다는 것을 말하고 싶었을 뿐이에요. 나는 당신에게 아주 솔직히 내가 한때 다른 사람을 사랑했었다고 말했어요. 그리고 보기에 따라서는 우리가 약혼을 했다고도 말할 수 있다고 했어요.

뷘 겔   보기에 따라서라고?

엘리다   그래요. 그런 종류의 것이었어요. 그렇지만 그건 그리 오래 지속되지 못했어요. 그는 가 버렸어요. 그리고 얼마 후 나는 그를 단념했어요. 나는 그 모든 걸 당신에게 말했어요.

뷘 겔   그런데 여보, 왜 지금 그 얘길 끄집어 내는 거지? 그건 전혀 상관이 없소. 나는 그 사람이 누구였는지 당신에게 한 번도 물어본 적이 없소.

엘리다   그래요. 물어본 적이 없으시죠. 당신은 항상 나에게 신중하셨으니까요.

뷘 겔   (웃으면서) 그런데 공교롭게도 그 사람 이름을 알아 맞추기가 그리 어렵지 않을 것 같소.

엘리다   그 사람 이름이라고요?

뷘 겔   저기 스콜드빅에 있는 사람들 중에서 고를 수 있소. 고르라고 한다면 정말 단 한 사람뿐이지.

엘리다   안홀름이라고 생각하시는 거죠?

뷘 겔   아니오?

엘리다   절대 그렇지 않아요.

뷘 겔   아니라고? 그렇다면 짐작 못하겠는데……

엘리다   큰 미국 배가 수리를 하기 위해 스콜드빅에 왔던 그 가을 생각 나시죠?

뷘 겔   분명하게 기억하오. 어느 날 아침 선장이 그의 선실에서 살해된 채로 발견되었지. 내가 검사를 해야 했소.

엘리다 그래요, 당신이 검사를 했어요.

봔 겔 그 선장은 항해사에게 살해당했소.

엘리다 그렇지 않아요. 증명이 되지 않았어요.

봔 겔 거기에 대해선 별로 의심이 없었소. 아니면 왜 그 항해사가 물
에 빠져 자살을 했겠소?

엘리다 그는 자살하지 않았어요. 그는 배에서 몰래 빠져 나가 북쪽으
로 간 거예요.

봔 겔 (놀라서) 당신이 그걸 어떻게 알지?

엘리다 그 이등 항해사가 바로 내가 약혼한 그 사람이었어요.

봔 겔 (벌떡 일어서며) 뭐라고? 하지만 그건 불가능해

엘리다 사실이에요. 틀림없어요.

봔 겔 하지만 엘리다, 당신이 어떻게 그럴 수 있었단 말이오? 어떻게
당신이 그런 사람을 받아들일 수 있었소? 전혀 낯선 사람을 말이오.
그 사람 이름이 뭐였지?

엘리다 그때 그는 자기를 프리맨이라고 했어요. 그 후에 온 편지에는
자기 이름을 알프레드 존스톤이라고 써 보냈구요.

봔 겔 어디 출신이었소?

엘리다 핀마로크라고 하더군요. 하지만 핀란드에서 태어났어요. 그의
아버지와 함께 살았구요.

봔 겔 그러면 그는 크벨이었나?

엘리다 네. 그렇게들 불렀어요.

봔 겔 그밖에 그에 대해서 아는 게 더 없소?

엘리다 아주 어렸을 때 바다로 나갔다는 것만 알아요. 그리고 오랫동
안 항해를 했다는 것도요.

본 겔   그리고는?

엘리다   없어요. 우리는 다른 얘기는 하지 않았어요.

본 겔   그럼 무슨 얘기를 했소?

엘리다   거의 바다에 대한 얘기였어요.

본 겔   바다?

엘리다   폭풍우와 조용한 바다에 대한 얘기였어요. 깜깜한 밤, 그리고 햇빛에 반짝이는 바다에 대한 얘기를 했어요. 하지만 주로 고래와 돌고래 이야기였고, 한낮에 따뜻한 햇빛을 쬐며 바위 위에 누워 있는 바다표범에 대한 얘기를 했어요. 또 갈매기와 도둑갈매기, 그리고 다른 모든 바다새들에 대해서도 얘기를 했어요. 당신은 이상하다고 생각하시겠지만, 그런 이야기를 할 때의 그는 바다의 새나 짐승들과 공통된 점을 지니고 있는 것처럼 보였어요.

본 겔   당신은?

엘리다   그래요, 나도 그런 것 같았어요.

본 겔   알겠소. 그래서 약혼을 하게 된 거요?

엘리다   네. 그는 약혼을 해야 한다고 말했어요.

본 겔   해야 한다고? 당신 자신의 뜻이 아니라?

엘리다   그와 함께 있을 때는 그럴 생각이 없었어요. 나중에 생각해 보니 그게 믿을 수 없는 것처럼 보였던 거예요.

본 겔   그와 자주 함께 있었소?

엘리다   아니, 그렇게 자주 만나진 않았어요. 어느 날 그가 등대를 보러 왔고 우리는 그때 만났어요. 그 후 한두 번 더 만났지요. 그때 선장 살해사건이 일어났던 거예요. 그래서 그는 떠나야 했구요.

본 겔   계속해 봐요.

엘리다   이른 아침이었어요. 해가 뜨기 전이었는데 그에게서 쪽지를 받았어요. 나에게 브라트해머로 나오라는 거예요. 아시겠지만 그곳은 스콜드빅과 등대 사이의 쑥 나온 육지예요.

봔 겔　알고 있소.

엘리다　빨리 나와야 한다고 씌어 있었어요. 나에게 얘기하고 싶은 게 있다구요.

봔 겔　그래서 갔소?

엘리다　네. 나가지 않을 수 없었어요. 그는 자기가 선장을 칼로 찔러 죽였다고 말했어요.

봔 겔　정말 그렇게 말했소? 그걸 솔직히 인정했소?

엘리다　네. 그렇지만 그는 옳고 당연한 일을 했을 뿐이라고 말했어요.

봔 겔　옳고 당연한 일이라고? 왜 그를 죽였지?

엘리다　그건 말하려 하지 않았어요. 내가 아는 게 좋지 않다고 했어요.

봔 겔　그래서 당신은 그의 말을 믿었소?

엘리다　믿을 수 없다는 생각조차 할 겨를이 없었어요. 하여튼 그는 달아나야 했어요. 작별을 하려는 순간……당신은 그가 한 짓을 상상도 못할 거예요.

봔 겔　뭐지? 말해 봐요.

엘리다　그는 호주머니에서 열쇠고리를 꺼내고 항상 끼고 있던 반지를 손가락에서 뺐어요. 그리고 내가 끼고 있던 작은 반지를 뺀 다음 두 개의 반지를 열쇠고리에 끼웠어요. 그는 우리가 바다와 결혼해야 한다고 말했어요.

봔 겔　결혼이라고?

엘리다　네. 그렇게 말하고는 있는 힘을 다해 멀리 바다로 두 개의 반지가 달린 열쇠고리를 던졌어요.

봔 겔　하지만 엘리다, 당신도 동의했소?

엘리다   네. 그때는 그게 옳다고 생각했어요. 그리고 그는 달아나 버렸
    어요.

뱐 겔   그가 가 버린 후에는?

엘리다   저는 곧 제정신으로 돌아왔어요. 모든 것이 얼마나 미친 짓이
    고 얼마나 우스꽝스런 짓이었던가를 알았어요.

뱐 겔   당신은 편지 얘기도 했는데, 그 후에도 그의 소식을 들은 적이
    있소?

엘리다   네, 들었어요. 처음엔 아르칸젤에서 보낸 몇 줄의 편지를 받았
    어요. 미국으로 간다는 내용과 내가 편지를 보낼 수 있는 곳의 주소가
    씌어 있었어요.

뱐 겔   그래서 당신은 편지를 했소?

엘리다   네, 곧 했어요. 물론 나는 우리 사이의 모든 것은 끝내야 한다
    고 썼어요. 더 이상 나를 생각하지 말라는 말두요.

뱐 겔   그래도 그는 다시 편지를 했소?

엘리다   네, 또 편지를 했어요.

뱐 겔   그의 편지 내용은 당신 편지에 대한 답변이었나?

엘리다   그런 말은 한 마디도 없었어요. 나는 그 사람과는 끊어질 수
    없는 것 같았어요. 그는 내가 자기를 기다려야 한다고 아주 단정적으
    로 말했어요. 자기가 나를 맞을 준비가 되면 내가 곧 자기한테 와야
    한다고 했어요.

뱐 겔   당신을 놓아주려 하지 않았군?

엘리다   네. 그래서 나는 다시 편지를 썼어요. 전에 썼던 내용을 짧게
    줄여서 말예요. 전보다 더 강력한 의미를 담았어요.

뱐 겔   그런데도 포기를 안 했소?

엘리다   안 했어요. 전처럼 냉정하게 편지를 써 보냈어요. 그러나 그와

관계를 끊겠다는 내 편지 내용에 대한 언급은 한 마디도 하지 않았어요. 나는 그게 소용이 없다는 것을 알고 다시는 그에게 편지를 하지 않았어요.

방 겔   그 후 그에게서 더 이상 아무 소식이 없었소?

엘리다   그 사람한테서 세 통의 편지를 더 받았어요. 한 번은 캘리포니아에서, 또 한 번은 중국에서, 마지막 편지는 오스트레일리아에서 왔어요. 거기에는 그가 금광으로 갈거라는 내용이 적혀 있었어요. 그런데 그 이후로는 아무 소식도 못 들었어요.

방 겔   그 사람은 당신에게 이상한 힘을 미치게 했던 게로군.

엘리다   네, 그래요. 그는 무서워요!

방 겔   그렇지만 이제 다시는 그 사람을 생각하지 말아요. 언제고 말이오. 엘리다, 내게 그러겠다고 약속해요. 그리고 이제 우리는 당신 마음 속의 그 생각들을 떨쳐버릴 수 있도록 해야겠소. 우선 신선한 공기가 필요해요. 여기 협만보다 더 신선한 공기 말이오. 생기있고 신선한 바다공기, 그게 어떻소?

엘리다   아, 그런 말씀 마세요. 생각도 하지 마세요. 그건 나에게 소용이 없을 거예요! 확실히 도움이 안 돼요. 나는 그 일을 떨쳐버릴 수 없을 거예요. 다른 곳으로 가도 말예요.

방 겔   뭐라구? 엘리다, 그게 무슨 뜻이오?

엘리다   이 무서운 일 말예요. 그가 내 마음에 미치는 설명하기 어려운 이 힘 말예요.

방 겔   하지만 당신은 이미 그걸 떨쳐버린 거요. 오래 전에, 당신이 그 사람과 관계를 끊었을 때 말이오. 그것은 오래 전에 다 끝나버린 거요.

엘리다   (벌떡 일어서며) 아니예요. 끝나지 않았어요.

봔 겔　끝나지 않았다구?

엘리다　네, 여보. 끝나지 않았어요. 더욱 두려운 것은, 그것이 앞으로도 끝나지 않을 것 같아서……내가 살아 있는 한 말예요.

봔 겔　(목메인 소리로) 당신, 진심으로 그 낯선 사람을 잊을 수 없다는 거요?

엘리다　나는 그 사람을 잊었어요. 그렇지만 그때 그가 다시 또 온 것 같았어요.

봔 겔　그게 언제였소?

엘리다　약 3년 전이었어요. 어쩌면 약간 더 됐을지도 모르겠어요. 내가 어린애를 기다리고 있을 때였어요.

봔 겔　아, 바로 그때? 그래요. 엘리다, 이제 모든 걸 알 것 같소.

엘리다　틀렸어요, 여보. 이 세상 어느 누구도 나에게 일어난 이 일을 이해할 수는 없어요.

봔 겔　(마음 아픈 듯이 엘리다를 쳐다보며) 당신은 지난 3년 동안 내내 다른 사람을 사랑하고 있었군. 나는 전혀 사랑하지 않고, 다른 사람을 사랑하다니!

엘리다　아, 잘못 아신 거예요. 나는 당신 외에 어느 누구도 사랑하지 않아요.

봔 겔　(낮은 목소리로) 그렇다면 왜 이제 와서 당신은 내 아내로서 나와 함께 살기를 원치 않는 거요?

엘리다　그건 두려움 때문이에요. 그 낯선 사람에 대한 두려움 말예요.

봔 겔　두려움이라고?

엘리다　네, 두려워요. 너무나 두려워요. 그건 바다에서 올 거라는 생각이 들어요. 여보, 이제 당신에게 말할 테니…….

젊은 사람들이 왼쪽에서 나와서 인사하고 오른쪽으로 간다. 그들과 함께 안홀름, 볼레타, 힐데, 그리고 링스트란트가 온다.

볼레타　(지나가면서) 어머! 아직까지 여기 계셨어요?

엘리다　그래. 여기는 아주 아름답고 시원하구나.

안홀름　우리는 춤추러 내려가는 중입니다.

봔 겔　좋군요. 우리도 곧 내려갈게요.

힐 데　그럼 있다 봐요.

엘리다　링스트란트, 잠깐만······.

링스트란트가 기다린다. 안홀름, 볼레타, 힐데는 오른쪽으로 나간다.

엘리다　(링스트란트에게) 당신도 춤추려고요?

링스트란트　아니예요, 봔겔 부인. 난 춤추지 않는 게 낫겠어요.

엘리다　그래요, 조심해야 해요. 가슴 말예요. 아직 좋지 않아요?

링스트란트　네, 아주 좋지 않아요.

엘리다　(약간 주저하면서) 배를 탄 지 얼마나 오래 됐나요?

링스트란트　내가 부상당하던 그때 말인가요?

엘리다　그래요. 오늘 아침에 얘기하던 그 항해 말예요.

링스트란트　아, 약······가만 있자. 네, 약 3년 전이에요.

엘리다　3년······.

링스트란트　아니면 조금 더 됐을 거예요. 우리는 2월에 미국을 떠나서 3월에 재난을 당했어요. 봄 강풍을 만났던 거예요.

엘리다　(봔겔을 보며) 그때가 바로 그때였어요.

봔 겔　그렇지만 엘리다······.

엘리다　링스트란트, 먼저 가봐요. 하지만 춤을 추진 말아요.

링스트란트　추지 않을 거예요. 그냥 구경만 할 거예요. (오른쪽으로 나
　간다)

봔 겔　여보, 왜 그 항해에 대해서 물어보지 않았소?

엘리다　존스톤이 그 배에 있었어요. 확실해요.

봔 겔　왜 그렇게 생각하지?

엘리다　(대답은 하지 않고) 그 항해중에 그는 내가 자기가 없는 동안
　다른 사람과 결혼한 것을 알았던 거예요. 그리고 그게 나를 덮친 것은
　바로 그때였어요.

봔 겔　지금 그 두려움 말이오?

엘리다　네. 갑자기 그가 보여요. 저기에 서 있어요. 바로 내 앞에요. 아
　니, 좀 옆으로. 그는 나를 보지 않아요. 그냥 저기 서 있을 뿐이에요.

봔 겔　어떻게 생겼소?

엘리다　내가 마지막으로 그를 보았던 그대로예요.

봔 겔　10년 전 말이오?

엘리다　네, 브라트해머에서요. 지금 아주 명확히 보이는 것은 그의 넥
　타이 핀이에요. 그 안에 박힌 값비싼 진주가 보여요. 죽은 고기의 눈
　알처럼 나를 노려보는 것 같아요.

봔 겔　맙소사! 당신은 생각보다 큰 병에 걸렸소. 엘리다, 당신이 알고
　있는 것보다 중병이오.

엘리다　네, 그래요. 절 좀 도와주세요. 나에게 다가오는 것 같아요. 점
　점 더 가까이 말예요.

봔 겔　당신은 3년 내내 이런 것에 골몰하고 있었던 거요. 남몰래 이처
　럼 고통을 받으며 말이오. 나에게 이야기도 하지 않고⋯⋯.

엘리다　난 이야기할 수 없었어요. 지금에야 말하지 않으면 안 됐어요.

당신을 위해서 말예요. 내가 이 모든 것을 전에 말했더라면 말 못할 일도 당신에게 해야 했을 거예요.

뵌 겔 말 못할 일이라니?

엘리다 아니예요. 묻지 마세요. 그건 다른 일이에요. 그게 전부예요. 여보, 죽은 어린아이 눈에 대한 미스테리는 어떻게 풀죠?

뵌 겔 엘리다, 그건 분명 당신의 상상일 뿐이오. 그 아이의 눈은 완전히 정상이었소. 다른 아이들의 눈처럼 말이오.

엘리다 아니, 그렇지 않았어요. 당신도 그걸 보셨잖아요. 그 아이의 눈은 바다를 따라서 색깔이 변했어요. 저 협만이 고요하고 햇빛이 비칠 때는 그 아이의 눈도 그랬어요. 하지만 저 협만에 폭풍우가 칠 때는……아, 당신은 못 보았지만 나는 그것을 보았어요.

뵌 겔 (그녀를 달래듯) 응, 그럴 수도 있지. 하지만 그게 사실이라 하더라도 그게 어떻단 말이오?

엘리다 (부드럽게 가까이 다가가면서) 난 전에도 그런 눈을 본 적이 있어요.

뵌 겔 어디서?

엘리다 브라트해머에서요. 10년 전에 말예요.

뵌 겔 (뒷걸음질치면서) 그게 무슨 뜻이오?

엘리다 (낮은 목소리로 떨면서) 그 아이의 눈은 그 사람의 눈을 닮았어요.

뵌 겔 (무의식적으로 소리를 지르며) 엘리다!

엘리다 (절망적으로 자기 머리를 손으로 때리며) 내가 왜 당신의 아내로서 당신과 함께 살 수 없는지, 당신과 함께 살 엄두를 내지 못하는지 이젠 아시겠죠? (갑자기 돌아서서 오른쪽 비탈길로 뛰어내려간다)

뵌 겔 (그녀를 따라 뛰어가면서 소리를 지른다) 여보! 여보! 가엾고 불쌍한 엘리다!

제 3 막

의사 봔겔의 집 정원의 외진 구석. 그곳은 축축한 습지로 오래 된 큰 나무들이 무성하다. 오른쪽으로는 컴컴한 연못의 가장자리가 보인다. 정원과 도로 사이에 말뚝 울타리가 낮게 쳐져 있고, 그 배후로 협만이 보인다. 아주 멀리 협만 너머로 산마루와 산봉우리가 있다. 때는 늦은 오후, 거의 저녁때가 다 된 시각이다.

볼레타가 왼쪽 바위 위에 앉아서 바느질을 하고 있다. 옆에는 몇 권의 책과 반짇고리가 놓여 있다. 힐데와 링스트란트는 낚시도구를 갖고 연못 가장자리에 서 있다.

힐 데   (링스트란트에게 몸짓을 하며) 움직이지 말아요. 큰 게 보여요!
링스트란트   (쳐다보면서) 어디?
힐 데   (가리키면서) 안 보여요? 바로 저 아래 말예요. 어머나! 또 한 마리가 보여요. (나무들 사이를 보면서) 에이, 두 분 때문에 놀라 달아 나겠어요!
볼레타   (위를 올려다보며) 누구니?

힐 데   언니의 교장선생님이야.

볼레타   나의 교장선생님이라고?

힐 데   응. 내 교장선생님은 아니거든.

안홀름   (오른쪽 나무 사이로 걸어오면서) 연못에 아직도 고기가 있나?

힐 데   네. 아주 오래 된 잉어가 있어요.

안홀름   오, 그 늙은 잉어들이 아직도 살아 있어?

힐 데   네. 그것들은 노련해요. 그렇지만 우리가 그 중 몇 마리를 꼭 잡
   고 말 거예요.

안홀름   협만에 나가서 시도해 보는 게 더 좋을 텐데.

링스트란트   아니예요. 연못이 더 신비스러워요.

힐 데   그래요. 여기가 훨씬 더 매력적이에요. 바다에 갔다오셨어요?

안홀름   그래. 수영은 잘 못하지만.

힐 데   배영할 수 있어요?

안홀름   못 해.

힐 데   난 할 수 있어요. (링스트란트에게) 다른 쪽에 가서 해 봐요.

    그들은 연못을 돌아서 오른쪽으로 간다.

안홀름   (볼레타에게 가서) 볼레타, 혼자 계속 그렇게 앉아 있나?

볼레타   네, 전 항상 그래요.

안홀름   어머니는 정원에 안 계시고?

볼레타   네. 아마 아버지와 함께 산보 나가셨을 거예요.

안홀름   어머니는 오늘 오후에 뭘 하셨지?

볼레타   잘 몰라요. 깜박 잊고 물어보지 못했어요.

안홀름   저 책들은 뭐지?

볼레타   하나는 식물학책이고, 하나는 지리책이에요.

안홀름   그런 책 잘 읽나?

볼레타   네, 시간 있을 때요. 하지만 집안을 먼저 돌봐야 해요.

안홀름   어머니가, 아니 계모가 집안일을 도와주지 않나?

볼레타   그건 제가 할 일이거든요. 저는 아버지가 혼자 계시던 2년 동안 집안을 돌봐야 했어요. 그리고 그 후로도 계속 제가 해 왔어요.

안홀름   그래도 전처럼 여전히 독서는 좋아하지?

볼레타   네. 제가 구할 수 있는 진지한 책들은 모두 읽어요. 세상에 대해서 좀더 많이 알고 싶거든요. 우리는 세상 돌아가는 일에서 완전히 차단되어 있어요. 거의 완전히 말예요.

안홀름   하지만 볼레타, 그런 말은 하는 게 아냐.

볼레타   하지만 사실이에요. 우리는 저기 연못의 잉어와 같은 생활을 하고 있는 것 같아요. 그 잉어들 아주 가까이에는 협만이 있어요. 많은 고기들이 그곳을 자유스럽게 들락거리며 헤엄쳐 다니죠. 그렇지만 이 길들여진 불쌍한 잉어들은 아무것도 모르고 있어요. 협만의 고기들과 어울릴 수도 없구요.

안홀름   협만에 있는 고기들이 거기 산다고 해서 형편이 아주 좋다고는 생각되지 않아.

볼레타   제겐 그 고기들이 아주 사정이 나쁜 것 같지는 않아요.

안홀름   게다가 볼레타가 세상과 완전히 차단되어 있다고 말할 수는 없어. 하여튼 여름에는 말야. 요즈음 이곳은 제법 사교계의 모임장소가 되고 있거든. 많은 사람들이 들락거리는 합류점이 되고 있어.

볼레타   (미소를 지으면서) 네, 그건 선생님께서 오가시면서 우리를 놀리시는 것에 불과해요.

안홀름   내가? 놀린다구? 왜 그렇게 생각하지?

볼레타　사교계의 모임장소라든가 합류점이라는 애기 말예요. 그건 단지 선생님께서 여기 사람들이 하는 이야기를 들으신 것에 불과해요. 그들은 항상 그런 식으로 말하거든요.

안홀름　그래. 그건 인정하지.

볼레타　그건 사실이 아니예요. 일년 내내 여기서 사는 우리들에겐 말예요. 외부의 많은 사람들이 이곳을 자정의 태양을 보기 위해 지나간다고 가정해 보세요. 그렇지만 그게 우리에게 무슨 이득이 되겠어요? 우리는 그들을 따라갈 수 없어요. 우리에겐 분명 자정의 태양은 없는 거예요. 그죠, 우리는 단지 우리의 잉어 연못 안에서 생활을 해야만 하거든요.

안홀름　(볼레타 옆에 앉으며) 볼레타, 말해 봐. 무슨 특별한 게 없니? 내 말은 볼레타가 여기 집에서 하고 싶은 것 말야.

볼레타　네, 있을 거예요.

안홀름　그게 뭐지? 특별히 희망하는 게?

볼레타　집을 떠나고 싶은 거예요.

안홀름　어떤 것보다도 더?

볼레타　네. 그리고 좀더 배우고 싶어요. 정말 모든 것을 알았으면 좋겠어요.

안홀름　내가 볼레타를 가르칠 때 아버지께서는 가끔 볼레타를 대학에 진학시켜야 한다고 말씀하셨는데…….

볼레타　그랬어요. 불쌍한 아버지께서는 많은 말씀을 해 주셨어요. 하지만 정작 중요한 부분에 이르면 그만 풀이 꺾여버리고 말아요.

안홀름　아냐. 그 말이 맞을까 봐 두려운 거지? 아버지께서는 안 그러셔. 그런데 그런 것에 대해 아버지께 말씀드려 본 적이 있어? 아주 진지하게 말야.

볼레타　아니, 없어요.

안홀름　볼레타, 말씀드려 봐. 너무 늦기 전에. 왜 하지 않지?

볼레타　그건 제게 진정한 용기가 없어서일 거예요. 분명히 아버지를 닮은 거예요.

안홀름　흠. 자신에게 좀 부당하지 않은가?

볼레타　아니예요. 게다가 불행하게도 아버지께서는 저에 관한 것이나 저의 미래에 대해 생각하실 시간이 없으세요. 그리고 의향도 없으시구요. 아버지는 도와주실 수 있다 하더라도 그것을 귀찮아하세요. 아버지는 계모에게 완전히 빠지셨어요.

안홀름　빠져? 어떻게?

볼레타　제 말뜻은 아버지와 계모가……. (말을 중단한다) 그런데 선생님께서는 아버지와 어머니가 그분들만의 세상에서 살고 계신 걸 모르세요?

안홀름　볼레타가 이곳에서 빠져나가려고 하는 더 큰 이유가 바로 그거구먼.

볼레타　네. 하지만 저는 그렇게 할 권리가 없다는 걸 느껴요. 아버지를 버려서는 안 되거든요.

안홀름　그렇지만 볼레타, 어느 땐가는, 어떤 경우든 아버지를 떠나야 할 게 아냐? 내 생각엔 빠를수록 좋을 것 같은데.

볼레타　그래요. 다른 길은 없다고 생각해요. 나도 깊이 생각해 봐야 해요. 그런 자리를 찾아보지 않으면 안 돼요. 아버지께서 돌아가시게 되면 난 의지할 사람이 없을 거예요. 하지만 아버지가 불쌍해요. 아버지 곁을 떠난다는 생각을 하면 두려워요.

안홀름　두렵다고?

볼레타　네. 아버지 때문이에요.

안홀름   그렇지만 이거 큰일이군. 계모가 있잖아. 어머니께서 아버지와 함께 있을 텐데.

볼레타   네. 하지만 새어머니는 돌아가신 어머니가 아주 잘 해내셨던 일들을 해낼 수가 없어요. 새어머니는 모르는 일이 아주 많거든요. 아마 알려고도 하지 않을 거예요. 아니면 관심이 없던가⋯⋯난 그 둘 중 어느쪽인지 잘 모르겠어요.

안홀름   무슨 뜻인지 알 것 같군.

볼레타   아버지가 불쌍해요. 어떤 의미에서 아버지는 아주 허약하세요. 선생님께서는 아마 아셨을 거예요. 아버지에겐 시간을 메꾸실 일이 많지 않아요. 그래서 어머니는 아버지를 전혀 도우실 수 없는 거예요. 그에 대한 책임은 아버지 자신에게 있지만요.

안홀름   왜 그렇게 생각하지?

볼레타   아버지는 자기 주위에서 항상 즐거운 표정만을 보고 싶어하세요. 아버지 말씀에 의하면요, 집안에는 햇빛과 행복이 있어야 한대요. 나는 아버지가 어머니에게 결국은 아무런 도움도 안 될 약을 가끔 드리는 것이 겁이 나요.

안홀름   정말 그렇게 생각해?

볼레타   네, 그렇게 생각하지 않을 수 없어요. 가끔 어머니가 아주 이상해서 그래요. (강렬하게) 내가 집에 머물러 있어야 하는 것도 다 그런 이유 때문이죠. 그게 아버지에게는 정말 하등의 소용이 안 되니 말예요. 또한 나는 내 자신에게도 어떤 의무가 있다고 생각해요.

안홀름   볼레타, 우리 이 문제에 대해서 좀더 얘기해 봐야 되겠어.

볼레타   이야기한들 무슨 소용이 있겠어요? 저는 어차피 여기 머물러 있어야 할 몸인걸요.

안홀름   절대 그렇지 않아. 그건 모두 볼레타에게 달려 있는 거야.

볼레타   (진지하게) 그렇게 생각하세요?

안홀름   그럼. 내 말을 믿어. 모든 것은 볼레타 마음에 달렸어.

볼레타   그렇다면 아버지께 저에 대해서 잘 좀 얘기해 주세요.

안홀름   물론이지. 하지만 볼레타, 우선 우리가 아주 솔직하고 허심탄회한 대화를 나눠야 하겠어. (왼쪽을 내다보다가) 쉬, 그만 얘기해. 나중에 하지.

엘리다가 왼쪽에서 들어온다. 그녀는 모자는 쓰지 않고 머리와 어깨에 큰 숄을 두르고 있다.

엘리다   (불안한 기분으로) 아, 여기가 재미있네. 아주 아름답고.

안홀름   (일어서면서) 산보 갔다 오셨나요?

엘리다   네. 그이와 오랫동안 재미있게 산보를 했어요. 이젠 배를 타러 갈 참이에요.

볼레타   앉으세요.

엘리다   괜찮아, 앉고 싶지 않구나.

볼레타   (자리를 옮기면서) 자리가 넉넉해요.

엘리다   (왔다갔다하면서) 아냐, 앉을 수 없어. 정말 앉을 수가 없구나.

안홀름   산보가 부인께 아주 좋았던 모양이군요. 아주 상쾌한 것 같아요.

엘리다   네. 아주 기분이 좋아요. 즐겁구요. 그리고 안전해요. (왼쪽을 내다보며) 저기 들어오고 있는 큰 배는 무슨 배지?

볼레타   (일어나서 바라보며) 영국 배일 거예요.

안홀름   저 배가 정박하고 있던데. 보통 여기서 기항하나?

볼레타   반 시간 동안만요. 그러고 나서는 협만 위로 올라가요.

엘리다   그리고 내일 다시 항해를 위해 넓은 바다로, 바다 건너 멀리 배와 함께 간다는 걸 상상해 보세요. 그렇게 할 수 있다면……그렇게만 할 수 있다면!

안홀름   봔겔 부인, 오랫동안 항해를 해 보신 적 있으세요?

엘리다   아뇨, 없었어요. 여기 협만에서 배를 조금 타 보았을 뿐이에요.

볼레타   (한숨을 쉬며) 아니예요. 우리는 메마른 대지에서 참고 견뎌야 해요.

안홀름   그건 우리의 자연적인 요소지요.

엘리다   아니, 나는 그렇게 생각하지 않아요.

안홀름   마른 대지가 요소가 아니라고요?

엘리다   네, 절대 그렇다고 생각지 않아요. 사람들이 애초에 바다 위나 아니면 바닷속에서 살기를 택했더라면 우리는 현재와 아주 다른 완벽한 삶에 도달했을 거예요. 더 나은, 더 행복한 위치에 말예요.

안홀름   정말 그렇다고 생각하세요?

엘리다   네, 왜 안 그렇겠어요. 나는 가끔 남편에게 그것에 대해 얘기를 했어요.

안홀름   그분은 뭐라고 하던가요?

엘리다   내가 옳을지도 모른다고 하세요.

안홀름   (농담으로) 그걸 누가 알겠어요? 그렇지만 이미 이루어진 건 이루어진 거예요. 우리는 단 한 번 길을 잘못 들어선 거예요. 그래서 바다동물이 아닌 육지동물이 되어버린 겁니다. 아무리 생각을 해도 이젠 너무 늦어서 바로 세워 놓을 수가 없어요.

엘리다   네, 그건 사실이에요. 불행하게도 말예요. 나는 인류도 그것을 알고 있다고 생각해요. 그런데 그것이 마음 속 깊은 슬픔으로 나를 괴롭혀요. 내 말을 믿으세요. 그것이 온 인류의 불행의 근원이에요. 그건 확실해요.

안홀름   그렇지만 뵌겔 부인, 나는 인류가 그렇게 비참하다고는 생각지
　　　　않습니다. 오히려 대부분의 사람들이 즐겁고 행복한 생활을 하고 있다
　　　　고 말하고 싶어요. 신중하고도 자연발생적인 기쁨으로 가득 찬 생활을
　　　　하고 있다고 말예요.

엘리다   그렇지 않아요. 우리의 기쁨은 길고도 밝은 여름날에 얻는 기
　　　　쁨과 같은 거예요. 거기에는 앞으로 다가올 암흑이 내포되어 있어요.
　　　　그리고 그 암흑이 온 인류의 기쁨을 덮어버려요. 떠다니는 구름이 협
　　　　만을 그 그림자로 뒤덮어버리는 것과 같아요. 그것은 아주 푸르게, 그
　　　　리고 빛을 내고 있다가 다음엔……

볼레타   자, 그렇게 슬픈 생각은 그만 하세요. 조금 전에는 아주 밝고
　　　　즐거워하셨잖아요?

엘리다   그래, 그랬었지. 난 정말 너무 어리석구나. (불안하게 주위를 돌
　　　　아보다가) 네 아버지께서 오셨으면 좋겠다. 틀림없이 약속을 했는데
　　　　아직 안 오시는구나. 잊으신 모양이야. 안홀름 선생님, 그이를 찾아보
　　　　시지 않겠어요?

안홀름   네, 그러지요.

엘리다   그 사람이 지금은 보이지 않거든요. 빨리 오라고 좀 해 주세요.

안홀름   그 사람이 보이지 않다니요?

엘리다   아, 선생님은 모르세요. 나는 자주 그 사람이 나와 함께 있지
　　　　않으면 그가 어떻게 생겼는지 기억 못해요. 그래서 나는 그를 아주 잃
　　　　어버린 것처럼 느낀답니다. 그리고 그 때문에 나는 매우 당황하게 되
　　　　거든요. 빨리 서둘러 주세요. (연못을 향해 걸어간다)

볼레타   (안홀름에게) 같이 갈까요? 선생님은 어딘지 모르실 거예요.

안홀름   걱정하지 마. 찾을 수 있어.

볼레타　（목소리를 갑자기 낮추며） 하지만 난 걱정이 되는군요. 아버지께서 배를 타셨을까 봐 두려워요.

안홀름　두려워?

볼레타　아버지는 대개 배에 아는 사람이 타고 있는지 보러 가세요. 그 다음엔 술집에…….

안홀름　아, 그럼 함께 가지. （볼레타와 함께 왼쪽으로 나간다）

엘리다는 잠시 동안 연못을 응시하며 서 있다. 가끔 띄엄띄엄 독백을 한다. 정원 울타리 너머 밖 보도에는 여행복 차림의 낯선 사람이 왼쪽에서 온다. 그는 텁수룩한 붉은 머리와 수염을 기르고 있다. 머리에는 스코틀랜드 모자를 쓰고 어깨에는 끈이 달린 가방을 메고 있다.

낯선 사람　（울타리를 따라 천천히 걸으며 정원을 들여다본다. 그러다가 엘리다를 발견하고 걸음을 멈추고는 유심히 바라보다가 부드럽게 말을 건다） 잘 있었소, 엘리다?

엘리다　（돌아서며 소리친다） 아, 여보! 마침내 오셨군요.

낯선 사람　그렇소, 마침내!

엘리다　（공포에 질린 놀란 표정으로 그를 바라보며） 당신은 누구시죠? 누굴 찾고 있나요?

낯선 사람　내가 누군지 모르겠소?

엘리다　（뒤로 물러서며） 글쎄요? 어떻게 감히 나에게 그런 말을 하죠? 당신이 찾고 있는 사람이 누군데……?

낯선 사람　난 당신을 찾고 있소.

엘리다　아! （그녀는 잠깐 동안 그를 바라보다가 비틀거리며 뒤로 물러선다. 그러고는 질식할 듯한 소리를 지른다） 당신의 눈! 당신의 눈!

낯선 사람   엘리다, 이제야 날 알아보는군. 난 당신인 줄 단번에 알았다
   오.
엘리다   당신의 눈! 그렇게 나를 보지 말아요. 사람을 부를 거예요.
낯선 사람   조용히, 조용히 해요! 무서워하지 말아요. 당신을 해치려는
   게 아니오.
엘리다   (손으로 자기 눈을 가리며) 그런 눈으로 날 보지 말랬잖아요!
낯선 사람   (팔을 울타리에 기대며) 영국 배를 타고 왔소.
엘리다   (겁에 질린 표정으로 바라보면서) 나에게 뭘 원하죠?
낯선 사람   난 당신한테 약속했소. 될 수 있는 대로 빨리 돌아올 거라고
   말이오.
엘리다   가세요. 다시는 오지 마세요. 절대로, 절대로 이곳으로 돌아오
   지 마세요. 나는 당신에게 편지로 얘기했어요. 우리 사이의 모든 것은
   끝나야 한다고요. 영원히 말예요. 그거 알고 있죠?
낯선 사람   (그 말에는 대답하지 않고 침착하게) 엘리다, 난 오래 전에 당
   신에게 오고 싶었소. 그렇지만 할 수 없었소. 이제서야 겨우 올 수 있
   었소. 엘리다, 그래서 이렇게 왔소.
엘리다   나에게 뭘 원하세요? 뭘 생각하고 있는 거예요? 여기엔 왜 왔
   나요?
낯선 사람   그건 당신이 알고 있지 않소? 난 당신을 데리러 왔소.
엘리다   (공포에 싸여 뒷걸음치면서) 나를 데려간다고? 당신이 하려는
   게 그건가요?
낯선 사람   그렇소.
엘리다   하지만 당신은 내가 결혼한 것을 아시잖아요?
낯선 사람   알고 있소.
엘리다   그런데도 왔어요? 나를 데려가려고?

낯선 사람　그렇소.

엘리다　(자기 머리를 손으로 꽉 감싸며) 아, 이건 소름끼치는 일이야.

낯선 사람　가고 싶지 않소?

엘리다　(사납게) 그렇게 나를 보지 말아요!

낯선 사람　당신에게 물어보고 있는 거요. 가고 싶지 않소?

엘리다　아뇨, 아뇨, 아뇨. 절대 가고 싶지 않아요. 가고 싶지 않아요. 갈 수도 없고 가고 싶지도 않아요. (낮은 목소리로) 나는 감히 갈 용기도 없어요.

낯선 사람　(울타리를 넘어 정원 안으로 들어와서) 좋아요, 엘리다. 그렇지만 내가 가기 전에 한 가지만 얘기해 둘 게 있소.

엘리다　(도망치려고 하나 할 수 없다. 공포에 질려서 온몸이 마비된 채 연못 옆의 나무뿌리에 의지하고 서 있다) 내게 손대지 말아요. 가까이 오지 말아요. 거기 그대로 서 있어요. 이봐요, 내게 손대지 말아요!

낯선 사람　(엘리다에게 조심스럽게 몇 발짝 다가서면서) 엘리다! 나를 두려워할 것 없어요.

엘리다　(두 손으로 자기 눈을 가리면서) 그렇게 날 쳐다보지 말아요.

낯선 사람　두려워하지 말아요.

　　의사 뽠겔이 왼쪽에서 정원으로 온다.

뽠 겔　(나무 사이에 서서) 기다리게 해서 미안하오.

엘리다　(그에게 달려가면서 그의 팔에 꽉 매달려서 소리를 지른다) 오, 여보, 살려주세요! 제발 살려주세요.

뽠 겔　엘리다, 왜 그래요?

엘리다　여보, 살려주세요. 저 사람이 안 보여요? 저기 서 있잖아요.

봔 겔   (그를 바라보며) 저 사람은? (그에게 다가간다) 당신은 누구요? 이 정원엔 왜 오셨소?

낯선 사람   (고개를 끄덕이며 엘리다를 가리킨다) 난 저 여자와 얘기를 하고 싶어요.

봔 겔   오, 그래요? 그럼 당신이었소? (엘리다에게) 사람들이 내게 낯선 사람이 당신을 찾는다고 집에 가 보라고 하더군.

낯선 사람   네, 그게 나였소.

봔 겔   내 아내에게 뭘 원하시오? (돌아서며) 엘리다, 이 사람을 아오?

엘리다   (낮은 목소리로 손을 비비면서) 그를 아느냐구요? 네, 알아요.

봔 겔   (빠르게) 그럼?

엘리다   오, 여보. 이 사람이 그 사람이에요. 이 사람이 바로 내가 얘기한 그 남자예요.

봔 겔   뭐라고? 당신 말은······. (돌아서며) 당신이 존스톤이오?

낯선 사람   글쎄. 나를 존스톤이라고 부를 수도 있겠죠. 상관없어요. 그렇지만 내가 나를 그렇게 부르지는 않아.

봔 겔   아니라구요?

낯선 사람   더 이상은 그렇게 안 불러요. 안 부르죠.

봔 겔   당신이 내 아내에게 뭘 원할 수 있단 말이오. 등대지기의 딸은 오래 전에 결혼했다는 것을 당신은 확실히 알아야 해요. 그리고 그녀가 결혼한 남자도 알아야 하구요.

낯선 사람   난 3년 이상의 세월 동안 그걸 알고 있었어요.

엘리다   (흥분해서) 어떻게 알았어요?

낯선 사람   내가 당신에게 오기 위해 귀항하고 있을 때 오래 된 신문을 우연히 보게 됐지. 그 신문은 이 지방에서 발행된 것이었소. 거기 당신이 결혼한 얘기가 나왔더군.

엘리다 (자기 앞을 똑바로 바라보면서) 나의 결혼⋯⋯그래서요?

낯선 사람 나는 그걸 믿을 수 없었소. 왜냐하면 우리가 반지를 연결했을 때, 그것 역시 결혼이었기 때문이었소.

엘리다 (두 손으로 얼굴을 감싸며) 아!

반 겔 당신이 어떻게 감히⋯⋯.

낯선 사람 잊어버렸소?

엘리다 (그가 쳐다보는 걸 의식하고 소리지른다) 그렇게 서서 나를 보지 말아요!

반 겔 (그들 사이에 서서) 나와 얘기해요. 내 아내와 하지 말고. 자, 당신이 그렇게 둔한 사람이 아니라면 이미 상황을 알고 있으면서 도대체 왜 내 아내를 찾아온 거요? 용무가 뭐요?

낯선 사람 난 엘리다에게 약속을 했어요. 될 수 있는 대로 빨리 돌아오겠다고 말입니다.

반 겔 부디 저 사람을 엘리다라고 부르지 말아요.

낯선 사람 그리고 엘리다는 내가 올 때까지 기다리겠다고 굳게 약속을 했소.

반 겔 당신은 내 아내의 세례명을 사용하도록 해요. 우리는 여기서 그런 건 사용하지 않아요.

낯선 사람 알겠소. 하지만 내가 저 여자에 대해 첫 번째 권리를 가지고 있으니⋯⋯.

반 겔 당신이? 그렇지만⋯⋯.

엘리다 (반겔 뒤에 움츠리면서) 아, 저 사람은 나를 그냥 내버려 두지 않을 거예요.

반 겔 저 사람이 당신 소유라는 거요?

낯선 사람 저 여자가 두 개의 반지에 대해서 얘기한 적이 없나요? 엘리다의 반지와 내 반지 말입니다.

뵌 겔　했소. 하지만 그게 어떻단 말이오? 저 사람은 이미 오래 전에 끝을 냈어요. 당신은 저 사람의 편지를 받았을 테니 그것을 아주 잘 알고 있을 거 아닙니까.

낯선 사람　엘리다와 나는 우리 반지들의 연결이 결혼으로 결합하는 것으로 합의를 했소.

엘리다　그렇지만 나는 그걸 기꺼이 승낙한 게 아니었어요. 다시는 당신 말을 듣고 싶지 않아요. 나를 그렇게 쳐다보지 말아요. 나는 그걸 승낙하려고 했던 게 아니예요. 듣고 있나요?

뵌 겔　당신이 여기 와서 그렇게 어린애 같은 어리석은 짓을 근거로 권리를 주장할 수 있다고 생각한다면, 당신은 제정신이 아닌 게 틀림없소.

낯선 사람　그건 사실이오. 나는 권리가 없어요. 당신 말대로라면 말입니다.

뵌 겔　그러면 어떻게 할 거요? 당신은 저 사람이 싫다고 하는데도 폭력으로 나에게서 저 사람을 빼앗아 갈 수 있다고 생각하는 건 아니겠지!

낯선 사람　하지만 그게 무슨 소용이 있겠소. 엘리다가 나와 함께 가기를 원한다면 그녀의 자유의지로 가야 해요.

엘리다　(깜짝 놀라 소리지른다) 내 자유의지라구요?

뵌 겔　당신 정말······.

엘리다　(독백으로) 내 자유의지는······.

뵌 겔　당신은 제정신이 아닌 게 분명해. 꺼져버려! 당신에겐 더 이상 할말이 없소!

낯선 사람　(시계를 들여다보며) 다시 승선해야 할 시간이 얼마 남지 않왔소. (가까이 오며) 자, 엘리다……나는 내가 해야 할 일을 했소. (더 가까이 오며) 나는 당신에게 한 약속을 지켰소. (더 가까이 오며) 나는 당신에게 한 약속을 지켰소.

엘리다 (뒤로 물러나면서 애원한다) 오, 나를 그냥 내버려 둬요.

낯선 사람 내일 저녁까지 잘 생각해 보기 바라오.

봔 겔 생각할 것도 없어. 그러니 없어져요!

낯선 사람 (여전히 엘리다에게) 배를 타고 협만 위로 올라가오. 하지만 내일 밤에 다시 올 거요. 와서 당신을 다시 보게 될 거요. 정원 여기서 나를 기다리시오. 당신하고만 이 문제를 해결하는 게 낫겠소. 알겠소?

엘리다 (낮은 목소리로 떨면서) 오, 여보. 들으셨죠?

봔 겔 이젠 진정해요. 그를 막을 방도가 있을 거요.

낯선 사람 엘리다, 잘 있어요. 내일 밤에 봅시다.

엘리다 (애원하며) 안 돼요, 안 돼. 내일 밤에 오지 말아요. 두 번 다시 여기 오지 말아요.

낯선 사람 그리고 그때까지 당신이 나와 함께 바다로 가고 싶다고 생각되면…….

엘리다 그렇게 날 보지 말아요!

낯선 사람 난 단지 그 말을 하고 싶을 뿐이오. 당신이 원하면 출발할 준비를 해요.

봔 겔 여보, 집으로 올라가요.

엘리다 못 가요. 날 도와 주세요. 여보, 살려줘요.

낯선 사람 이걸 기억해요. 당신이 내일 나와 함께 안 가면 모든 게 끝날 거요.

엘리다 (떨면서 그를 쳐다보며) 모든 게 끝나요? 영원히?

낯선 사람 (고개를 끄덕이며) 엘리다, 그때는 아무것도 그것을 변경시

킬 수 없을 거요. 나는 이 지방에 다시는 돌아오지 않아요. 나는 죽은 것이나 마찬가지일 것이며, 그리고 영원히 당신에게는 잃어버린 사람이 되고 말 거요.

엘리다 (숨을 멈추고) 아!

낯선 사람 그러니 결정하기 전에 잘 생각해요. 안녕. (그는 울타리를 다시 넘는다. 그러고는 멈춰서서 말한다) 그래요, 엘리다. 내일 밤에 떠날 준비를 해요. 그때가 바로 내가 당신을 데리러 올 때니까 말이오. (그는 조용히 여유있게 길을 따라서 오른쪽으로 사라진다)

엘리다 (잠깐 동안 그가 가는 걸 쳐다보다가) 내 자신의 자유의지라고 그가 말했어요. 아시죠? 내가 내 자유의지로 그와 함께 가야 한다고 그가 말했어요.

봔 겔 조용히, 이제 조용히 해요. 그는 갔소. 당신은 다시는 그 녀석을 안 볼 거요.

엘리다 어떻게 그렇게 말씀하세요. 내일 저녁에 또 그가 올 텐데요?

봔 겔 올 테면 오라지. 무슨 일이 있어도 당신은 그를 볼 필요가 없을 거요.

엘리다 (머리를 흔들며) 오, 여보! 당신이 그를 막을 수 있다고는 상상하지 마세요.

봔 겔 그건 모두 나에게 맡겨요.

엘리다 (그의 말은 듣지 않고 깊은 생각에 잠겼다가) 그가 내일 저녁 언제쯤 여기에 올까……? 그리고 언제 배를 타고 바다를 건너 항해를 할까……?

봔 겔 그때엔…….

엘리다 그가 정말 절대로 되돌아오지 않을까요?

봔 겔 여보, 오지 않아. 확신할 수 있소. 이제 그가 여기에서 뭘 할 수 있겠소? 당신 입으로 그와는 더 이상 아무 관계가 없다는 걸 말했는데 말이오? 모든 게 끝났소.

엘리다　(독백으로) 내일, 그러고 나면 절대로…….

봔 겔　그 후에 다시 여기에 올 결심을 한다면…….

엘리다　(진지하게) 그렇다면요?

봔 겔　그러면 우리가 그를 처리할 수 있소.

엘리다　어떻게 그렇게 확신하죠?

봔 겔　정말 할 수 있소. 당신을 그에게서 자유롭게 할 방법이 없다면 그땐 그가 선장을 살해한 책임을 져야 하오.

엘리다　(격렬하게) 안 돼요, 안 돼! 당신은 그렇게 할 수 없어요. 우리는 선장의 살해에 대해서는 아무것도 몰라요. 전혀 아무것두요.

봔 겔　아무것도 모른다구? 그가 실제로 당신에게 고백했는데도?

엘리다　그렇지 않아요. 우리는 그것에 대해 아무것도 몰라요. 당신이 어떤 말을 하든 난 그걸 부인할 거예요. 그는 갇혀 있어서는 안 돼요. 그는 저 넓은 바다에 속한 사람이에요. 저기 저 밤에 속해 있는 사람이라구요!

봔 겔　(그녀를 쳐다보며 천천히) 오, 엘리다.

엘리다　(다정하게 그에게 매달리며) 오, 여보. 그 사람에게서 나를 구해 주세요.

봔 겔　(그녀에게서 벗어나며 부드럽게) 가요. 나와 함께 갑시다.

링스트란트와 힐데가 낚시도구를 들고 연못가 오른쪽에서 나온다.

링스트란트　(바삐 엘리다에게로 가면서) 오, 봔겔 부인. 부인께 말씀드릴 특별한 것이 있는데요.

엘리다　　그게 뭐죠?

링스트란트　　그런 일이 있을 수 있다니! 우린 그 미국인을 보았어요.

봔 겔　　미국인?

힐 데　　네, 나도 그를 보았어요.

링스트란트　　그가 정원 뒤를 돌아서 갔어요. 지금은 큰 영국 배를 탔어
요.

봔 겔　　그런데 링스트란트, 그를 어떻게 알지?

링스트란트　　언젠가 그와 함께 항해를 한 적이 있어요. 분명히 그는 익
사했었는데……그런데 지금 여기서 보니 틀림없이 그였어요.

봔 겔　　그에 대해 더 아는 게 있나?

링스트란트　　없어요. 그렇지만 그는 분명히 그의 부정한 아내에게 복수
하러 돌아온 거예요.

봔 겔　　그게 무슨 뜻이지?

힐 데　　링스트란트 씨는요 그를 석상의 모델로 쓰고 싶어해요.

봔 겔　　도대체 무슨 얘기를 하고 있는 거지?

엘리다　　내가 나중에 모두 설명해 드릴게요.

안홀름과 볼레타가 정원 울타리 밖 길을 따라 왼쪽에서 온다.

볼레타　　(정원에다 대고 소리를 지른다) 이리 와서 보세요! 영국 배가
막 협만 위로 올라가고 있어요. (큰 배가 멀리서 천천히 미끄러져 간다)

링스트란트　　(대문 옆에서 힐데에게) 그는 오늘 저녁 분명히 그 여자를
찾아낼 거예요.

힐 데　　(고개를 끄덕이면서) 부정한 아내, 그럴 거예요.

링스트란트　　그런 일이 있을 수 있다니……한밤중에!

힐 데   오, 난 흥분되는군요!

엘리다   (배를 바라보며) 내일……

봔 겔   하지만 다시 오지 않을 거요.

엘리다   (부드러운 목소리로 떨면서) 오, 여보. 내 자신에게서 나를 구해
　　주세요.

봔 겔   (그녀를 근심스럽게 바라보며) 엘리다, 내 생각엔……자신의 것을
　　좀 붙잡아요.

엘리다   네……그, 끄는 힘…….

봔 겔   *끄는 힘?*

엘리다   그 사람은 바다와 같아요.

　엘리다는 천천히 그리고 생각에 잠겨서 정원을 가로질러 왼쪽으로
나간다. 봔겔은 그녀를 유심히 지켜보며 그녀 옆에서 걱정스러운 듯이
걸어간다.

제 4 막

의사 봔겔의 정원실. 왼쪽과 오른쪽에 창문이 하나씩 있고, 두 개의 창문 사이 뒤쪽으로는 베란다로 통하는 프랑스식 창문이 열려 있다. 정원의 일부분이 아래에 보인다. 왼쪽에는 소파가 하나 있고 앞에 테이블이 놓여 있다. 오른쪽에는 피아노가 한 대 있고 그 뒤로 식물들을 올려놓는 큰 진열대가 있다. 마루 중앙에는 둥근 테이블이 있고 그 주위로 의자들이 놓여 있다. 테이블 위에는 넝쿨장미가 꽃이 핀 채 놓여 있고 방 여기저기 다른 꽃들이 놓여 있다.

때는 아침이다.

볼레타는 방 왼쪽 테이블 옆 소파에 앉아 수를 놓고 있다. 링스트란트는 그 테이블 끝의 의자에 앉아 있다. 발레스테드는 정원에 앉아 그림을 그리고 힐데는 그 옆에 서서 구경을 한다.

링스트란트   (테이블에 팔꿈치를 대고 한동안 조용히 앉아 있다가 볼레타가 수를 놓고 있는 것을 바라본다) 봔겔 양, 그처럼 바른 선을 수놓기는 아주 어렵지 않나요?

볼레타   사실은 그렇지 않아요. 수를 세는 것을 잊지만 않으면요.

링스트란트   수를 세다니요? 수를 세어야 하나요?

볼레타   네. 바른 수 말예요. 이렇게요.

링스트란트   네, 그렇군요. 생각조차 못했어요. 정말 그건 예술에 가까운 데요. 직접 디자인하는 겁니까?

볼레타   네. 모방할 것이 있으면 말예요.

링스트란트   모방할 게 없으면 하지 않구요?

볼레타   네.

링스트란트   그럼 결국 예술은 아니군요.

볼레타   그렇죠. 그저 솜씨 같은 거예요.

링스트란트   하지만 나는 아가씨가 예술을 배울 수 있을 거라는 생각이 드는데요.

볼레타   아무런 재주가 없는데도요?

링스트란트   그렇더라도……아가씨가 진짜 예술가와 항상 함께 있을 수 있다면 말입니다.

볼레타   그러면 내가 그에게서 배울 수 있다고 생각하세요?

링스트란트   일반적 의미로 정확히 배운다는 뜻이 아니라 점차적으로 알게 된다는 거예요. 일종의 기적 같은 거죠.

볼레타   그거 멋진 일이군요.

링스트란트   (잠시 후에) 생각해 본 적이 있어요? 다른 게 아니고 결혼에 대해서 말입니다.

볼레타   (그를 힐끗 쳐다보며) 결혼에 대해서……아뇨.

링스트란트   난 해 보았습니다.

볼레타   정말이세요?

링스트란트   네. 나는 가끔 그런 것들에 대해 생각하곤 해요. 특히 결혼에 대해서 말예요. 그리고 그런 문제를 다룬 책들을 아주 많이 읽었어요. 나는 결혼이 거의 기적 같은 거라고 생각해요. 여자는 결혼으로 인해 차츰 변모해서 그녀의 남편을 닮게 되는 거죠.

볼레타   남편의 관심을 나누어 갖는다는 뜻인가요?

링스트란트   네, 맞아요.

볼레타   아, 하지만 남편의 능력은요? 남편의 기술과 재주 말예요.

링스트란트   아, 네. 그것도 마찬가지일 겁니다.

볼레타   그러면 남편이 읽거나 혹은 생각해 낸 모든 것이 그런 식으로 아내에게 옮겨갈 수 있다고 생각하세요?

링스트란트   네, 난 그렇게 생각해요. 아주 점차적으로……기적과 같아요. 하지만 그것은 진실한 결혼생활에서만 일어날 수 있는 일이죠. 애정이 있고 진실로 행복한 결혼생활을 통해서만 말입니다.

볼레타   그러면 남편이 자기 아내에게서 그런 식으로 영향을 받는다고 생각해 본 적은 없나요? 아내처럼 말예요.

링스트란트   남편이요? 그렇지 않아요. 나는 그렇게 생각해 본 적은 없어요.

볼레타   왜 어째서 남자는 여자와 다른가요?

링스트란트   다르죠. 남자는 자기 일이 있기 때문이에요. 그것이 남자에겐 아주 확고한 안정감을 주거든요. 남자는 자기의 소명을 지니고 있어요.

볼레타   모든 남자가 다?

링스트란트   글쎄, 아니, 난 주로 예술가들을 말한 겁니다.

볼레타   예술가가 결혼하는 것이 옳다고 생각하세요?

링스트란트   그렇다고 생각해요. 그가 정말로 사랑하는 사람을 찾을 수 있다면 말예요.

볼레타   하지만 나는 예술가란 자기의 예술만을 위해서 살아야 한다고
    생각해요.

링스트란트   물론 그래야죠. 하지만 그는 예술을 위해서 아주 잘 살면
    서도 결혼할 수 있어요.

볼레타   하지만 그 여자에 대해선 어떻게 생각하시죠?

링스트란트   그 여자라니요? 누구 말입니까?

볼레타   예술가 남자와 결혼하는 여자 말예요. 그 여자는 무엇 때문에
    살아야 하죠?

링스트란트   여자도 남편의 예술을 위해 살아야죠. 나는 그것이 여자를
    진정으로 행복하게 한다고 생각해요.

볼레타   난 믿지 못 하겠어요.

링스트란트   그래요? 봔겔 양, 내 말을 믿으세요. 여자가 남자의 아내가
    되어서 얻는 것은 실제로 명예나 영광 같은 것은 아닙니다. 아내는 남
    편이 창조할 수 있도록 도와줄 수 있는 거죠. 남편의 일을 더 용이하
    게 할 수 있어요. 남편과 함께 있으면서 그를 돌보고 남편의 생활을
    아주 편하게 해줌으로써 말예요. 그것이 여자에게 커다란 기쁨을 부여
    한다고 나는 생각해요.

볼레타   오, 링스트란트 씨는 자신이 얼마나 이기적인가를 깨닫지 못하
    고 있군요!

링스트란트   내가 이기적이라구요? 오! 봔겔 양이 나를 조금이라도 더
    잘 알았다면……. (볼레타에게 가까이 몸을 구부리며) 봔겔 양, 내가 가
    버리면……얼마 안 있다가 말입니다.

볼레타   (동정어린 눈으로 바라보며) 지금 당신은 신경과민이에요. 그러
    지 마세요.

링스트란트   그렇지 않다니까요.

볼레타   그럼 무슨 뜻이죠?

링스트란트   난 한 달쯤 있다가 사라질 거요. 먼저 집으로 갔다가 그 후에 남쪽으로 갈 겁니다.

볼레타   아, 네. 그러세요?

링스트란트   봔겔 양, 가끔 나를 생각해 주겠어요?

볼레타   물론 생각하죠.

링스트란트   (즐겁게) 약속합니까?

볼레타   네, 약속해요.

링스트란트   봔겔 양 명예를 걸고요?

볼레타   명예를 걸고 약속해요. (기분을 바꾸어서) 하지만 이 모든 게 무슨 소용이 있겠어요? 그건 아무 소용이 없어요.

링스트란트   왜 그렇게 말하죠? 봔겔 양이 나를 생각하고 있다는 게 나에겐 얼마나 기쁜 일인데요.

볼레타   그게 전부예요?

링스트란트   난 사실 그걸 더 깊이 생각해 본 적이 없어서……

볼레타   나도 생각해 보지 않았어요. 거기엔 많은 난관이 있거든요. 실제로 모든 게 다 난관이 되는 것 같아요.

링스트란트   이런저런 기적이 쉽게 일어날지도 몰라요. 한 번의 행운이라든가 혹은 그 어떤 다른 일이……. 나는 내가 행운아라고 확신하고 있거든요.

볼레타   (진지하게) 네……당신은 그걸 믿으시나 보죠?

링스트란트   난 진심으로 그걸 믿어요. 그리고 한두 해 안에 내가 유명한 조각가가 되어 많은 돈을 갖게 되고 병도 완전히 나을 거고요. 돌아올 때에는……

볼레타   네, 물론이에요. 우리도 당신이 그렇게 되길 바라고 있어요.

링스트란트 그걸 믿어도 되나요? 특히 볼레타 양이 약속을 지켜 내가 남쪽에 가 있는 동안 친절하게도 나를 생각해 준다는 것 말이오. 그리고 나를 생각해 주겠다고 약속도 했구요.

볼레타 네, 알고 있어요. (머리를 흔들면서) 그렇지만 그건 어떤 도움도 되지 않을 거예요.

링스트란트 볼레타 양, 절대 그렇지 않아요. 적어도 그 때문에 나는 훨씬 더 쉽고 빠르게 내 일을 잘 처리하게 될 거요.

볼레타 그렇게 생각하세요?

링스트란트 네, 분명히 그래요. 그리고 볼레타 양도 이런 구석진 곳에서 어느 의미로는 내가 창조하는 것을 도와주고 있다고 생각한다면 아주 고무적일 겁니다.

볼레타 (그를 바라보며) 하지만 링스트란트 씨는요?

링스트란트 나 말입니까?

볼레타 (정원을 본다) 쉬, 다른 얘기해요. 교장선생님이 오세요. (안홀름이 왼쪽 정원에 나타난다. 그는 걸음을 멈추고 발레스테드, 그리고 힐데와 얘기를 한다)

링스트란트 볼레타 양, 옛날 가정교사로 있었던 분을 좋아하세요?

볼레타 그분을 좋아하느냐구요?

링스트란트 네, 그를 무척 좋아하느냐구요.

볼레타 아, 네, 좋아해요. 그분은 내가 언제나 의논할 수 있는 그런 친구분이에요. 그리고 그분은 할 수만 있다면 기꺼이 나를 도와 주세요.

링스트란트 그분이 결혼하지 않은 게 이상하지 않아요?

볼레타 그게 이상하게 느껴져요?

링스트란트 네, 그가 아주 부유하다고 들었거든요.

볼레타 네, 그럴 거예요. 그렇지만 그분을 남편으로 모시려는 사람을 찾기가 그렇게 쉬운 일이라곤 생각되지 않아요.

링스트란트 왜요?

볼레타 글쎄, 그분 말씀에 의하면요, 그분이 알고 있는 여자들은 거의 모두가 그분의 제자들이래요.

링스트란트 그게 무슨 상관이 있습니까?

볼레타 어머, 링스트란트 씨가 여자라면 가정교사였던 사람과 결혼하겠어요?

링스트란트 소녀들이 자기의 가정교사를 사랑할 수 있다고 생각지 않아요?

볼레타 그 소녀가 실제로 성인이 되면 사랑할 수가 없어요.

링스트란트 아니, 그럴 수가!

볼레타 (그에게 주의를 준다) 쉬! 조심해요.

발레스테드가 자기의 도구를 챙겨들고서는 힐데의 도움을 받으면 정원을 거쳐서 오른쪽으로 나간다. 안홀름이 베란다를 가로질러서 안으로 들어온다.

안홀름 굿모닝, 볼레타. 굿모닝 미스터⋯⋯.

그는 화가 나서 쳐다보며 일어나 인사를 하는 링스트란트에게 냉정하게 고개를 끄덕인다.

볼레타 (일어나 안홀름에게 가면서) 선생님, 안녕하세요?

안홀름 여기 있는 사람들, 오늘 별일 없었겠지?

볼레타 네, 다들 안녕하세요.

안홀름   새어머니는 수영하러 내려가셨나?

볼레타   아니예요. 방에 올라가 계세요.

안홀름   편찮으신가?

볼레타   모르겠어요. 문을 잠그고 계세요.

안홀름   오, 정말?

링스트란트   봔겔 부인께서는 어제 그 미국인 때문에 매우 당황하신 것 같았습니다.

안홀름   어땠는데요?

링스트란트   내가 정원 앞에서 그를 보았다고 부인께 말씀드렸거든요.

안홀름   아, 그랬어요?

볼레타   (안홀름에게) 선생님과 아버지께서는 어젯밤 아주 늦게까지 함께 계셨죠?

안홀름   응. 좀 늦도록 있었지. 아주 중요한 일로 의논할 일이 있었어.

볼레타   아버지께 제 얘기 하셨나요?

안홀름   볼레타, 못했어. 아버지께서는 다른 일 때문에 근심하고 계셨어.

볼레타   (한숨을 쉬며) 네, 아버지는 항상 그러세요.

안홀름   (의미있게 바라보며) 그렇지만 이따가 그 애길 할 거야. 아버진 지금 어디 계시지? 나가셨나?

볼레타   네. 진찰실에 계실 거예요. 가서 모셔 올까요?

안홀름   아냐, 됐어. 내가 가 보지.

볼레타   (왼쪽을 향하여 귀를 기울이며) 선생님, 잠깐 기다리세요. 계단에서 아버지 발소리가 들려요. 위층에서 새어머니를 돌보셨나 봐요. (의사 봔겔이 왼쪽 문으로 들어온다)

봔 겔   (안홀름에게 손을 내밀며) 아, 선생님, 벌써 오셨군요. 마침 잘 오셨어요. 선생님과 여러 가지로 의논하고 싶은 것이 있어요.

볼레타   (링스트란트에게) 정원에 있는 힐데한테 가 볼까요?

링스트란트   네, 좋아요. (볼레타와 함께 정원으로 내려갔다가 나무들 사이
　　　로 나온다)

안홀름   (그들이 가는 것을 바라보다가 봔겔에게로 돌아서며) 저 젊은 사
　　　람에 대해서 뭐 좀 알고 계세요?

봔 겔   아니, 전혀.

안홀름   저 청년이 처녀들에게 좀 추근대는 것 같지 않아요?

봔 겔   그래요? 난 전혀 몰랐는데요.

안홀름   그런 것을 감시해야 돼요.

봔 겔   그래요. 선생님이 옳을지도 모르죠. 그렇지만 저같이 불쌍한 사
　　　람이 뭘 할 수 있겠어요? 애들은 저희들 일에만 신경을 써요. 말을 들
　　　으려 하지 않아요. 내 말도 안 듣고 아내 말도 들으려 하지 않아요.

안홀름   부인 말도 듣지 않나요?

봔 겔   네. 나는 정말 집사람이 그런 일에 전념하는 걸 기대할 순 없어
　　　요. 그 사람은 그걸 감당하지 못해요. (말을 중단했다가) 그렇지만 우
　　　리 얘긴 그게 아니예요. 내가 말씀드린 것에 대해 더 생각해 보셨나
　　　요?

안홀름   어제 저녁 헤어진 후로 아무 생각도 못 했습니다.

봔 겔   그러면 어떻게 해야 하죠?

안홀름   의사선생님, 당신은 의사시니 저보다 훨씬 더 잘 아실 것 같은
　　　데요.

봔 겔   아, 그렇지만 의사란 자기가 진실로 사랑하는 환자에 대해서는
　　　올바른 판단을 내리기가 얼마나 힘든지 선생님은 모르십니다. 게다가
　　　이건 평범한 병이 아니예요. 일반 의사나 일반적인 의술이 적용되는

경우가 아니니까요.

안홀름　부인께선 오늘은 좀 어떠세요?

봔 겔　내가 방금 올라가 보았어요. 지금은 아주 평온한 것 같아요. 하지만 그 사람 마음 깊숙한 곳에는 내가 쉽게 헤아릴 수 없는 것이 자리잡고 있어요. 보이지 않는 어떤 것 말이오. 그것이 그 사람 마음을 갑자기 변하게 하고 불안하게 하고 들뜨게 하고 있어요.

안홀름　그건 부인의 과잉반응적 마음상태에서는 당연한 겁니다.

봔 겔　그렇지 않아요. 그건 그 사람 마음 속에서 생긴 거요. 문제는 그 사람이 뱃사람 집안의 태생이라는 거요.

안홀름　의사선생님. 그게 무슨 뜻이죠?

봔 겔　선생님은 넓은 바닷가에 사는 사람들이 우리와 동떨어진 다른 종족처럼 느껴진 적이 없나요? 바다는 거의 그들 생활의 한 부분이오. 큰 파도가 있고, 그래요, 그 생각을 했어야 해요. 그 사람을 거기서 이리로 데려온 것은 정말 그 사람에 대한 범죄행위였던 겁니다.

안홀름　정말 그렇게 생각하세요?

봔 겔　점점 그렇게 믿어져요. 하지만 처음부터 그걸 알았어야 했던 겁니다. 실은 그때도 그걸 알았어요. 하지만 난 그걸 용납하려 하지 않은 거죠. 내 생각만 했던 거요. 그건 용서할 수 없는 나의 이기적인 생각이었어요.

안홀름　음, 모든 남자들은 그런 상황에 처하게 되면 약간은 이기적이 되죠. 나는 선생님에게서는 그런 죄악을 느껴본 적이 없어요.

봔 겔　(불안하게 방 안을 왔다갔다하며) 그건 사실이오. 그리고 그 이후로는 더욱 그렇게 지냈고요. 나는 그 사람보다 훨씬 나이가 많아요. 나는 아내에게 아버지 같았을 겁니다. 내가 그녀를 지배했음에 틀림없어요. 나는 그녀의 마음을 세련되게 하고 향상시키기 위해 할 수 있는 일이라면 모든 것을 했을 겁니다. 하지만 나는 정말 아무것도 한 게 없는 것 같아요. 나는 근심걱정을 받아들이지 않았어요. 그녀를 있는 그대로 좋아했기 때문이죠. 그래서 그녀의 상황은 더욱 악화된 겁니다. 솔직히 나는 어떻게 할지를 몰랐어요. (목소리를 갑자기 낮추어서) 그래서 자포자기한 심정으로 선생님께 편지하여 이리 오시게 한 겁니다.

안홀름 (놀란 표정으로) 뭐라고요? 그래서 편지를 하셨다구요?

봔 겔 네. 하지만 아무에게도 말하지 말아요.

안홀름 하지만 도대체 무엇을……? 의사선생님, 내가 무슨 도움이 될 수 있다고 생각하셨는지 모르겠군요.

봔 겔 그렇지만 꼭 선생님이었어야 했어요. 내 방법이 틀렸는지도 모르지만 나는 집사람이 선생님을 사랑한 적이 있고, 아직도 남몰래 선생님을 좋아하고 있다고 생각했어요. 그래서 그녀가 선생님을 다시 만나서 지난 이야기를 주고받으면 혹시 도움이 되지나 않을까 생각했던 겁니다.

안홀름 그러면 편지에 쓰신, 나를 보고 싶어 이곳에서 나를 기다리고 있다는 사람이 부인이었단 말입니까?

봔 겔 네. 그 밖에 누가 있겠습니까?

안홀름 (빠르게) 아닙니다. 잘 하셨어요. 내가 오해를 했던 것뿐입니다.

봔 겔 당연히 오해했을 거요. 조금 전에 말했듯이 내 방법이 완전히 틀렸어요.

안홀름 그리고 이기적이고요!

봔 겔 나는 속죄할 것이 많았어요. 그 사람의 마음을 조금이라도 자유롭게 해주기 위해서는 어떤 행동이라도 소홀히 할 수 없다고 느꼈으리만큼 말입니다.

안홀름   그 낯선 사람이 부인께 영향을 주는 그 힘을 과연 어떻게 설명해야 된다고 생각하시나요?

봔 겔   아, 선생님. 설명할 수 없는 부분이 있을지도 몰라요.

안홀름   그 자체로 설명될 수 없는 것이 있단 말인가요? 완전히 설명될 수 없는 것이 말이오.

봔 겔   하여튼 현재 우리의 지식으로는 그래요.

안홀름   그런 것이 있다고 믿으세요?

봔 겔   믿는 것도 믿지 않는 것도 아닙니다. 단지 모를 뿐이오. 그래서 그냥 내버려 두고 있는 거지요.

안홀름   하지만 한 가지만 말해 주세요. 부인이 말하는 이상하게 기분 나쁜 어린아이의 눈에 대해서 말입니다.

봔 겔   (격렬하게) 난 그 말을 한 마디도 믿지 않아요. 그건 믿을 수가 없어요. 순전히 그 사람의 상상일 뿐 다른 아무것도 아니란 말입니다.

안홀름   어제 그 남자를 보았을 때 그의 눈을 주의깊게 보았나요?

봔 겔   그랬어요.

안홀름   비슷한 점을 발견하지 못 하셨습니까?

봔 겔   (피하듯이) 글쎄요, 허참! 어떻게 말해야 하죠? 그때는 날이 밝지 않았어요. 그리고 전에 집사람이 이미 비슷하다고 여러 번 말했어요. 그래서 객관적으로 공정하게 그를 볼 수 없었을 거요.

안홀름   네, 알겠습니다. 하지만 그때 분명 달라진 점이 있었어요. 그 낯선 사람이 집으로 올 것 같은 생각이 들자 불안과 두려움이 부인을 덮친 거죠.

봔 겔   하지만 그것은 다른 걸 겁니다. 엊그제부터 아내가 그렇게 상상했거나 확신했을지도 모르죠. 그건 갑자기 떠오른 건 아니었어요. 그녀가 지금 주장하는 것처럼 갑자기 무의식적으로 떠오른 게 아니란 거죠. 아내가 링스트란트라는 청년으로부터 존스톤, 아니 프리맨……
뭐가 됐든 상관없어요. 그 프리맨이란 사람이 3년 전 3월에 고향으로
갔다는 말을 들었을 때 집사람은 자기의 정신적 불안이 그때부터 시
작됐다고 분명히 확신하고 있었던 거요.

안홀름   그런데 그게 아닌가요?

봔 겔   전혀 그렇지 않아요. 그런 징후는 오래 전부터 알 수 있었어요.
그녀는 아주 우연히 3년 전 3월에 심한 병에 걸렸던 것뿐이오.

안홀름   그러면…….

봔 겔   그러나 그 상황이, 그때 그녀의 상태가 그 이유를 설명해 줄 수
도 있어요.

안홀름   두 방향으로 그걸 이해해도 좋겠군요?

봔 겔   (손을 비비면서) 하지만 그녀를 도와줄 수가 없어요! 어떤 충고
를 해야 할지도 모르겠어요. 어디로 떠나야 할지도 모르고요.

안홀름   이사 가시려는 건가요? 부인께서 편안한 마음으로 살 수 있는
곳으로 말입니다.

봔 겔   난 그런 제안을 했지요. 우리가 스콜드빅으로 이사가야 한다고
요. 그렇지만 그녀는 응하지 않았어요.

안홀름   그래요?

봔 겔   네. 아내는 그게 도움이 되리라고 믿질 않아요. 어쩌면 그녀가
옳을지도 모르죠.

안홀름   음……그렇게 생각하세요?

봔 겔   그래요. 그리고 또 다른 방법도 있어요. 내가 그것을 해낼 수 있
을지는 잘 모르지만 말입니다 하지만 그렇게 외딴 곳으로 이사가면
애들에게는 정말 좋지 않을 거라는 생각이 들어요. 무엇보다 그애들은
언젠가 결혼을 할 기회가 있는 곳에서 살아야 하니까 말이오.

안홀름   결혼? 벌써 그걸 생각하세요?

봔 겔   네. 난 그것도 고려해 봐야 해요. 그렇지만 한편으로는 불쌍한
저 사람이 얼마나 고통을 받을까 생각하면⋯⋯. 선생님, 난 정말 여러
가지로 진퇴양난에 처해 있다는 생각이 들어요.

안홀름   볼레타 문제는 그렇게 걱정하실 필요가 없을 것 같군요. (잠시
말을 중단한다) 애들은 어디 있을까요? (그는 열린 창문으로 가서 밖을
내다본다)

봔 겔   (피아노 옆으로 가서) 우리 세 식구를 위해서라면 나는 어떤 희
생도 기꺼이 치르겠어요. 내가 어떻게 해야 하는지 알기만 한다
면⋯⋯.

엘리다가 왼쪽 문으로 들어온다.

엘리다   (빠른 어조로 봔겔에게) 오늘 아침엔 안 나가실 모양이죠?

봔 겔   나가고 싶지 않소. 당신과 집에 있겠소. (다가오는 안홀름을 가리
키며) 선생님께 인사도 안 드렸잖소?

엘리다   (돌아서며) 아, 선생님. 못 봤어요. (그에게 손을 내밀며) 안녕하
세요?

안홀름   봔겔 부인, 안녕하십니까? 오늘은 수영하러 가시지 않았군요?

엘리다   네, 오늘은 전혀 불가능해요. 잠깐 앉으시지 않구요.

안홀름   괜찮습니다. (봔겔에게 눈짓을 하며) 정원에 있는 애들에게 가
보기로 약속을 했어요.

엘리다   그 애들을 찾을 수 있을까요? 어디에 있는지 모르겠어요.

봔 겔   아마 연못 근처에 있을 겁니다.

안홀름   찾을 수 있겠죠. (고개를 끄덕이며 베란다를 가로질러 정원을 통

하여 오른쪽으로 나간다)

엘리다   여보, 몇 시예요?

봔 겔   (시계를 보며) 11시 조금 지났소.

엘리다   11시가 지났다구요? 오늘 밤 11시에서 11시 반 사이에 여기에
　　　　배가 올 거예요. 아, 그 일만 모두 끝난다면…….

봔 겔   (그녀에게 다가가며) 엘리다, 당신에게 묻고 싶은 게 있소.

엘리다   뭔데요?

봔 겔   그저께 밤 전망대 위에서 당신은 지난 3년 동안 가끔, 아주 명
　　　　확히 당신의 눈앞에서 그 녀석을 보았다고 말했소.

엘리다   네, 그랬어요. 제 말을 믿으세요.

봔 겔   그가 어떻게 보였소?

엘리다   그가 어떻게 보였냐니요?

봔 겔   당신이 그를 보았을 때 그가 어떤 모습이었냔 말이오.

엘리다   여보, 당신은 그가 어떻게 생겼는지 직접 보셨잖아요.

봔 겔   당신이 상상한 그 사람처럼 보였소?

엘리다   네, 그랬어요.

봔 겔   어제 저녁에 본 모습이 실제의 그의 모습과 똑같았소?

엘리다   네, 똑같았어요.

봔 겔   그렇다면 당신이 금방 그를 알아보지 못한 건 어떻게 된 거요?

엘리다   (놀란 표정으로) 내가 못 알아보았어요?

봔 겔   그래. 나중에 당신이 직접 그렇게 말했잖소. 그 낯선 사람이 누
　　　　구였는지 처음엔 몰랐다고 말이오.

엘리다   (감동되어) 정말 그래요. 여보, 내가 그를 금방 알아보지 못한
　　　　게 이상스럽지 않아요?

봔 겔   당신 말로는 그의 눈을 보고 알았다고 했소.

엘리다　아, 그래요. 그의 눈……그의 눈을 보고 알았어요.

뵌 겔　그런데 전망대에서는 그 사람이 항상 10년 전에 헤어질 때 모습 그대로 당신에게 나타난다고 말했소.

엘리다　제가 그렇게 말했어요?

뵌 겔　그럼.

엘리다　글쎄요. 그 사람이 지금과 아주 똑같이 보였던 것 같아요.

뵌 겔　아니오. 그저께 저녁에 집에 오면서 당신은 그의 모습을 아주 다르게 말했소. 10년 전 그는 면도를 깨끗이 했고, 옷도 아주 다르게 입었다고 말이오. 그리고 진주 넥타이 핀을 하고 있었다고 했소. 그런데 어제 그 사람은 그런 것이 없었소.

엘리다　그래요. 없었어요.

뵌 겔　(그녀를 유심히 관찰하면서) 자, 엘리다, 생각해 봐요. 당신이 그 사람과 브라트해머에서 함께 서 있었을 때 그 사람이 어떻게 생겼는지. 기억이 안 날 수도 있어요.

엘리다　(잠깐 동안 눈을 감고 생각에 잠긴다) 정확하게 생각이 나지 않아요. 이상하지 않으세요? 오늘은 전혀 그 사람을 기억할 수가 없어요.

뵌 겔　조금도 이상할 게 없소. 이젠 당신이 새로운, 그리고 실제인물의 그를 보게 되었고 그것이 옛날의 그를 몰아내어 더 이상 볼 수 없는 거요.

엘리다　여보, 그렇게 생각하세요?

뵌 겔　그렇소. 그리고 그것이 당신의 모든 신경과민적인 상상도 몰아낸 거요. 당신이 실체를 본 것은 아주 좋은 일이오.

엘리다　좋다고요? 그걸 좋은 일이라고 할 수 있어요?

뵌 겔　그래요. 이 일은 당신을 치료할 수 있는 기회가 될 수도 있소.

엘리다 (소파에 앉으면서) 여보, 이리 와서 제 옆에 앉으세요. 제 생각
　　　을 말씀드려야겠어요.
봔 겔 말해 봐요, 엘리다. (그는 테이블 옆 의자에 앉는다)
엘리다 당신과 내가 만난 것은 우리 두 사람에겐 정말 큰 불행이었어
　　　요.
봔 겔 무슨 말을 하고 있는 거요?
엘리다 아, 그래요. 그럴 수밖에 없었어요. 그건 불행해질 수밖에 없는
　　　것이었어요. 우리가 만나게 된 것을 보면 그럴 수밖에 없었어요.
봔 겔 거기에 무슨 문제가 있었다는 거요?
엘리다 여보, 들어보세요. 우리 자신을 속이면서 살아가는 건 좋지 않
　　　아요. 또 서로를 속이는 것도 말예요.
봔 겔 그렇지만 우리가? 우리가 서로 속인다는 거요?
엘리다 네, 그래요. 그게 아니면……하여튼 우리는 진실을 시인하지 않
　　　고 있어요. 그 진실이란 솔직히 말해서 당신이 그곳에 와서 나를 샀다
　　　는 거예요.
봔 겔 샀다고! 샀다고 말했소?
엘리다 나도 당신처럼 나빴어요. 그 거래에 동의하고 당신에게 내 자
　　　신을 팔았거든요.
봔 겔 (고통스럽게 바라보며) 엘리다, 어떻게 감히 그런 말을 할 수 있
　　　소?
엘리다 하지만 달리 어떻게 표현하겠어요? 당신은 더 이상 당신의 빈
　　　집을 유지시켜 나갈 수가 없었어요. 그래서 새아내를 구하고 있었어요.
봔 겔 애들에게는 새어머니를…….
엘리다 그래요. 그것도 물건을 고르듯 말예요. 당신은 내가 그 자리에
　　　적합한지 어떤지 전혀 고려해 보지도 않고 한두 번 나를 만나 말을

건네보았을 뿐인데 나에게 반해서……

뵨 겔 이것 참! 하고 싶은 대로 마음대로 말해 봐요.

엘리다 나는 그곳에 사는 동안 아무한테도 도움을 받을 길이 없어 당황해하고 있었고 완전히 혼자였어요. 그때 당신이 나의 남은 생애를 먹여 살리겠다고 제안해 왔으니 내가 응한 것은 너무나 당연한 일이었지요.

뵨 겔 엘리다, 확실히 그때 나는 그걸 당신을 먹여 살리겠다는 의미로 생각하진 않았소. 내가 가지고 있는 것을 당신이 나와 그리고 애들과 공유하겠는지 솔직하게 물어봤소.

엘리다 네, 그러셨어요. 그렇더라도 나는 응하지 말았어야 했어요. 어떤 일이 있더라도 내 자신을 팔지 말았어야 했어요. 힘든 노동, 찢어지는 가난이 나았을 거예요. 그게 내 자신의 선택이었고, 내 자신의 자유의지였다면 말예요.

뵨 겔 (일어서며) 그렇다면 5년, 아니 6년이지, 우리가 함께 생활했던 그 기간이 당신에겐 전혀 의미가 없었다는 거요?

엘리다 여보, 그렇게 생각하지 말아요. 누구에게도 당신이 나에게 베풀어 준 그 이상을 바랄 수는 없을 거예요. 그렇지만 문제는 내가 내 자신의 자유의지로 당신과 함께 살게 된 게 아니었다는 거예요.

뵨 겔 (그녀를 바라보며) 당신의 자유의사가 아니었다고?

엘리다 네. 내가 당신과 함께 떠나온 것은 내 자유의사가 아니었어요.

뵨 겔 (낮은 목소리로) 아, 그 말은 어제부터 듣던 말이오.

엘리다 그 말에 모든 게 함축되어 있어요. 그것이 내 생활에 새로운 빛을 비춰 주었어요. 이제 나는 그걸 명확히 알겠어요.

뵨 겔 뭘 알았다는 거요?

엘리다 우리가 함께한 생활은 진실한 결혼생활이 아니라는 것을 말예요.

반 겔 (비통하게) 당신이 옳아요. 우리가 지금 하고 있는 생활은 진정한 결혼생활이 아니오.

엘리다 전에도 아니었어요. 절대 아니었어요. 처음부터 그랬어요. (앞을 똑바로 보면서) 다른 생활이었다면 그건 진정한 결혼생활이었을 거예요.

반 겔 무슨 뜻이오? 다른 생활이라니?

엘리다 나의 생활 말예요. 그 사람과 함께 하는 생활 말예요.

반 겔 (놀란 듯 그녀를 쳐다보며) 나는 전혀 당신을 이해하지 못 하겠소.

엘리다 오, 여보. 서로 속이지 않기로 해요. 아니, 우리 자신을 속이지 말아요.

반 겔 물론 속이지 않소. 그런데 무엇 때문에 그런 말을 하는 거요?

엘리다 당신도 아시잖아요? 자유의사로 한 약속은 결혼과 마찬가지로 의무가 있다는 사실을 우리가 피할 수 없다는 걸 말예요.

반 겔 도대체 뭘 원하는 거요?

엘리다 (일어서면서 격렬하게) 여보! 내가 나갈 수 있도록 허락해 주세요.

반 겔 여보, 엘리다!

엘리다 진실한 결혼생활을 할 수 있게 해 주세요. 그건 다른 어떤 방식으로도 해결될 수 없을 거예요. 당신과 내가 함께 생활하게 된 방식으로는 안 될 거예요.

반 겔 (고통을 참으며) 우리 사이에 그토록 넓은 간격이 있는 거요?

엘리다 당연하죠. 그렇지 않을 수 없었어요.

반 겔 (그녀를 슬픈 눈으로 바라보며) 우리가 함께 있었던 기간 내내 나는 진실로 당신을 차지했던 게 아니었구려. 당신은 내 사람이 아니었던 거요.

엘리다 여보, 내가 당신을 사랑할 수만 있다면 얼마나 기쁘겠어요? 하지만 그런 일은 절대로 일어날 수 없다고 나는 확신해요.

봔 겔 그렇다면 이혼을 하자는 거요? 공식적이고 법적인 이혼 말이오? 당신이 원하는 게 그거요?

엘리다 여보, 당신은 나를 전혀 몰라요. 내가 염두에 두는 것은 그런 형식이 아니예요. 그런 건 나에게 아무 문제가 되지 않아요. 내가 원하는 것은 당신과 내가 우리의 자유의사로 서로를 해방시켜야 한다는 거예요.

봔 겔 (천천히 고개를 끄덕이면서 비통하게) 우리의 합의를 깨자는 거군. 알겠소.

엘리다 (진지하게) 맞아요. 우리의 합의를 깨는 거예요.

봔 겔 하지만 그 다음엔? 다음엔 어떻게 될지 생각해 보았소? 우리 두 사람 모두에게 말이오. 우리의 생활이 뭐가 되겠소? 내 생활과 당신의 생활이 말이오.

엘리다 그런 건 생각하지 말아요. 미래는 아주 잘 풀려나갈 거예요. 여보, 중요한 건 내가 당신에게 빌고 애원하는 대로 당신이 해야 하는 거예요. 그냥 나를 자유스럽게 놓아 주세요. 나에게 완전한 자유를 돌려주세요.

봔 겔 엘리다, 당신은 나에게 무서운 요구를 하는군. 적어도 내가 결정하기 전에 생각할 수 있는 시간을 좀 주구려. 좀더 자세히 얘기해 봅시다. 그리고 지금 당신이 하고 있는 게 어떤 것인지를 곰곰히 생각해 볼 기회를 가져봐요.

엘리다 그럴 시간이 전혀 없어요. 나는 바로 오늘 자유를 얻어야 해요.

봔 겔 왜 하필 오늘이지?

엘리다 오늘 밤에 그 사람이 오니까요.

봔 겔 (놀란 표정으로) 온다고? 그가? 그 낯선 사람이 이 문제와 무슨 관계가 있소?

엘리다 그를 만날 때 난 완전히 자유롭고 싶어요.

봔 겔 그건 뭘 뜻하는 거요?

엘리다 내가 다른 남자의 아내라는 핑계를 대고 싶지 않아요. 나에겐 선택권이 없다는 핑계를 대고 싶지 않단 말이예요. 선택 권한이 없을 때는 어떤 결단도 있을 수 없으니까요.

봔 겔 엘리다, 선택이라고 했소? 선택? 이런 일에 선택을 해?

엘리다 네, 나는 선택해야 해요. 그것이 무엇이든 선택해야만 해요. 그를 혼자 가게 하든가 아니면 그와 함께 내가 갈 수 있어야 해요.

봔 겔 당신은 지금 자신이 무슨 말을 하고 있는지 알기나 하오? 그와 함께 가? 당신의 전 생애를 그 사람 손에 맡긴다는 거요?

엘리다 난 나의 전 생애를 당신 손에 맡기지 않았었나요? 서슴지 않고 말예요.

봔 겔 아마 그렇게 했겠지. 하지만 그 사람은 전혀 낯선 사람이오. 당신이 거의 아무것도 모르는 사람이란 말요!

엘리다 어쩌면 당신에 대해서는 더 몰랐을지도 모르죠. 그래도 나는 당신과 함께 왔어요.

봔 겔 아니야. 당신은 당신이 하려고 하는 생활이 어떤 건지 조금은 알고 있었소. 하지만 지금은? 생각해 봐요, 지금 알고 있는 게 뭐지? 완전히 아는 게 없지 않소? 당신은 그가 누군지, 뭘 하는 사람인지도 모르고 있어요.

엘리다 (똑바로 앞을 바라보며) 그건 사실이예요. 그건 무서운 거예요.

봔 겔   그렇소. 그건 무서운 거요.

엘리다   그 때문에 나는 그걸 해야 한다고 느끼고 있는 거예요.

봔 겔   (그녀를 바라보며) 그것이 당신에게 무서운 것이기 때문에 해야 한다고?

엘리다   네, 바로 그거예요.

봔 겔   (가까이 가며) 여보, 말해 봐요. 도대체 당신은 무서운 것이라는 걸 무슨 뜻으로 얘기하고 있는 거요?

엘리다   (생각하다가) 무서운 것이란……그건 나를 두렵게 하고…… 그러나 나를 매혹시키는 그 어떤 거예요.

봔 겔   매혹시킨다고?

엘리다   무엇보다 나를 매혹시키는 것이라고 난 생각해요.

봔 겔   (천천히) 당신은 바다와 같군.

엘리다   그것 역시 무서워요.

봔 겔   당신 안에도 무서운 어떤 것이 있소. 나를 두렵게도 하고 매혹시키기도 하니…….

엘리다   그렇게 느끼세요?

봔 겔   그 모든 것에도 불구하고 나는 진짜 당신을 몰랐소. 전혀 몰랐소. 이제야 그걸 알기 시작했소.

엘리다   당신은 나를 자유롭게 풀어 주셔야 해요. 당신과 나를 묶고 있는 모든 속박으로부터 말예요. 나는 당신이 생각했던 그런 여자가 아니예요. 이제 그걸 아셨죠? 이제 우리는 친구로서 헤어질 수 있어요. 우리의 자유의지로 말예요.

봔 겔   (슬프게) 우리가 헤어지는 게 가장 좋은 방법일지도 모르겠군. 그러나 설사 그렇더라도 나는 그렇게 할 수 없소. 나에게 당신은 그 무서운 것과 같소. 당신은 그와 똑같은 강력한 매력을 지니고 있단 말이오.

엘리다 내가요?

봔 겔 오늘을 현명하게 보내도록 해 봅시다. 조용히, 그리고 지각있게
행동하도록 노력합시다. 나는 오늘 당신을 절대 보내지 못 하겠소. 나
에겐 그럴 만한 권리가 있소. 당신을 위해서 말이오. 나는 당신을 보
호할 권리와 의무가 있단 말이오.

엘리다 보호? 무엇으로부터 나를 보호하죠? 밖에는 나를 위협하는 폭
력이 없는데 말예요. 여보, 무서운 건 더 깊은 곳에 있어요. 무서운 매
력은 내 마음 속에 있어요. 그런데 그것에 맞서서 당신이 어떻게 할
수 있겠어요.

봔 겔 내가 당신을 도와줄 수 있고 그것과 싸울 용기를 당신에게 줄
수 있소.

엘리다 그래요. 내가 그것과 싸우기를 원한다면…….

봔 겔 그러고 싶지 않다는 거요?

엘리다 아, 그건 나 자신도 모르겠어요.

봔 겔 오늘 밤에는 모든 게 해결될 거요, 엘리다.

엘리다 (말을 가로막으며) 그래요. 생각해 보세요! 내 전 생애의 전환
점이에요. 가까이 오고 있어요!

봔 겔 그리고 내일은…….

엘리다 네, 내일은 아마 나의 진실된 운명을 거절해 버릴지도 모르죠!

봔 겔 당신의 진실된……?

엘리다 자유의 전 생애가 지나갔어요. 나에게는 말예요. 아마 그에게도
그럴지도 모르죠.

봔 겔 (그녀의 손목을 잡고 조용히) 엘리다, 그 낯선 사람을 사랑하오?

엘리다 그를 사랑하냐구요? 오, 내가 어떻게 말할 수 있겠어요. 나는

오직 그 사람이 나에게 무서운 존재라는 것, 그리고……

봔 겔   그리고?

엘리다   그리고 내가 그에게 종속되어 있다고 느껴진다는 것만을 알고 있어요.

봔 겔   (고개를 수그리며) 이제 조금 알 것 같소.

엘리다   당신이 막는다고 한들 무슨 소용이 있겠어요? 당신이 나에게 무슨 충고를 할 수 있겠어요?

봔 겔   (슬프게 그녀를 바라보며) 내일은 그 사람이 가버릴 거요. 위험은 없어질 거요. 그러면 내가 당신이 가는 걸 허락하겠소. 우리의 합의를 깨고 말이오.

엘리다   오, 여보! 내일은 너무 늦어요.

봔 겔   (정원을 바라보며) 아이들! 적어도 애들에겐 이런 꼴을 보이지 맙시다. 가능한 한 말이오.

안홀름, 볼레타, 힐데, 그리고 링스트란트가 정원에서 온다. 링스트란트는 떠나려고 왼쪽으로 가 버린다. 다른 사람들은 방 안으로 들어온다.

안홀름   우린 계획을 세웠어요. 그건……

힐 데   우리는 오늘 밤 협만에 가려고 해요. 그리고……

볼레타   안 돼. 그런 얘기하지 마!

봔 겔   우리도 계획을 짜고 있었소.

안홀름   그래요?

봔 겔   저 사람은 내일 스콜드빅에 갈 거요. 잠시 동안 말이오.

볼레타   가신다구요?

안홀름   봔겔 부인, 그거 참 좋은 생각이십니다.

반 겔　그녀는 집에 가고 싶어 해, 바다로.

힐 데　(엘리다에게 달려가며) 어머니, 가시려구요? 우리를 두고?

엘리다　(놀라며) 힐데야, 무슨 일이니?

힐 데　(몸을 가누며) 아무것도 아니예요. (돌아서 가면서) 가시고 싶으면 가세요.

볼레타　(걱정스럽게) 아버지, 아버지도 가세요? 스콜드빅에 말예요. 가실 거라는 거 알아요.

반 겔　아니다. 가지 않아. 가끔 거기에 갈지는 모르지.

볼레타　물론 우리에게 다시 돌아오실 거죠?

반 겔　그럼.

볼레타　가끔 오시겠죠?

반 겔　애야, 어쩔 수 없구나. (그는 방을 가로질러간다)

안홀름　(귀엣말로) 볼레타. 우리 나중에 얘기하지. (그는 반겔에게로 가서 문 옆에서 조용히 얘기를 나눈다)

엘리다　(볼레타에게 조용히) 힐데에게 무슨 일이 있었니? 아주 당황한 것 같아서 말이다.

볼레다　힐데가 언제나 열망하고 있는 게 무엇인지 모르셨어요?

엘리다　열망?

볼레타　어머니께서 우리 집에 오신 후로 계속요.

엘리다　아니……. 뭐지?

볼레타　어머니한테서 애정어린 말을 단 한 마디만이라도 듣고 싶은 것이에요.

엘리다　아! 여기에서 나에게 의무가 있다면…….

엘리다는 움직이지 않고 정면을 응시하면서 자기의 머리를 양손으로 꼭 감싸쥔다. 그녀는 생각에 골몰하며 고통스러워하는 것 같다. 봔겔과 안홀름은 여전히 작은 소리로 말을 주고받으며 앞으로 나온다. 볼레타는 오른쪽 옆방으로 가서 안을 들여다본다. 그러고는 문을 열어 놓는다.

볼레타 아버지, 점심은 테이블 위에 있어요. 드시고 싶으시면 드세요.
봔 겔 (억지로 웃음을 지어 보이며) 그래? 그거 아주 좋구나. 선생님, 갑시다. 우리 들어가서 '바다에서 온 여인'에게 이별주 한 잔 건배하지 않겠소?

　그들은 오른쪽 문을 통하여 나간다.

제 5 막

의사 꽌겔의 정원 한구석, 잉어 연못 옆. 여름의 황혼빛이 내린다.

안홀름, 볼레타, 링스트란트, 그리고 힐데는 배를 타고 물가를 따라 왼쪽으로부터 헤쳐나간다.

힐 데   보세요. 여기 물가는 쉽게 뛰어내릴 수 있겠어요.
안홀름   안 돼요, 안 돼. 뛰어내리지 말아요.
링스트란트   힐데 양, 난 뛰어내리지 못 하겠는데요.
힐 데   선생님은 어떠세요? 선생님도 뛰어내리지 못 하세요?
안홀름   나도 하지 않는 편이 낫겠어.
볼레타   수영장 밑에서 내려줘.

그들은 오른쪽으로 노를 저어 나간다. 같은 시각에 발레스테드가 악보와 프랑스식 나팔을 들고 오른쪽 보도에 나타난다. 그는 배를 타고 있는 사람들에게 인사를 하고는 말을 건넨다. 그들의 말소리는 점점 더 멀리서 들려온다.

발레스테드　뭐라고? 응, 물론이지. 그건 영국 배를 위한 거야. 올해 그
　　배가 여기에 오는 건 마지막이야. 그런데 너무 늦지 마. 음악을 듣고
　　싶으면 말야. (소리를 지른다) 뭐라고? (목소리를 높이며) 뭐라고 하는
　　지 못 알아듣겠어!

　　엘리다가 머리에 숄을 쓰고 왼쪽에서 방 안으로 들어오고 뒤따라서
의사 봔겔이 들어온다.

봔　겔　하지만 여보, 아직 시간이 많이 남아 있소.
엘리다　아니예요. 급해요. 그가 어느 순간에 여기 나타날지 몰라요.
발레스테드　(울타리 밖에서) 의사선생님, 안녕하세요? 봔겔 부인, 안녕
　　하세요?
봔　겔　(그를 보며) 아, 발레스테드. 오늘 저녁에도 브라스 밴드 연주가
　　있어요?
발레스테드　네, 있어요. 매년 이맘때가 되면 각종 축제가 많거든요. 오
　　늘 밤엔 영국 배를 위해서 연주를 하죠.
엘리다　영국 배? 그 배가 벌써 왔나요?
발레스테드　아직 오지는 않았어요. 하지만 섬에서 곧 모습을 나타내겠
　　죠. 눈 깜짝할 사이에 도착할 겁니다.
엘리다　네, 그렇군요.
봔　겔　(엘리다에게) 그 배는 올해 마지막으로 오는 거요. 오늘 밤 이후
　　로는 다시 오지 않아요.
발레스테드　그렇습니다. 선생님, 섭섭하시죠? 바로 그 때문에 내가 아
　　까 말한 대로 그 배를 위해 뭔가를 하고 싶은 겁니다. 아, 그렇군요.
　　즐거운 여름날도 끝나가고 있어요. 시의 한 구절처럼 '곧 얼음이 길을

막을' 거고요.

엘리다 '얼음이 길을 막는다?' 그렇군요.

발레스테드 우울한 생각이 들어요. 우리는 모두 지난 몇 개월 동안 여름 햇빛을 받으며 모래에서 노는 어린아이들처럼 즐거웠어요. 서글펐던 지난 세월로 다시 되돌아간다고 생각하니 괴롭군요. 어쨌든 처음엔 다 그렇죠. 그러나 사람들은 환경에 적응하게 되지요. 그래요. 사람들은 분명히 환경에 적응할 수 있어요. (인사를 하고 왼쪽으로 나간다)

엘리다 (협만을 내다보며) 오, 기다리는 게 지겨워! 결단의 시간을 앞둔 몇 분이 이렇게 참기 힘들다니!

뵨 겔 아직도 당신은 직접 그 사람에게 애기하려는 거요?

엘리다 내가 그 사람에게 말해야 해요. 내 자신의 자유의사로 선택을 할 거예요.

뵨 겔 당신에겐 선택권이 없소. 내가 그걸 허락하지 않을 거요.

엘리다 아무도 나의 선택을 막을 수 없어요. 당신도, 그 어느 누구도 말예요. 당신은 내가 그 사람과 함께 가는 것을 막을 수 있어요. 그게 내가 선택한 것이라 하더라도 말예요. 당신은 나의 의사와는 달리 억지로 나를 여기에 붙들어 둘 수도 있어요. 그래요, 당신은 그렇게 할 수 있어요. 그렇지만 내 마음 속의 선택을 막을 수는 없어요. 당신이 아닌 그 사람을 선택하려는 내 마음을 막을 순 없단 말예요.

뵨 겔 막지 못하지. 그래, 당신이 옳아요. 나는 그걸 막을 수 없소.

엘리다 나를 막을 수 있는 건 아무것도 없어요. 이 집에서 나를 붙잡아 둘 만한 것은 아무것도 없어요. 여보, 나는 당신 집에서 뿌리를 내리지 못했어요. 아이들도 나에게 속해 있질 않아요. 그 애들은 마음을 주지 않아요. 한 번도 그런 적이 없었어요. 내가 떠날 때에도 말예요. 오늘 밤 그 사람과 함께 가든 내일 스콜드빅으로 가든 나는 넘겨 줄 열쇠조차도 가지고 있지 않고 부탁이나 명령도 할 게 없어요. 나는 당신 집에서는 완전히 뿌리를 내리지 못했어요. 처음부터 나는 이곳에서는 완전히 이방인이었어요.

봔 겔　하지만 그건 당신이 그렇게 되고 싶어했던 것이오.

엘리다　천만에요. 나는 이쪽에도 저쪽에도 기댈 곳이 없었어요. 나는 내가 여기 왔을 때 있었던 대로 모든 것을 움직이지 않고 그대로 놓아 두었어요. 그걸 원한 사람은 다른 사람이 아니라 당신이었어요.

봔 겔　나는 그것이 당신에게 가장 좋을 거라고 생각했소.

엘리다　그래요. 알고 있어요. 그래서 이제 우리는 그 대가를 지불해야 해요. 그 보복을 받고 있는 거예요. 지금 여기엔 나를 붙들고 나를 도와 주고 나에게 힘을 줄 만한 것은 아무것도 없으니 말예요. 나에겐 우리의 가장 소중한 재산이어야 할, 우리를 연결해 줄 끈이 하나도 없어요.

봔 겔　여보, 알겠소. 내일부터 당장 당신이 다시 자유를 누리고 당신 자신의 삶을 영위할 수 있도록 하겠소.

엘리다　당신은 그걸 내 자신의 삶이라고 할 수 있다고 생각하세요? 천만에요. 내 자신의 삶, 나의 진실한 삶은 내가 당신을 만났을 때 이미 길을 잃은 거예요. (고통과 흥분으로 자신의 손을 만지면서) 오늘 저녁에, 반 시간 정도만 있으면 내가 버렸던 사람이 여기 올 거예요. 그 사람이 나에게 했던 것처럼 나도 약속을 충실히 지켰어야 했던 사람이 말예요. 그리고 이제 그 사람은 내가 진실된 삶을 누릴 수 있는 단 한 번의 마지막 기회를 제안하려고 오는 거예요. 그 삶은 나를 겁나게 하지만 나를 매혹시키기도 해요. 그건 내 자유의사로는 거부할 수 없는 삶이에요.

봔 겔　그렇지만 바로 그 때문에 당신은 당신 스스로 선택을 하고 당신을 위해 행동하는 당신의 남편을 필요로 한 게 아니겠소?

엘리다   네 그래요, 여보. 내가 당신에게 매달림으로써 나를 놀라게 하
고 매혹시키는 것들을 모두 떨쳐버릴 수 있다면 얼마나 행복하고 평
화로울까요. 내가 그렇게 느낄 수 있는 때가 영원히 지났다고는 생각
하지 마세요. 그렇지만 난 그렇게 할 수 없어요. 절대로 그렇게 할 수
없어요.

반 겔   엘리다, 잠깐만 함께 걸읍시다.

엘리다   안 돼요. 그 사람이 여기서 자기를 기다려야 한다고 했어요.

반 겔   자, 가요. 아직 시간이 많이 남았소.

엘리다   정말 그렇게 생각하세요?

반 겔   그럼, 충분해.

엘리다   그러면 잠깐 동안만……

  그들은 오른쪽으로 나간다. 그때 안홀름과 볼레타가 연못 위쪽에서
나타난다.

볼레타   (그들이 지나가는 것을 보고) 저기 봐요.

안홀름   (귓속말로) 쉬, 내버려 둬요.

볼레타   요 며칠 동안에 아버지와 어머니 사이에 무슨 일이 있었는지 아
세요?

안홀름   뭐 이상한 눈치라도 챘나?

볼레타   물론이에요.

안홀름   어떤 점이 이상했지?

볼레타   네. 여러 가지로……모르셨어요?

안홀름   글쎄, 잘 모르겠는데……

볼레타 선생님은 틀림없이 알고 계실 거예요. 단지 시인하지 않으시려
     는 것뿐이에요.

안홀름 난 새어머니가 잠깐 동안 여행을 하는 게 좋을 거라고 생각해.

볼레타 그렇게 생각하세요?

안홀름 응, 그분이 이따금씩 여행을 하면 모든 사람에게 좋을 거야.

볼레타 내일 새어머니가 스콜드빅에 있는 친정으로 가면 절대 우리에
     겐 돌아오지 않을 거예요.

안홀름 볼레타, 어떻게 그런 말을 할 수 있지?

볼레타 틀림없어요. 두고 보세요. 어머니는 돌아오지 않을 거예요. 어
     쨌든 힐데와 내가 여기에 있는 한 말예요.

안홀름 힐데도?

볼레타 글쎄요. 힐데는 별로 문제가 없을지도 모르죠. 그 애는 아직 어
     리니까요. 그리고 그 애는 마음 속으로는 어머니를 좋아하고 있는 게
     분명해요. 그렇지만 나는 달라요. 어머니는 나보다 나이가 별로 많지
     도 않거든요.

안홀름 볼레타, 얼마 안 있어 볼레타는 집을 떠나게 될지 몰라.

볼레타 (진지하게) 그렇게 생각하세요? 그 문제를 아버지와 의논해 보
     셨어요?

안홀름 응. 얘기해 봤어.

볼레타 뭐라고 하셨어요?

안홀름 바로 그때 아버지께서는 마음이 좀 복잡하셨어.

볼레타 봐요! 내가 선생님께 뭐라고 했어요?

안홀름 그렇지만 이건 충분히 알았어. 볼레타는 아버지에게서 아무 도
     움도 기대하지 않는 게 좋다는 걸.

볼레타 기대하지 말라뇨?

안홀름   아버지께서는 자신이 처한 상황을 나에게 분명히 말씀하셨어. 그리고 그날 모든 일이 아주 불가능한 것으로 생각하는 것 같았어.

볼레타   (나무라듯이) 그러고도 선생님께서는 거기에 서서 나를 놀릴 용기가 있으세요?

안홀름   나는 절대 볼레타를 놀린 게 아냐. 볼레타가 여기를 떠나건 떠나지 않건 그건 전적으로 볼레타 자신에게 달린 거야.

볼레타   나 자신에게 있다는 게 뭐라고 생각하세요?

안홀름   볼레타가 세상에 나가서 정말로 원하는 것을 모두 배우느냐 못배우느냐 하는 문제도 볼레타에게 달려 있고, 집에 있으면서 그 동안 갈망하던 모든 것에 참여하는 문제라든가 더 즐거운 환경 속에서 생활을 하느냐 못하느냐 하는 것도 다 볼레타의 마음에 달려 있다는 말이지. 볼레타, 어때?

볼레타   (손을 꼭 쥐며) 그렇지만 선생님, 그건 가능하지가 않아요. 아버지가 도울 수 없다든가 도와주려 하지 않으신다면 내가 의지할 사람은 이 세상에 아무도 없어요.

안홀름   볼레타의 옛날 가정교사의 도움을 받을 수는 없을까?

볼레타   선생님 도움이라구요? 선생님께서 정말⋯⋯?

안홀름   내가 볼레타를 도와주면 안 될까? 그래, 아주 기꺼이 말과 행동으로. 볼레타는 그걸 믿어도 돼. 받아들이지 않겠어? 응? 찬성하지?

볼레타   찬성하냐구요? 집을 나가서 세상을 구경하고 정말로 가치있는 걸 배우는 것을 찬성하느냐구요? 내가 지금까지 전혀 불가능한 것으로 여겨왔던 모든 경이로운 것들을 배우는 걸⋯⋯.

안홀름   그 모든 것들을 이제 정말로 할 수 있는 거야. 볼레타가 원하기만 하면 말야.

볼레타   선생님께서는 내가 그런 믿을 수 없는 기쁨을 성취할 수도 있도록 도와주실 거구요? 하지만……안 돼요. 내가 어떻게 그 많은 도움을 타인에게서 받을 수 있겠어요?

안홀름   볼레타, 볼레타는 나한테서는 그걸 받아들여도 돼. 나한테서는 무엇이든지 받아들일 수 있을 거야.

볼레타   (그의 손을 꽉 잡으면서) 그래요. 나도 사실은 그럴 수 있다고 생각해요. 나는 그게 어떨는지 잘 몰라요. 하지만 (감정에 끌려) 아, 너무 행복해서 소리를 지르고 싶어요. 나는 정말 무엇보다 인생을 누리려고 해요. 허송세월하는 내 인생이 두렵게 느껴지기 시작했거든요.

안홀름   그건 두려워할 필요가 없어. 이제 볼레타를 여기에 붙들어 둘 어떤 속박이라도 있다면 나에게 솔직히 말해 봐.

볼레타   속박이라구요? 아니예요. 없어요.

안홀름   아주 조그마한 것도?

볼레타   네. 전혀 없어요. 하지만 아버지와 힐데가…….

안홀름   그렇지만 볼레타는 조만간 아버지를 떠나야 할 거야. 그리고 어느 땐가는 힐데도 자신의 인생을 살기를 원할 거고. 그건 단지 시간 문제일 뿐이야. 그것 말고 여기에서 볼레타를 붙잡는 건 아무것도 없어? 어떤 구속도 없는 거야?

볼레타   그래요, 없어요. 아무것도 없어요. 걱정할 거 없어요. 난 내가 원할 때 집을 떠날 수 있어요.

안홀름   볼레타, 그렇다면 나와 함께 가는 거야.

볼레타   (손뼉을 치며) 오, 좋아요. 생각만 해도 멋있어요!

안홀름   나를 완전히 믿고 있지?

볼레타   네, 믿어요.

안홀름   그리고 볼레타 자신과 모든 미래를 정말 나에게 맡길 수 있지? 그렇지?

볼레타   물론이에요. 내가 왜 그렇게 생각하지 않겠어요. 의심하지 마세요. 선생님은 옛날부터 제 선생님이시잖아요.

안홀름   단지 그것 때문만이 아냐. 난 오랫동안 볼레타와 관계가 없었어. 나와 볼레타는 자유의사가 있고, 볼레타를 붙잡을 만한 인연이 없기 때문에 볼레타가 앞으로의 인생을 위해 나와 결합하는 걸 원하는지를 묻고 있는 거야.

볼레타   (두려움에 뒤로 물러서며) 뭐라구요?

안홀름   볼레타 인생을 위해서 말야. 내 아내가 될 수 있어?

볼레타   (독백하듯이) 안 돼요, 안 돼. 나는 그럴 수 없어요. 전혀 불가능해요.

안홀름   그게 정말 전혀 불가능할까?

볼레타   선생님 말씀은 사실이 아니죠? (그를 바라보며) 선생님께서는 내내 그걸 생각하셨어요? 나에게 그 많은 것을 해줄 것을 제안하셨을 때 말예요.

안홀름   볼레타, 잠깐만 내 얘길 들어봐. 내가 볼레타를 놀라게 한 것 같군.

볼레타   그래요. 그런 생각을 선생님께서 하셨으니까 말예요.

안홀름   이해할 수 있어. 볼레타가 모르는 사실이었으니까. 아니 알 수도 없었겠지. 내가 여기에 여행을 오게 된 것은 다 볼레타 때문이었다는 걸 말야.

볼레타   나 때문에 여기에 오셨다구요?

안홀름   응, 그랬어. 지난 봄에 난 아버지로부터 편지 한 통을 받았어. 그 편지를 읽고 나는 나에 대한 볼레타의 추억이 친분 이상의 것이라고 믿게 된 거야.

볼레타   아버지가 어떻게 그런 편지를 할 수 있었죠?

안홀름 아버지의 편지내용은 전혀 그런 뜻이 아니었어. 그렇지만 그동안에 나는 나를 기다리는 처녀가 여기 있다고 생각하게 됐지. 아냐, 볼레타, 끝까지 들어봐. 그리고 나 같은 사람이 더 이상 젊은 시절로 돌아갈 수 없는 나이가 됐으니 그런 생각은……환상이라고 해도…… 나에게 엄청난 감동을 준 거야. 나는 볼레타에게 정말로 감사의 애정을 느끼기 시작했지. 그래서 나는 다시 볼레타를 만나서 내가 볼레타에게 느낀 것을 말해야 되겠다고 생각했던 거야.

볼레타 그렇지만 지금은 그게 아니라는 것을 아셨잖아요? 그게 모두 오해라는 것을 말예요!

안홀름 볼레타, 그건 별 문제가 안 돼. 내가 마음 속에 지닌 볼레타의 모습은 내가 그때 생각한 것에 의해 더 뚜렷해지거든. 물론 볼레타가 이해못할 거라고 생각해. 그렇지만 그건 사실이야.

볼레타 나는 이런 일이 생길 수 있으리라고는 결코 생각하지 못했어요.

안홀름 그렇지만 이제 볼레타가 알았으니……. 볼레타, 어때? 결심할 수 있겠지? 내 아내가 되겠다고 말야.

볼레타 그렇지만 선생님, 그건 불가능해요. 선생님은 나의 가정교사였잖아요. 그래서 나는 선생님을 달리 생각할 수 없어요.

안홀름 그럼 어쩔 수 없지. 그러나 볼레타 생각이 그렇다 하더라도 상황은 여전히 똑같아.

볼레타 무슨 뜻이죠?

안홀름 방금 내가 말한 대로 볼레타가 사회에 나갈 수 있도록 도와주겠어. 그러면 볼레타는 원하던 것을 배울 수 있고, 볼레타 자신의 인생을 살 수 있게 될 거야. 안전하게 말야. 그리고 나는 지금부터 볼레타가 아무런 걱정 없이 안정된 생활을 할 수 있도록 보살펴 주겠어.

그러면 볼레타는 나를 항상 충실하고 좋은 친구로 여기게 될 거야. 그걸 믿어 줘.

볼레타 그렇지만 선생님, 지금은 그 모든 게 거의 불가능해요.

안홀름 그것도 불가능해?

볼레타 그래요. 선생님께서는 그걸 분명히 알고 계시잖아요? 선생님께서 이제까지 내 이야기를 모두 다 들어서 아시잖아요? 내가 선생님으로부터 그 많은 것을 받을 수 없다는 걸 선생님께서 더 잘 알고 계실 거예요. 어떤 것도 받아들일 수 없다는 걸 말예요. 이대로는 안 돼요.

안홀름 그렇다면 집에 있으면서 인생을 그냥 보내려고?

볼레타 아, 그걸 생각하면 참을 수 없어요.

안홀름 볼레타는 바깥세상에서 볼 수 있고 얻을 수 있는 모든 희망을 포기할 건가? 볼레타가 갈망한 그 모든 것들을 할 수 있는 기회를? 인생이 볼레타를 위해 그렇게 많은 것들을 언제까지나 소지할 수 있다고 생각해? 그래서 그걸 거부하는 것인가? 볼레타, 생각해 봐.

볼레타 아, 선생님. 선생님 말씀이 옳아요.

안홀름 그리고 아버지께서 이곳을 떠난다면 볼레타는 이 세상에서 아무에게도 도움받을 수 없는 혼자 몸이 될지도 몰라. 그래서 결국 다른 남자와 결혼해야 될지도 모르고. 혹시 그 사람이 볼레타가 좋아할 수 없는 사람일지도 모르지.

볼레타 네, 알아요. 선생님 말씀이 모두 옳아요. 그렇지만 아직은…….

안홀름 (빠르게) 그래서?

볼레타 (그를 바라보며 분명치 않게) 아마 결국은 가능하게 될지도 모르죠.

안홀름 볼레타, 뭐가?

볼레타 선생님의 제안에 내가 혹시 동의할지도 모른다는 거예요.

안홀름 가능성이 있다는 말인가? 적어도 내가 친구로서 볼레타를 도울 수 있는 기쁨을 나에게 줄 수 있다는 뜻이야?

볼레타 하지만 난 그렇겐 할 수 없을 거예요. 지금은 그게 전혀 불가능해요. 아니예요, 선생님. 선생님께 가겠어요.

안홀름 볼레타, 내게 오겠다고?

볼레타 네, 선생님과 함께 가고 싶은 생각이 들어요.

안홀름 볼레타가 내 아내가 되겠다는 거야?

볼레타 네, 선생님께서 아직도 그럴 생각이 있으면, 나를 원하시면 말예요.

안홀름 내가 생각이 있다면! (그녀의 손을 잡으며) 볼레타, 고마워. 난 볼레타가 나에게 말하고 주저한 것 때문에 실망하진 않았어. 지금 나를 사랑하지 않더라도 나는 볼레타를 내 사람으로 만들 수 있을 거야. 볼레타, 볼레타에게 정말 좋은 사람이 되겠어.

볼레타 난 세상구경도 하면서 많은 사람들 속에서 삶을 누릴 수 있겠죠? 선생님께서 약속하셨어요.

안홀름 그래, 약속을 지키고말고.

볼레타 그리고 선생님께서는 내가 원하는 것들을 모두 배울 수 있게 해주실 테죠?

안홀름 난 볼레타의 선생이 되겠어. 지금까지 해왔던 대로 말야. 우리가 함께 지냈던 마지막 그 해를 생각해 봐.

볼레타 (깊게 생각한 다음 조용히) 기뻐요. 내가 자유롭게 세상에 나갈 수 있다는 게요. 그리고 미래에 대해서 걱정하지 않아도 되구요. 돈에 대해서도 더 이상 걱정할 필요가 없게 되었구요.

안홀름 그렇지. 그런 것에는 신경을 쓰지 않아도 돼. 볼레타, 그건 아주 멋있는 일이지?

볼레타 네, 정말 그래요.

안홀름 (그녀를 껴안으며) 우리가 얼마나 행복하고 안락한 삶을 살게
될지 알게 될 거야. 그리고 우리가 얼마나 서로 만족스럽게 생각하는
지도 말이야.

볼레타 네, 그런 생각이 드는군요. 난 정말 우리가 그럴 거라고 믿어요.
(그녀는 오른쪽을 내다보다가 얼른 허리를 편다) 이런 얘기 그만해요.

안홀름 볼레타, 무슨 일이지?

볼레타 저 불쌍한 사람······. (손으로 가리키며) 저기 보세요.

안홀름 아버지신가?

볼레타 아니, 젊은 조각가예요. 저기 힐데와 함께 걸어 내려오고 있어
요.

안홀름 아, 링스트란트. 왜? 그에게 무슨 일이 생겼나?

볼레타 글쎄, 그가 얼마나 허약한지 아시죠?

안홀름 응, 알아. 그게 단지 상상이 아니라면 말야.

볼레타 하지만 그건 사실이에요. 그는 오래 살지 못할 거예요. 그것이
아마 그에게는 가장 좋은 일이겠지만 말예요.

안홀름 볼레타, 가장 좋은 일이라고? 왜?

볼레타 글쎄요. 그의 재능으로는 절대로 많은 것을 이룰 수 없을 게
분명하니 말예요. 그들이 오기 전에 가요.

안홀름 그러지. 나도 그러고 싶군.

힐데와 링스트란트가 연못 옆에서 나온다.

힐 데 이봐요. 너무들 위대하셔서 우리를 기다릴 수 없다는 거예요?

안홀름 볼레타와 함께 있고 싶어서 그래.

안홀름과 볼레타가 왼쪽으로 나간다.

링스트란트　(살짝 미소를 지으며) 요즘은 여기 있는 사람들이 모두 쌍을 이루어 항상 둘씩 다니는 게 재미있죠?

힐 데　(그들이 가는 걸 지켜보며) 선생님이 언니를 사랑하는 게 분명해요.

링스트란트　그래요? 왜 그렇게 생각하죠?

힐 데　글쎄요. 그건 확실해요. 잘 살펴보면 말예요.

링스트란트　하지만 볼레타 양은 그를 원치 않아요. 나는 그걸 느낄 수 있어요.

힐 데　그래요. 언니는 그 선생님이 늙어 보인다고 생각해요. 더구나 언니는 선생님이 대머리가 되어가고 있다고 생각하거든요.

링스트란트　내 말은 그것만을 뜻하는 게 아네요. 어쨌든 언니는 그분을 원치 않아요.

힐 데　어떻게 알죠?

링스트란트　글쎄요. 볼레타 양은 마음에 두기로 약속한 사람이 따로 있어요.

힐 데　단지 마음에 두기만 해요?

링스트란트　그 사람이 없는 동안에는 그래요.

힐 데　그러면 언니가 마음에 두기로 한 사람은 링스트란트 씨군요?

링스트란트　그럴 수도 있죠.

힐 데　언니가 약속했어요?

링스트란트　그래요. 얼마나 멋있습니까! 나를 생각하기로 약속했어요. 그렇지만 힐데 양, 이 사실을 알고 있다고 해서 언니에게 말해서는 안 돼요.

222

힐 데   애기하지 않겠어요. 나는 무덤만큼이나 침묵을 지키거든요.

링스트란트   볼레타 양이 정말 고마웠어요.

힐 데   그러면 링스트란트 씨가 다시 여기 오게 되면 약혼할 거예요? 언니와 결혼할 건가요?

링스트란트   아뇨. 그것은 전혀 좋은 생각이 아닐 거예요. 나는 일이 년 동안에는 그런 것은 생각도 못해요. 내가 상황이 좋아질 때면 볼레타 양은 너무 늙어 있을 겁니다.

힐 데   그래도 링스트란트 씨는 언니가 계속 생각해 주길 바라나요?

링스트란트   그래요. 그건 예술가인 나에게 많은 도움이 될 거요. 그리고 의무감을 느낄 필요가 없으니 언니에겐 쉬운 일이에요. 언니가 고마워.

힐 데   그래서 링스트란트 씨를 생각해 주는 언니가 있음으로써 걸작을 만드는 데 훨씬 더 도움이 될 거라고 생각하시는군요?

링스트란트   네, 그렇게 생각해요. 어때요? 세상 어디엔가에서 조용히 누군가를 생각하는 젊고 아름다운 여자가 있다는 걸 혼자만 은밀히 알고 있는 거, 그건 아마……글쎄요. 그걸 뭐라고 하는지 모르겠군요.

힐 데   영감을 말하는 건가요?

링스트란트   영감? 그래요. 맞아요. 영감이 내가 뜻한 것이었어요. 아니면 그것과 비슷한 거죠. (잠깐 동안 그녀를 쳐다보며) 힐데 양, 참 영리하군요. 그래요. 내가 다시 여기에 올 때에는 힐데 양의 나이가 지금의 언니 나이쯤 될 테죠? 아마 마음도 언니처럼 성숙해 있을 거고요. 힐데 양은 어쩌면 언니와 똑같이 되어 있을지도 모르겠군요.

힐 데   그게 좋아요?

링스트란트   잘 모르겠어요. 그래요. 좋을 것 같아요. 그렇지만 올여름만은 힐데 양의 모습 그대로 있는 게 좋아요. 바로 지금 그대로 말입니다.

힐 데　이대로가 제일 좋아요?

링스트란트　그래요. 난 그대로가 가장 좋아요.

힐 데　흠! 자, 나에게 말해 보세요. 예술가로서 말예요. 내가 항상 이런 밝은 색깔의 여름옷을 입는 게 어울린다고 생각하세요?

링스트란트　네. 아주 잘 어울려요.

힐 데　그렇다면 밝은 색깔이 나에게 어울린다고 생각하는 모양이죠?

링스트란트　네. 내 생각으로는 힐데 양은 그런 옷을 입으면 매력적으로 보여요.

힐 데　만일 내가 검은색 옷을 입으면 어떻겠어요?

링스트란트　검은색 옷?

힐 데　네. 모두 검은 것을 입으면 말예요. 그게 나에게 어울린다고 생각하세요?

링스트란트　글쎄요. 검정은 엄밀히 말해서 여름에는 어울리지 않아요. 그렇지만 여름만 아니면 검은색 옷도 아주 예쁘게 보일 겁니다. 특히 힐데 양 몸매에는 말예요.

힐 데　(허공을 보며) 검은색 옷을 입고 장식도 검은색, 장갑도 검은색, 그리고 어깨 너머로는 긴 검정 베일을 늘어뜨리면……

링스트란트　힐데 양이 그렇게 옷을 입으면 나는 화가가 되고 싶을 거예요. 슬퍼하고 있는 아름다운 젊은 미망인의 모습을 그릴 수 있게 말입니다.

힐 데　아니면 자기 약혼자의 죽음을 애도하는 처녀로 말이죠?

링스트란트　그래요. 그게 더 좋겠군요. 그렇지만 그런 옷을 입고 싶다는 건 아니겠죠?

힐 데　네. 하지만 그런 영감이 들어서요.

링스트란트　영감이라구요?

힐 데   네, 그건 영감에서 나온 생각이에요. (갑자기 왼쪽을 가리키며)
  저길 봐요!

링스트란트   (보면서) 큰 영국 배군요. 바로 부두에 말입니다.

  뽠겔과 엘리다가 연못 옆에서 나온다.

뽠 겔   아니오, 엘리다. 분명히 당신이 틀렸소. (힐데와 링스트란트를 보
  며) 링스트란트, 배가 아직 오지 않았지?

링스트란트   큰 영국 배 말인가요?

뽠 겔   그렇소.

링스트란트   (손으로 가리키며) 선생님, 저기 벌써 와 있는데요.

엘리다   아, 그럴 줄 알았어요.

뽠 겔   벌써?

링스트란트   밤중에 도둑처럼 소리도 없이 말입니다.

뽠 겔   힐데를 데리고 부두에 가 보지 않을 건가? 서두르는 게 좋겠네.
  힐데는 분명히 음악을 듣고 싶어할 거야.

링스트란트   네, 선생님. 우리도 막 가 보려던 참이었어요.

뽠 겔   우리는 좀 있다가 가겠네.

힐 데   (링스트란트에게 귀엣말로) 또 한 쌍 나가요!

  힐데와 링스트란트가 정원을 거쳐서 왼쪽으로 나가고 브라스 밴드의
연주소리가 멀리 협만에서 들린다.

엘리다   그 사람이 왔어요. 그래요. 그가 여기에 왔어요. 나는 그걸 느낄
  수 있어요.

봔 겔 엘리다, 당신은 안으로 들어가는 게 낫겠소. 내가 혼자 그를 만
나겠소.

엘리다 안 돼요, 안 돼! 그럴 수 없다고 했잖아요. (큰 소리로) 오, 보
세요! 여보, 그가 왔어요.

낯선 사람이 왼쪽에서 들어와서 울타리 밖 보도에서 멈춰선다.

낯선 사람 안녕하세요? 엘리다, 내가 돌아왔소.

엘리다 그가 저기 왔단 말예요.

낯선 사람 떠날 준비가 되었소? 아니면?

봔 겔 준비가 안 됐다는 걸 당신도 알 수 있지 않소?

낯선 사람 나는 여행복이라든가 짐 따위를 말하고 있는 게 아니오. 엘
리다가 항해하는 데 필요한 모든 것을 준비해 놓았소. 선실도 하나 준
비해 놓았어요. (엘리다에게) 난 당신에게 묻고 있소. 나와 함께 갈 준
비가 되어 있소? 당신의 자유의사로 나와 함께 갈 준비 말이오.

엘리다 (애원하면서) 아, 내게 묻지 말아요. 그렇게 나를 유혹하지 말아
요.

뱃고동소리가 멀리서 들린다.

낯선 사람 저 소리는 승선하라는 첫 번째 신호요. 이제 당신의 대답을
듣고 싶소.

엘리다 (손을 비틀면서) 나는 결정할 수 없어요. 전 생애를 위해 결정
할 수가 없어요. 돌이킬 수가 없을 거예요.

낯선 사람 시간이 없소. 반 시간만 지나면 너무 늦어요.

엘리다   (조심스럽게 그를 자세히 쳐다보며) 왜 나에게 그렇게 집착하는
　　　거죠?

낯선 사람   우리는 하나요. 당신도 그렇게 느끼지 않소?

엘리다   맹세 때문인가요?

낯선 사람   맹세는 아무도 붙들지 못해요. 남자건 여자건 말이오. 내가
　　　당신에게 그토록 집착하는 것은 나도 내 자신을 어쩔 수 없기 때문이
　　　오.

엘리다   (가볍게 몸을 떨면서) 왜 오래 전에 오지 않았나요?

봔 겔   여보!

엘리다   (격렬하게) 나를 미지의 세계로 끌어들이는 이 유혹! 여기엔
　　　바다와 같은 힘이 있어요!

낯선 사람이 울타리를 넘어온다.

엘리다   (봔겔 뒤에서 몸을 움츠리며) 뭘 원하세요?

낯선 사람   나는 알 수 있소. 나는 당신의 목소리에서 그걸 들을 수 있
　　　어요. 결국 당신은 나를 선택할 거요.

봔 겔   (그에게 다가가며) 내 아내에게는 선택의 권리가 없소. 내가 저
　　　사람을 위해 선택하고 보호하기 위해 여기에 있는 거요. 그래요, 보호
　　　하기 위해서요. 당신이 돌아가지 않는다면 어떻게 되는지 알고 있소?
　　　이 지방에서 떠나 다시는 오지 마시오.

엘리다   아, 여보. 안 돼요, 안 돼.

낯선 사람   나를 어쩌겠다는 거요?

봔 겔   나는 당신을 범인으로 체포하도록 할 거요. 당신이 배로 돌아가
　　　기 전에 말이오. 나는 스콜드빅의 살인사건에 대해 모든 것을 알고 있소.

엘리다 오, 여보. 어떻게 하려구요?

낯선 사람 나는 그걸 이미 짐작하고 있었소. 그래서 (가슴 주머니에서 권총을 꺼내면서) 이걸 준비했어요.

엘리다 (봔겔 앞으로 몸을 던지면서) 안 돼요! 안 돼요, 쏘지 말아요. 나를 대신 쏴요.

낯선 사람 두려워하지 말아요. 나는 당신들 아무도 쏘지 않아요. 이건 내 자신을 위해 준비한 거요. 자유인으로 살다가 죽기 위해서 말이오.

엘리다 (흥분하여 일어서며) 여보, 할말이 있어요. 그리고 저 사람도 들었으면 해요. 당신이 나를 여기에 붙들어 둘 수 있다는 걸 알아요. 당신은 힘도 있고 권리도 있어요. 분명히 당신은 그것을 사용할 거예요. 그렇지만 내겐 내 마음이 있고, 내 생각과 꿈과 희망이 있어요. 당신은 그것들을 붙들진 못해요. 그것들은 내가 원했지만 당신이 가로막은 미지의 세계를 향해서 날아가려고 열망할 거예요.

봔 겔 (슬픔에 잠겨서 조용히) 여보, 알았소. 당신은 점점 나에게서 빠져 나가려고 하는구려. 끝도 없고 도달할 수 없는 당신의 열망은 결국 당신의 마음을 암흑 속으로 끌어가고 말 거요.

엘리다 네, 네. 나도 그걸 느껴요. 내 머리 위로 나는 검고 소리없는 날개들처럼 말예요.

봔 겔 그건 끝이 없을 거요. 당신을 구할 수 있는 방법이 없구려. 나로서는 도저히 어떻게 할 수가 없소. 그래서 말인데……지금 여기에서 우리의 약속을 취소하겠소. 당신은 자유롭게 당신의 길을 선택할 수 있소. 완전히 자유롭게…….

엘리다 (아무 말 없이 잠시 동안 그를 응시하면서) 그게 사실이에요? 당신이 말씀하신 게 사실이에요? 정말 진심으로 그러시는 거예요?

봔 겔 그렇소. 가슴이 찢어지는 것만 같소.

엘리다 　그렇지만 할 수 있겠어요? 그렇게 할 수 있어요?

방 겔 　그래, 할 수 있소. 당신을 너무도 사랑하기 때문에 할 수 있는 거요.

엘리다 　(가볍게 몸을 떨면서) 내가 당신에게 그토록 중요했나요?

방 겔 　우리의 결혼생활은 끝났소.

엘리다 　(손을 꼭 쥐며) 나는 그걸 몰랐어요!

방 겔 　당신은 어디든 갈 수 있소. 이제 당신은 나에게서 완전히 자유 요. 당신은 다시 참된 길을 찾을 수 있게 됐소. 당신은 선택이 자유로 우니까 말이오.

엘리다 　(자기 머리를 양손으로 감싸고 방겔을 응시하면서) 자유롭고 그 리고 완전한 책임감으로! 아 모든 게 변했구나!

　배의 고동 소리가 다시 울린다.

낯선 사람 　엘리다, 들려요? 마지막 신호요. 나와 함께 갑시다.

엘리다 　(그를 향하여 얼굴은 여유를 보이면서 단호하게 말한다) 나는 당 신과 절대 함께 갈 수 없어요.

낯선 사람 　가지 않겠다고?

엘리다 　(방겔에게 붙어서) 오, 여보. 난 절대 당신을 떠나지 않겠어요.

방 겔 　여보, 엘리다!

낯선 사람 　이제 모든 게 끝난 거요?

엘리다 　네, 영원히.

낯선 사람 　내 의지보다 더 강한 게 있었군.

엘리다 　당신의 의지는 더 이상 나에게 힘을 발휘하지 못해요. 내게 있 어서 당신은 바다에서 왔다가 다시 돌아갈 죽은 그림자에 불과해요.

당신은 더 이상 나에게 공포를 주지 못해요. 아무런 매력도 발휘하지 못해요.

낯선 사람   안녕히. (울타리를 뛰어넘는다) 이제부터 당신은 내가 무사히 극복했던 파선에 불과하오. (왼쪽으로 나간다)

봔 겔   (잠시 엘리다를 바라보며) 엘리다, 당신의 마음은 바다와 같소. 물이 밀려왔다가 빠져나가는 바다 말이오. 왜 마음이 변했소?

엘리다   모르세요? 변화는 모든 일이 올바른 이치로 돌아가는 대로 내가 자유롭게 선택할 수 있을 때 일어났어요.

봔 겔   그러면 미지의 세계는? 그것은 이제 당신에게 매력이 없소?

엘리다   아무 매력도, 공포도 주지 않아요. 나는 그것에 맞설 수도 또 그 미지의 세계의 한 부분이 될 수도 있어요. 내가 원하기만 했으면 말예요. 이제 나는 그걸 선택할 수 있을 거예요. 거부할 수도 있구요.

봔 겔   이제 당신을 조금씩 이해할 수 있겠소. 당신은 분명하게 가시적으로 생각하고 판단을 내리는구려. 당신이 갈망하는 것, 바다에 대한 그리움, 그리고 낯선 사람이 당신에게 주었던 그 매력은 정말로 당신 마음 속에서 새롭게 커가는 자유에 대한 충동을 설명해 준 것뿐이오. 그게 전부요.

엘리다   난 지금 무슨 말을 해야 할지 모르겠어요. 그렇지만 당신은 나에게 좋은 의사였어요. 당신은 나를 도울 수 있었던 단 한 가지 올바른 치료법을 사용할 용기를 가졌던 거예요.

봔 겔   글쎄, 위기에는 의사에게 용기가 필요하오. 그런데 엘리다, 이제 내게 돌아오겠소?

엘리다   오, 여보. 당신은 믿음직한 남편이에요. 당신에게 돌아가겠어요. 이젠 돌아갈 수 있어요. 내 자유의사로, 나의 책임감으로 당신에게 돌아가겠어요.

봔 겔 (부드러운 눈으로 그녀를 바라보며) 엘리다, 엘리다……오, 이제 우리가 서로를 위해 살 수 있다는 걸 생각하면…….

엘리다 우리의 목표를 가지고 말예요. 당신과 나의 목표를 가지고 말예요.

봔 겔 그렇소. 정말 그래.

엘리다 그리고 우리 두 아이를 위해서요.

봔 겔 당신 지금 우리 아이라고 했소?

엘리다 아직 내 아이들은 아니지만 그렇게 만들 거예요.

봔 겔 우리 아이들이라고! (기쁨에 겨워 빠른 동작으로 그녀의 손에다 입을 맞춘다) 아! 그 말을 들으니 얼마나 기쁘고 고마운지 모르겠소.

힐데, 발레스테드, 링스트란트, 안홀름, 그리고 볼레타가 왼쪽에서 정원으로 들어온다. 동시에 많은 젊은 시인들과 여름 관광객들이 보도를 따라 지나간다.

힐 데 (귓엣말로 링스트란트에게) 저것 봐요! 그녀와 아버지가 꼭 약혼한 한쌍 같아요.

발레스테드 (엿듣고는) 작은 아가씨, 여름이거든요!

안홀름 (봔겔과 엘리다를 번갈아보면서) 영국 배가 막 떠나는군요.

볼레타 (울타리로 가면서) 배를 구경하기에는 여기가 제일 좋아요.

링스트란트 올해의 마지막 배!

발레스테드 시인이 말한 대로 '곧 얼음이 길을 막을 것'이거든. 봔겔 부인, 매우 섭섭하군요. 이제 당분간은 부인을 못 뵙겠군요. 내일 스콜드빅으로 떠나신다면서요?

봔 겔 아닙니다. 이제 떠나지 않아요. 오늘 저녁 저 사람과 나는 마음을 바꾸었어요.

안홀름　(번갈아보며) 아, 정말이세요?

볼레타　(앞으로 나오며) 아버지, 그게 사실이에요?

힐 데　(엘리다에게 다가서며) 그럼 우리와 함께 계실 거예요?

엘리다　그래, 힐데야. 네가 나를 받아주면 말이다.

힐 데　(기뻐서 눈물을 흘리면서 웃으며) 내가 어머니를 받아준다면요! 오, 물론이에요.

안홀름　(엘리다에게) 이거 아주 놀라운 일인데요?

엘리다　(진지하게 미소를 지으면서) 보신 대로예요, 안홀름 선생님. 선생님이 어제 말씀하신 것 기억하시죠? 사람이 한번 육지동물이 되면 다시 바다로 돌아갈 수도 없고 바다생활을 할 수도 없다는 말씀 말예요.

발레스테드　아, 그건 바로 나의 인어아가씨 같군요.

엘리다　네, 그런 것 같아요.

발레스테드　인어아가씨가 죽어간다는 걸 **빼**면 말예요. 인간들은 적응할 수 있거든요.

엘리다　그래요, 발레스테드 씨. 그들이 자유롭다면 적응할 수 있죠.

뷘 겔　그리고 완전한 책임감만 있다면 말이오, 엘리다.

엘리다　(그에게 손을 내밀며 **빠르게**) 그래요. 그건 비밀이에요.

거대한 배가 협만 너머로 조용히 미끄러져 나간다. 음악이 해변 가까이서 들려온다. (WORLD BEST)

《인형의 집 *Et Dukkehjem*》 바로 읽기

불우한 어린 시절과 인고(忍苦)의 세월

헨릭 입센은 1828년 3월 20일, 노르웨이 남부의 항구도시 시엔 (Shien)에서 부유한 상인의 차남으로 태어났다. 아버지는 덴마크 태생의 부유한 선주(船主)였는데, 시내 한가운데에 있는 큰 집에서 살았다. 그러나 입센이 7세 때 아버지의 사업이 파산하고, 이후 입센은 30여 년 동안 불우한 생활을 하게 된다. 갑자기 가난과 불행의 나락으로 떨어진 입센의 가족은 시내의 큰 집 대신에 교외의 초라한 집으로 이사해야 했고, 그러한 불우한 환경 속에서 입센은 말이 없고 내성적인 소년으로 자라난다. 어엿한 좋은 학교에도 가지 못하고 조그만 사립학교에 다녔는데, 친구도 사귀지 않고 성적도 좋지 않았다. 그나마 학교 교육도 제대로 받지 못했다. 입센은 어린 시절 그림에 재능을 보여 화가가 되려고도 했지만, 결국 집안의 경제사정으로 더 이상 꿈을 키우지 못했다.

이렇게 어린 시절을 불우한 환경 속에서 지내던 입센은 16세 때에 가정의 울타리를 벗어나 자립하기 위해서 그림스타라는 조그만 항구마을로 혼자 떠나온다. 인구가 5백 명밖에 안 되는 이 조용한 마을에서 입센은 약방(藥房)의 점원으로 거의 6년여 동안을 보내게 된다. 이른바 입센의 성장기라 할 수 있는 이 기간 동안 입센은 극도의 궁핍한 생활과 싸우며 세계적 극작가로서의 잠재력을 키워나가게 된다. 이 시절 입센은 틈틈이 지방신문에 풍자적인 시나 만화를 투고했으나, 그리 대단한 평가는 받지 못했지만, 거기에서 보여진 그의 예술적인 재능으로 인해 그의 일생에 중대한 영향을 미치게 되는 올레 슐레루드 같은 친구들을 사귀게 된다. 슐레루드는 세관(稅關)에 다니고 있었는데 수도(首都)로 가서 대학에 들어갈 준비를 하고 있었다. 입센은 그의 권유로 의과대학에 응시하기로 결심하고 독학으로 라틴 어를 공부하기 시작했다. 뿐만 아니라 키에르케고르나 볼테르의 작품을 탐독하기 시작했다.

그러던 중 입센에게 중요한 영향을 끼치게 되는 사건이 벌어진다. 바로 1848년의 2월혁명이 일어난 것이다. 프랑스는 공화국을 선언했으며, 혁명의 물결은 전 유럽으로 퍼져나갔다. 입센은 이 사건을 계기로 세상과 인간에 대한 각성을 하게 된다. 그때까지 덴마크의 통치하에 있던 슐레스비히홀슈타인에서 반란이 일어나자 독일군이 침입하여 점령, 덴마크와 전쟁이 시작되었다. 그는 형제국인 덴마크를 원조하도록 국왕에게 시(詩)를 바쳤다. 그러나 그것이 각하되자 입센은 고심 끝에 로마의 실패한 혁명가 카틸리나를 주인공으로 삼아 극을 쓰기 시작했다. 여기서 입센은 카틸리나라는 야심적 인물을 로마 공화국 말기의 부패를 개혁하고 전제화(專制化)에 반대한 긍정적 인물로 바꾸어놓았다. 이 3막으로 된 운문극이 바로 입센의 처녀작인 《카틸리나 *Catilina*》(1849)이다. 이 작품은 입센이 프랑스 혁명에 자극을 받아 쓴 것임은 확실하나, 그 테마는 오히려 빛과 어둠을 각기 상징하는 두 여성에게 동시에 마음이 끌리는 주인공의 내적 갈등이라고 하겠다. 이 테마는 이후 입센의 작품 뿐만 아니라 일생을 일관하게 된다.

《카틸리나》가 완성되자 대학 시험을 치르기 위해서 수도인 크리스티아니아(현재의 오슬로)에 가 있던 슐레루드가 그것을 가지고 동분서주했지만, 상연해 주겠다는 극장도, 출판해 주겠다는 출판사도 구하지 못했다. 결국 슐레루드는 자기가 비용을 대어 《카틸리나》를 출판했으나, 결과는 겨우 32부밖에 팔리지 않았다. 이렇게 입센의 첫작품은 아무런 평가도 얻지 못한 채 입센에게 낙담만 안겨주었다. 그러나 이제 입센은 더 이상 그림스타에만 있을 수 없어서 1850년 3월 슐레루드가 있는 크리스티아니아로 간다. 그리고 이때부터 극작가로서의 입센의 기나긴 악전고투의 시절이 시작된다.

입센은 슐레루드와 함께 헤르트베르 예비학교에 들어갔다. 이 학교는 대학 진학에 있어 매우 우수한 예비학교였는데, 이곳에는 훗날 노르웨이 문단을 짊어질 비외른손, 요나스 리, 비네 등과 같은 유능한 인재들이 모여 있었다. 입센은 이곳에서 특히 비외른손과 친하게 되는데, 훗날 입센과 함께 노르웨이 문단의 두 거목으로 추앙받게 되는 이 열정적인 시인과의 운명적 만남은 입센으로 하여금 문학의 길을 걷게 하는 데 결정적인 영향을 끼치게 된다. 의학을 지망했던 입센은 비외른손의 영향으로 결국 문학의 길로 바꾸게 된 것이다. 비외른손은 입센보다도 4년이나 아래였지만, 그야말로 천부적인 시인인데다가 열정적인 민중의 지도자였다. 입센은 평생을 이 비외른손과 교우하며, 한때 문학적 입장의 차이로 대립하기도 했지만 노르웨이 문학을 세계적 경지에 올려놓는 데 노력했다.

극작가로서의 수업시대

크리스티아니아에서의 입센의 생활도 여전히 극도의 궁핍함을 면치 못했다. 괴로운 생활을 견디다 못한 입센은 생활고를 해결하기 위해 단막극 《전사의 무덤 *Kiœmphøien*》(1850)을 썼다. 다행히 이 작품은 극장에서 채택되어 상연되어 약간의 경제적 도움을 주게 된다. 이 작품의 상연으로 입센은 대학 진학을 단념하고 작가로 나설 것을 결심한다. 이후 입센은 잠깐 동안 친구들과 「사람 *Andhrimner*」이라는 사회주의적 경향을 띤 주간신문을 발간한다. 그러나 그 정치적 성향 때문에 신문은 곧 폐간되고 입센은 다시 가난에 시달리게 된다.

1851년 입센에게 작은 기회가 주어졌다. 세계적 명성을 지닌 바이올리니스트 O. B. 불이 베르겐 시(市)에 개관한 국민극장에 그를 전속작가 겸 무대감독으로 초청해 주었던 것이다. 그는 마음을 단단히 먹고 낙향하여 그 후 6년간을 베르겐에서 지냈다. 이곳에서의 생활이 입센의 극작가 수업시대라 할 수 있는데, 이때 무대기교를 연구한 것이 훗날 극작가로 대성하는 밑거름이 되었던 것이다. 이 시기의 대표작으로는 《에스트로트의 잉겔 부인》(1855), 《솔하우그의 향연》(1856), 《헤르게트란의 전사(戰士)》(1857) 등이 있다. 이 중에서 《에스트로트의 잉겔 부인》은 비록 흥행에는 실패했지만 줄거리 구성의 탄탄함과 여주인공의 가명(假名)에 대한 집념을 음산하게 묘사한 점에서 주목할 만한 작품이다.

1857년, 입센은 다시 수도인 크리스티아니아에 신설된 노르웨이 극장으로 되돌아온다. 그는 국민문학 운동에 전념해 비외른손을 비롯한 여러 작가들과 함께 활동을 한다. 그러나 경제적인 어려움은 그를 알코올 중독에 빠지게 하고 자살을 기도하게 하는 등 계속적인 고통을 준다. 이 고통을 잠시나마 잊게 해준 것은 1858년 수잔나 토레센과의 결혼이었다. 입센이 베르겐에 있을 때 사귀었던 수잔나는 매우 이지적이고 지혜로운 여성으로 입센에게 많은 영향을 미쳤다. 입센이 여성문제에 깊은 관심을 갖게 된 데에도 이 아내의 영향이 컸던 것 같다. 이 시기에 씌어진 입센 최초의 현대극 《사랑의 희극 *Kjœrlighedens Komedie*》(1862)의 여주인공은 그녀를 모델로 했다고 한다. 이 작품은 당시의 가정과 연애

풍속을 해학적으로 그린 운문극으로, 거기에 등장하는 목사의 희화화(戲畫化)로 인해 보수파로부터 비난을 받게 된다.

이후 입센의 생활은 절망의 세월이었다. 극장은 경영난으로 폐쇄되고, 여러 번 신청한 예술가 연금도 국가로부터 거부당한다. 고국에 대해 심한 거부감을 느낀 입센은 삶의 절망과 문학의 좌절감에서 탈출하기 위한 유일한 방편으로 외국으로 떠날 것을 결심한다. 그리하여 1964년 봄에 쫓기듯 노르웨이를 떠나 덴마크와 독일을 거쳐 이탈리아의 로마에 정착했다. 이후 입센은 27년 동안을 몇 차례 짧은 귀향기간을 제외하고는 노르웨이에 돌아가지 않았다. 주로 독일의 뮌헨과 이탈리아의 로마 등지에 머물며 극작에 전념했다. 노르웨이를 떠나기 전에 쓴 《왕위를 노리는 자들》(1863)은 셰익스피어적 수법이 엿보이는 역사극으로서 이때까지의 입센 작품 가운데 최고작이라 할 만하다.

작가로서의 성공과 열정적인 낭만의 세계

이탈리아에서의 생활 역시 입센에게 경제적으로는 나아진 게 없었지만, 예술적인 영감을 얻는 데에는 더할 나위 없이 좋은 곳이었다. 이탈리아의 밝게 빛나는 태양 아래서 그는 오랜만에 활력을 되찾아 한동안은 모든 것을 잊고 도시와 교외를 돌아다니면서 자연의 미와 여러 예술품의 아름다움을 만끽했다. 입센은 예술세계에 대한 새로운 의식을 갖게 되고, 곧 심혈을 기울여 대작에 착수한다. 이러한 결과로 탄생한 것이 그의 낭만주의 시대의 최고 걸작인 5막 운문극인 《브란 *Brand*》(1866)이다. '전부가 아니면 무(無)'라는 신념을 가진 철저한 이상주의자이며 동시에 종교적 진리 탐구자인 브란 목사를 영웅화한 이 작품은 입센에게 상업적으로나 예술적으로 최초의 성공을 가져다주었다. 이 작품으로 입센은 일약 노르웨이 최고의 시인들과 어깨를 나란히하게 되며, 경제적으로도 윤택해지게 된다. 그리고 이를 계기로 본래 보헤미안 풍이었던 입센은 비사교적이며 귀족적인 외관을 갖추게 된다.

입센은 더욱 심기일전하여 2년 만에 노르웨이의 고대 전설을 테마로 한 대규모의 5막 극시(劇詩) 《페르 귄트》를 발표하였다. 공상에 잠기는 것을 좋아하고 거짓말을 일삼는 건달 청년 페르는 청순한 소녀 솔베이를 사랑하나 그녀를 피하여 세계를 전전한 끝에 늙은 몸이 되어 다시 그녀 곁으로 돌아온다고 하는 이 희극적 극시는 노르웨이 국민의 초국가의식(超國歌意識)에 대한 신랄한 풍자를 담고 있다. 주인공 페르는 《브란》의 주인공이었던 희생적이고 순교자적인 브란과는 정반대인, 안이함만을 추구하는 노르웨이 국민의 전형(典型)으로 그려져 있다. 하지만 이 두 작품의 주제는 모두 자기에게 철저하다는 것이 어떠한 것인가를 보여준, 입센의 전 작품세계를 일관했던 인생문제인 것이다. 즉, 이 극시에는 훗날의 입센 작품이 지니는 특징과 요소가 싹트고 있었던 것이다. 하지만 이 작품은 주인공의 경박한 묘사로 인해 노르웨이 국민과 문단으로부터 반감을 사게 되고 비난을 받게 된다. 입센은 이러한 비난에 대하여 이 작품이야말로 앞으로 노르웨이 시(詩)의 한 기준이 될 것이라고 반박했으며, 실제로 오늘날에 와서는 노르웨이 문학뿐 아니라 세계문학의 고전으로 평가되고 있다. 원래 《페르 귄트》는 공연을 위해 씌어진 것은 아니었으나, 발표된 지 9년 만인 1876년, 음악극으로 개작되어 이루어진 초연은 그리그의 음악을 배경으로 해서 대성공을 거두었다.

입센의 낭만주의 시대를 마감하는 작품은 거의 10년의 세월이 걸려 완성된 2부로 엮어진 방대한 역사극 《황제와 갈릴리 인 Kejser og Galloer》(1873)이다. 이교주의(異教主義)와 기독교주의라는 세계관의 충돌을 통해 제3세계의 이상을 밝힌 이 작품은 입센의 시인과 극작가로서의 명성을 확고하게 해 주었다.

시대에 대한 응시와 사실주의로의 전환

입센의 낭만적 경향은 《황제와 갈릴리 인》을 기점으로 새로운 전환을 하여 자유로운 산문의 형식으로 현실 사회의 허위와 인습을 파헤치는 사실주의적인 사회극(社會劇)의 시기로 들어간다. 입센은 19세기라는 변혁기에 당시의 인간적 상황을 올바르게 파악하고 그것을 제대로 표현할 수 있는 형식과 기법을 찾고자 하였다. 그래서 발견한 것이 사실주의라는 적절한 시각과 방법이었다. 그는 이 당시 운문은 극예술에 있어서 매우 유해하며, 현실의 모습을 있는 그대로 꾸밈없이 묘사해 낼 수 있는 언어적 수단이 필요하다고 생각하고 현실을 제대로 파악할 수 있는 올바른 시각의 정립과 함께 이것을 희곡적으로 수용할 수 있는 산문의 유용성(有用性)을 역설하였다. 이러한 의식의 전환에는 덴마크의 사실주의적 비평가 게오르그 브란데스의 영향이 컸다.

입센의 사실주의적 경향은 이미 1869년에 발표한 《청년동맹 De unges Forbund》에서 엿보이고 있다. 산문 현대극인 《청년동맹》은 비외른손을 중심으로 한 노르웨이의 민주적 정치운동을 묘사하여 근대 사실극의 발전을 가져온 작품이다. 하지만 인간 현실에 대한 입센의 사실주의적 시각이 이념적으로나 형식적인 면에서 완숙하게 구체화된 것은 1875년 뮌헨으로 이주한 후에 씌어진 일련의 작품들에서이다. 즉, 《사회의 기둥들》(1877), 《인형의 집》)(1879), 《유령》(1881), 《민중의 적》(1882) 같은 작품들이다. 이 작품들은 하나같이 당시의 인간과 사회에 대한 각성과 고발을 포함시키고 있다. 입센은 《사회의 기둥들》에서는 썩어빠진 배(船)의 밑창에, 《인형의 집》에서는 빅토리아 시대의 아내의 굴종적 지위에, 《유령》에서는 허위적 결혼과 매독의 해독에, 《민중의 적》에서는 지방정치와 저널리즘의 부패에 주의를 환기시키고 당시의 절실한 사회 문제를 면밀하게 취급하였던 것이다.

입센의 첫 번째 사실주의 작품이라 할 수 있는 《사회의 기둥들》은 거 짓과 부정한 수법을 써서 결혼과 사회적 지위, 사업의 성공을 얻은 노르 웨이 작은 도시의 조선업자요 시장인 베르닉이 자신의 과거와 잘못을 대중 앞에 고백하게 되는 사회도덕극이다. 베르닉의 뉘우침으로 해서 진실과 자유의 정신이야말로 사회의 기둥임을 확인하는 이 작품은 집단 과 개인 사이의 갈등, 개인의 비리 폭로라는 주제 및 개인의 성격묘사와 사실적인 대사를 사용하고 있다는 점 등에서 높이 살 만하다. 그러나 사 회 풍자나 비판에 있어서는 아직 부족한 점이 있다. 이와는 대조적으로 잇따라 발표된 《인형의 집》과 《유령》은 심각한 사회문제의 제시와 이것 의 예술적 완성이라는 면에서 상당한 진전을 보여준 작품들이다.

《인형의 집》은 입센의 모든 작품 중에서 가장 유명한 대표작인 동시 에 사실주의 희곡의 모범을 보여주는 걸작이다. 이 작품은 여성을 사회 가 요구하는 자기 희생적인 인물로서가 아니라 자신에 대해 충실해야 될 의무를 지닌 독립된 인격체로 인정해야 한다는 주제의 충격성과 함 께 성격과 극적 상황 묘사에서도 뛰어난 기교를 사용하고 있다. 이 작품 에는 멜로드라마적 요소가 없을 뿐 아니라 극적 기교의 간결성과 장식 적인 대사가 극의 스타일에 있어서 새로운 진전을 이루고 있다. 그리고 순종적이고 사랑스런 아내의 모습에서 내면의 격정의 상태를 지나 인간 적 품격을 지닌 여인으로 변해 가는 주인공 노라의 변신과정이 극적 리 듬을 타고 전개된다. 그러나 당시의 사회적 도덕관념에 도전한 여성의 인간해방 선언이라는 주제는 비외른손이나 브란데스 같은 친우들을 제 외하고 많은 사람들로부터 비난을 받는다. 따라서 코펜하겐의 왕립극장 에서 초연된 이후에는 오랫동안 노르웨이에서 공연되지 못했고, 독일공

연시에는 노라가 집을 나가는 대신 남편을 떠나려는 마음과 자식들과 함께 있고 싶은 모정(母情) 사이에서 갈등을 겪다가 그냥 주저앉아버리고 마는 해피엔딩으로 끝을 맺기도 했다.

《인형의 집》이후 2년 만에 발표된 《유령》은 작품성과 시대적 충격성에 있어 《인형의 집》에 필적하는 작품이다. 《인형의 집》의 노라는 시민 사회의 질서를 파괴하고 습관과 의무의 사슬을 끊고 가정을 버리지만, 의무와 습관이 명하는 대로 가정에만 붙박혀 있었다면 어떠한 결과가 될 것인가 하는 한 예를 나타내 보여준 것이 《유령》의 주인공인 알빙 부인이다. 작품의 주제는 《인형의 집》에서 언급됐던 개인의 가정과 사회와 관습에 대한 의무와 그로부터 벗어나 독립된 인격체로서 살고자 하는 자유에 대한 갈망간의 갈등이다. 이와 함께 이 작품에는 당시로서는 사회적 금기였던 성병과 간통, 자유로운 남녀관계, 근친상간 및 안락사 등의 주제들이 언급되어 있다. 따라서 이 작품 역시 발표되자마자 세간의 강력한 반발을 받게 된다. 하지만 오늘날에 와서 《유령》은 근대 희곡의 가장 완벽한 작품으로 인정받고 있다.

《인형의 집》과 《유령》, 이 두 편의 사실주의적 희곡은 예술적 완성도라는 면에서 상당한 진전을 보여주었으며, 실제로도 인간의 자아 자각이나 사회적 문제성에 관심을 갖고 있는 지식인과 예술인에게 큰 영향을 주었다. 유럽에서는 19세기 말 이래 프랑스의 브류(Eugene Brieux, 1858~1932), 영국의 골즈워디(John Golsworthy, 1867~1933) 같은 사회극 작가들에게 하나의 단서를 던져주었으며, 그 자신은 이러한 문제극 작가의 선조가 되었다. 또한 버나드 쇼는 《입센이즘의 정수(精髓) *The Quintessence of Ibsenism*》(1891)라는 저서를 통해 입센을 유럽에 충격을 준 사람으로서, 젊은 세대의 졸라이즘과 경향을 함께하는 사람으로서, 사회의 문제를 은폐하지 않고 이를 있는 그대로 묘사하고 논의함으로써 궁극적으로 문제를 해결하고자 한 사람으로 예찬하기도 했다.

입센의 희곡이 지닌 사회비판적 시각은 이른바 비속한 사회에 대한 개인의 싸움이라는 주제의식과 고리를 이루고 있는데, 이러한 주제는 1882년에 발표된 《민중의 적》에서 좀더 강조된다. 이 작품에서는 견실한 다수에 속하는 자들이 비난을 받고, 진리와 정의는 항상 소수에 있게 된다는 민주주의의 문제점이 지적되고 있다. 입센은 이 작품의 주인공인 스토크만 박사를 통해 '홀로 서는 자가 가장 강하다'라고 주장하며 급진적인 귀족주의적 성향을 보인다. 이후 입센의 예술적 감성은 사회문제보다 인간의 내면문제에 더 초점을 맞추게 된다. 즉, 개인으로서의 자아를 추구하고 심층심리(深層心理)에까지 파고들어 인간의 양심과 인격을 관찰하게 된다. 이른바 입센의 상징주의 시기가 시작된 것이다.

삶에 대한 진실한 모색과 탐구

여러 가지 면에서 사회적·문학적 반향을 일으켰던 일련의 사실주의 사회극 이후에 입센은 그와 대조적으로 상징적이고 신비성이 강한 작품들을 쓰게 된다. 지금까지 외부로 향해져 있던 눈이 반대로 내부로 향해지게 되며, 그 동안의 이상주의적인 진리추구의 노력에 대해서 회의적이고 자조적인 생각을 하게 된다. 1884년에 발표된 《들오리 Vildanden》를 시작으로 《로스메르스홀름 Rosmersholm》(1886), 《바다에서 온 여인 Fruen fra Havet》(1888), 《헤다 가블러 Hedda Gabler》(1890), 《건축사 솔네스 Bygmester Solness》(1892), 《어린아이 에위올프 Lille Eyolf》(1894), 《요한 가브리엘 보르크만 John Gabriel Borkman》(1896), 《우리 죽은 자들이 깨어날 때 Når vi døde vågner》(1899) 등과 같은 일련의 후기작품에서는 개인적 차원에서의 인간들 상호관계와 인간의 운명이 보다 심층적으로 다뤄졌다. 입센의 전 작품을 통해 지속적으로 다뤄지는 인간의 존

엄성을 위한 사회와의 갈등과 투쟁, 자신에 대한 의무감과 타인에 대한 의무감 사이의 갈등은 후기작품에서는 보다 더 심리적이고 환상에 가깝게 그려진다.

입센의 후기작품은 초기작품들과는 상당히 다른데, 산문극들이 사실주의적 작품들에 영향을 미쳤던 것만큼 후기작품은 비사실주의적인 연극에 큰 영향을 미쳤다. 이들 작품에서는 상징이 행동의 암시하는 바를 확대해 주고 있으며 많은 희곡들이 환상에 가깝다. 세기말의 상징주의 극작가들은 특히 입센의 후기작품에 영향을 받아서 인간 운명에 작용하는 신비스러운 요소들에 대한 주제를 훨씬 더 철저하게 발전시켰다.

1891년에 입센은 오랜 외국생활을 청산하고 조국인 노르웨이로 돌아왔다. 이제 그는 세계적인 문호로서 노르웨이 국민뿐만 아니라 전세계 사람들로부터 존경과 환호를 받았다. 그러나 이러한 평가와 상관없이 입센은 조용하게 여생을 보내면서 예술을 위해 자신의 모든 것을 희생한 지난날의 삶을 회고하고 정리했다. 자전적 작품이라 할 《건축가 솔네스》는 이미 세계적으로 유명해진 노(老) 예술가의 만년에 볼 수 있는 자기고백극의 성향이 짙다. 특히 스스로 에필로그라고 이름 붙인 최후의 작품 《우리 죽은 자들이 깨어날 때》에는 예술을 위해서 인생을 희생한 데 대한 통한이 감상적으로 담겨져 있다.

이후 입센은 더 이상 글을 쓰지 않고 대부분 병석에 누워서 지냈다. 그러다가 1906년 5월 23일, 78세로 세상을 떠났다.

입센만큼 혼신의 힘을 모아 창작에 열중한 작가는 일찍이 없었다. 그는 '산다는 것은 내 내부에 도사린 악과의 싸움이고, 창작은 스스로 자신을 심판하는 것'이라는 엄숙한 태도로 한 작품마다 온 열정을 다 쏟았다. 그는 힘차고 응집된 사상과 예술성으로 근대극을 확립하였을 뿐만 아니라 근대사상과 여성해방 운동에까지 깊은 영향을 끼쳤다. 그는 자신의 근대사상을 예술 속에 용해시켜 당대 현실의 핵심을 파헤치려 노력했으며, 개인과 인생에 대한 문제, 특히 여성문제·종교문제 등 일상생활에서 일어나는 제반 문제들을 진실되게 해부, 분석하고자 애썼다.

입센의 영향은 유럽의 극작가뿐만 아니라 사회사상가, 사회운동가들에게도 큰 영향을 주었으며, 이러한 영향의 반향은 입센의 연구자들에게도 입센 작품의 진정한 가치는 예술적인 면에 있는 것이 아니라 자아실현과 사회개혁으로 요약되는 사상적인 면에 있다는 착각을 불러일으키기도 했다. 하지만 그의 작품들은 당대의 어느 작품들보다 훌륭한 예술적 결정품들이다.

입센은 어려운 환경 속에서도 평생을 자기 자신과 시대에 대한 비판적인 응시를 통해 인간정신의 해방과 정화(淨化)를 위해 노력했던 진실한 삶의 모색자였다.

《인형의 집》

《인형의 집》은 오늘날 근대연극사에 있어서 하나의 획기적인 작품으로 입센의 대표적인 희곡이다. 또한 입센의 극 중에서 최초로 이론의 여지없이 성공을 거둔 작품으로 그 구성과 표현에 있어서 사실주의 작가로서의 입센의 새로운 이상(理想)을 최대한도로 추구한 작품이다. 뿐만 아니라 이 작품은 여성을 사회가 요구하는 굴종적인 인물로서가 아닌 하나의 독립된 인격체로 인정해야 한다는 주제의 충격성으로 인해 당대에서와 마찬가지로 오늘날까지도 사회적인 문제를 제기하고 있다.

《인형의 집》은 세 아이의 어머니며 남편으로부터 사랑을 받으며 행복한 생활을 영위해 가는 노라가 변호사인 남편이 새해에 은행장으로 취임하게 되어 있어 기쁨으로 충만한 크리스마스를 맞이하는 것을 배경으로 하여 시작된다. 행복에 젖어 있는 노라지만 그녀에게는 한 가지 비밀이 있다. 신혼 무렵에 직장이 없던 남편이 병을 앓아 전지요양을 해야 했을 때 그녀는 그 전지요양에 필요한 비용을 마련하기 위해 남편 모르게 아버지의 서명을 위조해서 고리대금업자에게서 돈을 빌렸던 것이다. 그러나 법률에 관한 지식이 없었던 그녀는 아버지가 세상을 떠난 사흘 뒤의 날짜로 차용증서에 서명하는 실수를 하게 된다. 그런데 그 고리대 금업자인 크로그쉬타트는 남편과 같은 은행에 근무하고 있었으며, 그러한 사실을 전혀 모르는 남편은 은행장 취임을 계기로 그를 해임하려 한다. 이에 고리대금업자는 노라의 서명 위조사건을 내세우며, 자신을 은행에 계속 있게 하도록 남편에게 영향을 미쳐주지 않으면 노라의 비밀 폭로는 물론 은행장인 남편까지 실각시키겠다고 노라를 위협한다.

마침내 남편에게 그 비밀이 알려지자 남편은 자기의 사회적 체면이 손상된 것만을 걱정할 뿐, 노라의 곤경에 대해선 아랑곳하지 않고 도리어 배신당했다며 심한 욕을 퍼붓는다. 그러다 다행히 고리대금업자가 사모하던 미망인인 노라의 친구 린네 부인이 결정적인 순간에 도와주는 바람에 사태는 호전되고, 남편은 그제서야 손바닥 뒤집듯 생각을 돌려 노라에게 호의를 보이기 시작한다. 그러나 노라는 남편의 그간의 행동을 통해 그가 위선적이며 비겁한 인간임을 깊이 깨닫게 되고, 지금까지 자기는 단순히 남편의 자그마한 종달새나 인형에 불과했다고 느끼게 된다. 그리고 아내이기 이전에 주체적인 인격을 가진 책임있는 한 인간으로서 살기 위해 가족을 버리고 집을 나간다.

그 내용의 충격성으로 《인형의 집》은 발표되면서부터 굉장한 반향을 불러일으켰다. 이른바 여성해방론자들과 일부 문학관계자들은 환영을 했지만, 대부분의 사람들은 작가 입센이 결혼과 가정의 신성함을 파괴했다고 격렬한 비난을 퍼부었다. 당시의 사회적 도덕관념으로서는 용납되지 않았던 것이다. 따라서 이 작품은 여러 나라에서 상연이 금지되거나, 상연되더라도 결말부분이 수정되어 상연되었다.

이 작품이 여성의 자유와 사회적 인간으로서의 독립을 주요내용으로 하고 있기는 하지만, 그보다는 사회와 개인의 갈등이라는 넓은 의미로 해석할 필요가 있다. 입센은 이 극을 통해 시대의 사상이 한 인간 속에서 어떻게 극적으로 작용하는지를 긴밀한 구성력과 생동감있는 인물을 등장시켜 보여주고 있기 때문이다. 따라서 노라가 자신의 삶을 인형 같은 여자요 아내의 삶이었다고 판단하고 하나의 인간으로서 살고 싶다고 하면서 집을 나가는 것은 확실히 여성의 독립선언이지만, 그렇다고 단순히 이 작품을 여성해방운동의 입장에서 보아서는 안 된다. 입센은 철저하게 인생의 허위를 파헤쳐서 진실을 희구했고, 그것을 위해서라면 어떠한 비난도 두려워하지 않았다. 따라서 《인형의 집》은 입센의 다른 어떤 작품보다도 인생의 한 단면이 적나라하게 묘사된, 인간 삶의 진지한 모색이 담겨 있는 작품으로 해석되어져야 할 것이다.

《바다에서 온 여인》

1888년에 발표된 5막극으로 입센의 후기 상징주의 시대의 대표작이다. 《바다에서 온 여인》은 《인형의 집》에서 보여준 닫힌 세계에서 열린 세계로 향한 한 가닥의 가능성과 작가의 사상이 좀더 확연하게 용해된 또 다른 면모의 작품이다. 이른바 《인형의 집》의 연장선상에 있는 작품이라 할 수 있는데, 《인형의 집》에서 미지수로 보류해 두었던 가정문제와 자유에 대한 충실한 해답을 제시해 준다. 이 작품은 전개방식에 있어서 신비적이고 상징적인 수법을 도입하고 있어 특이하다.

노르웨이 협만에 인접한 작은 지방도시의 의사로서 두 자녀를 둔 반겔은 아내와 사별한 후 엘리다와 재혼을 하게 된다. 그러나 엘리다는 반겔과 결혼하기 전 청춘시절에 선장을 살해하여 먼 항해길에 오르게 된

한 청년과 서로의 반지를 묶어 바다에 던짐으로써 바다의 영원함을 닮은, 헤어질 수 없는 사랑의 언약을 한 적이 있다. 그러나 그가 떠난 후 돌아오지 않자 그녀는 봔겔과 결혼을 하게 된다.

그러나 그녀는 청년과의 언약 파기에 대한 죄책감과 봔겔의 극진한 사랑, 전처의 두 딸과의 서먹함 사이에서 갈등을 하게 되고, 그로 인해 반지가 잠겨 있는 바다를 찾아 해수욕으로 우울한 나날을 보낼 뿐이다.

그러던 어느 날 헤어졌던 남자가 다시 그 항구에 나타나게 되고, 그녀에게 함께 떠날 것을 종용한다. 남편인 봔겔은 그녀의 자유의사를 존중하여 그녀가 정말 원하는 길을 가라고 얘기한다. 결국 엘리다는 남편의 진정 어린 사랑의 말과 깊은 이해심에 감동되어 청춘시절의 그 남자의 집요한 요구를 물리치고 진정한 아내, 두 딸의 자애로운 어머니로 남기로 결심한다.

《바다에서 온 여인》은 입센의 사상적 원숙미를 보여주는 작품으로 개인의 도덕적 완성의 경지를 느낄 수 있다. 《인형의 집》에서와는 달리 이 작품의 주인공 엘리다와 봔겔은 대화와 서로에 대한 존중과 이해심으로 가정의 평화를 지킨다. 나아가 책임있는 자유를 주장하며, 다른 영혼과의 조화와 협력으로 더불어 사는 삶이 되어야만 더욱 빛나는 한 영혼으로 탄생할 수 있음을 강조한다.

입센 연보

1828년 3월 20일, 노르웨이의 남부 항구도시인 시엔(Shien)에서 출생 (형은 1세 때 죽고, 3명의 동생 중 2명은 나중에 미국으로 이주).

1835년(7세) 아버지의 낭비벽과 투기(投機)의 실패로 파산, 입센 일가는 시내 중심지에 있던 넓고 화려한 집을 팔아치우고 교외 예르펜의 벤스퇴프 농장으로 이사함.

1844년(16세) 예르펜의 교회에서 견신례(堅信禮)를 받음. 가족은 다시 시엔 시내로 이사를 가지만 입센은 남쪽의 작은 항구도시 그림스타에 가서 약방에서 견습원 생활을 함. 여동생 헤드비(4살 아래)와 편지를 주고받음. 그곳에서 6년간이나 살았지만 마을 사람들과는 거의 친숙하지 않았으며, 지방신문에 풍자시나 마을의 지체 높은 사람들을 야유한 만화를 투고하여 미움을 받음. 크리스티아니아(현재의 오슬로)의 의과대학에 들어갈 뜻을 품고 라틴 어를 독학함. 같은 뜻을 품은 젊은 세관원 올레슐레루드를 알게 됨.

1848년(20세) 파리의 2월혁명에 감격하여 슐레스비히홀슈타인의 귀속을 둘러싸고 독일과 전쟁을 하기에 이른 덴마크를 원조하도록 국왕에게 시(詩)를 바쳤으나 각하(却下)됨. 즉시 로마의 실패한 혁명가를 주인공으로 한 3막 운문극(韻文劇) 《카틸리나 *Catilina*》 창작에 몰두함.

1949년(21세) 처녀작 《카틸리나》를 완성함.

1850년(22세) 3월, 대학시험을 치르기 위해서 수도(首都) 크리스티아니아로 올라감. 그보다 앞서서 수도로 갔던 친구 슐레루드는 《카틸리나》를 출판, 상연을 교섭했으나 실패하자 실의에 빠진 입센을 위로하기 위해 자비로 간행(저자명은 브뤼니욜프 뱌르메). 그러나 겨우 32부가 팔렸을 뿐 비평의 대상에도 오르지 않음. 입센은 친구 슐레루드와 함께 하숙생활을 하며 헤르트베리 예비학교에 들어감. 돈이 없어 궁핍한 생활을 함. 예비학교에서 훗날 노르웨이 문단에서 활약하게 되는 비외른손, 요나스리, 비네 등과 알게 됨. 특히 비외른손과는 평생 친교를 유지함. 비외른손의 권유로 의학공부를 단념하고 작가를 지망함. 5월, 단막극 《전사의 무덤 *Kioempehøien*》을 크리스티아니아 극장에 제출하여 채택되어 9월에 상연. 그러나 생활은 더욱더 궁핍해지고 사상은 과격해짐.

1851년(23세) 보텐 한센, 비네 등과 함께 급진적인 주간지 「사람 *Andhrimner*」을 창간함. 입센은 여기에 음악극 《노르만인》과 몇 편의 시를 발표함. 그러나 친구가 쓴 사회주의적 논문 때문에 판매금지를 당하여 9개월 만에 폐간됨. 입센도 체포될 뻔함. 생활은 점점 더 궁핍해짐. 11월, 세계적인 명성을 지닌 음악가 올레 불이 베르겐에 개관한 국민극장의 전속작가 겸 무대감독으로 초빙받게 되어 궁지에서 벗어남. 그 후 12년 동안 무대감독과 전속작가 생활을 하면서 무대기교와 극작법을 연구한 것이 훗날의 대성(大成)에 도움이 됨.

1852년(24세) 4월, 극단의 배우들을 이끌고 코펜하겐과 독일에 연구여행을 떠남. 이해에 극장 창립 1주년 기념으로 자기 작품인 《성 요한제의 전야(前夜)》를 상연.

1855년(27세) 이 무렵 17세의 소녀 헨릭 홀스트와 짧은 연애를 함. 제4회 극장 창립기념일에 《에스트로트의 잉겔 부인》을 상연. 연말인가 이듬해 초에 수잔나 토레센과 알게 됨. 그녀는 베르겐의 목사의 전처(前妻)의 딸인데, 그 계모 막달레네가 여류작가로서 극장과도 관계를 맺고 있었고, 입센의 좋은 충고자였던 데서 그들 가정에 드나들게 되어 사귀게 되었던 것. 〈유일한 사람에게〉 등의 시를 씀.

1856년(28세) 1월, 서정적인 사극(史劇) 《솔하우그의 향연》을 상연하여 상당한 인기를 얻음. 이어서 《울라프 릴리에크란스》를 완성. 이 무렵부터 고대 설화를 연구, 종전의 낭만적·서정적 작품을 버리고 확고한 특성을 지닌 의지적인 인물을 그리는 데 힘씀.

1857년(29세) 여름, 크리스티아니아에 있는 노르웨이 극장에 초빙되어 옮겨감. 노르웨이적인 국민극(國民劇)을 육성하기 위해 노력함. 이것은 노르웨이 극계를 주도하고 있는 크리스티아니아 극단이 덴마크를 숭배하는 경향에 대한 반발이었음. 그는 덴마크 문화와 결별해야 함을 주장하여 '노르웨이 협회'를 창립하고 비외른손을 회장에 앉히고 자신은 부회장이 됨. 고대 설화 연구의 수확으로서 《헤르게트란의 전사(戰土)》를 완성함. 그 난폭할 정도로 강력한 경향 때문에 극장으로부터 거절을 당하고 신구(新舊) 양파 사이에서 논쟁이 일어남.

1858년(30세) 베르겐을 방문하여 수잔나 토레센과 결혼함. 그녀는 현명한 부인으로서 입센과 그의 작품세계에 많은 영향을 줌.

1859년(31세) 10월, 외아들인 시구르 태어남. 노르웨이 극단은 재정난에 봉착하고 입센도 병이 잦아 1, 2년간 대단히 불안정한 나날을 보내면서 자조적이고 회의적인 기분에 사로잡힘.

1860년(32세) 극장이 막다른 지경에 빠져 생활 곤란으로 고심한 끝에 비외른손 등의 몇몇 문인들이 전에 외유비(外遊費)를 하사받은 전례에 따라 국왕에게 반 년간의 외유 연구비를 하사해 달라는 청원을 냈으나 각하당함.

1862년(34세) 노르웨이 극장 파산. 국왕에게 두 번째의 청원을 하지만 역시 받아들여지지 않음. 3월, 오슬로 대학으로부터 약간의 보조를 받아 중부 산악지방으로 설화 수집을 위한 여행을 떠남. 이 여행에서 훗날의 《페르 귄트 Peer Gynt》의 소재 등을 얻음. 최초의 현대극 《사랑의 희극 Kjærlighedens Komedie》을 완성하지만 상연할 길이 없어 신문에 발표함. 연애·결혼을 비웃는 한편 일상적인 시민 도덕과 시인 정신과의 모순, 대립이 날카롭게 그려져 있기 때문에 신성한 시민생활을 모독한 것이라 하여 비난당함.

1863년(35세) 당시 노르웨이에 팽배했던 낭만주의의 영향을 강하게 받은 사극 《왕위를 노리는 자들》을 완성. 9월, 세 번째의 청원이 마침내 수락되어 약간의 외유비를 하사받음. 또한 비외른손의 도움으로 빚도 갚음.

1864년(36세) 4월, 가족과 함께 도망치듯이 노르웨이를 떠나, 이후 28년 동안의 외국생활이 시작됨. 덴마크, 독일을 거쳐 이탈리아에 들어가 주로 로마에 체류함. 남국(南國)의 밝은 태양 아래 다시 살아난 듯한 느낌을 받음. 그리스 비극을 연구하는 한편, 로

마에 있던 스칸디나비아 협회에 출입하면서 북유럽 구국의 친선을 위해서 노력함.

1866년(38세) 로마 교외에서 교우(交友)도 피한 채, '전부가 아니면 무(無)'라는 신조로 이상을 위해서 헌신하다가 쓰러지는 목사 브란을 주인공으로 한 대작 운문극(韻文劇)《브란 *Brand*》을 완성함. 발표되자마자 작가의 명성이 크게 오르고, 노르웨이 국회는 연금을 지불하기로 결의하여 드디어 생활이 안정됨.

1867년(39세)《브란》을 뒤집은 듯한 시극《페르 귄트》를 발표. 오늘날 이 작품은 작가의 천분(天分)이 가장 잘 나타난 명작이라고 평가되지만, 당시 노르웨이에서는 악의(惡意)를 가지고 국민성을 과대하게 묘사한 것이라 하여 심한 악평을 들었음.

1868년(40세) 오랫동안 정이 든 이탈리아를 떠나 독일의 드레스덴으로 이주함. 아내의 여동생 마리도 와서 함께 살게 됨. 그녀와 입센과의 사이에 애정이 싹텄으나 이를 안 아내 수잔나가 마리를 내보냄. 이 마리의 모습은《어린아이 에위올프 *Lille Eyolf*》에 묘사되어 있음.

1869년(41세) 처음으로 산문 현대극《청년동맹》을 씀. 비외른손을 중심으로 한 고국의 민주적 정치운동의 표리(表裏)를 묘사하여 근대 사실극(寫實劇)의 발전을 가져오지만, 비외른손을 격분시켜 우정이 결렬됨. 덴마크의 급진적 비평가 브란데스와의 친교는 더욱 두터워짐. 이 해에 스웨덴을 여행하고, 또한 노르웨이와 스웨덴을 대표하여 이집트에 가서 수에즈 운하 개통 축전에 참석.

1871년(43세) 그간에 발표했던 시를 모아 시집 간행. 입센의 시는 작품 수는 적지만 〈빛을 두려워하여〉, 〈광부〉, 〈산 위에서〉, 〈바다제

비〉 등은 작자의 심경을 노래한 주목할 만한 작품이다.

1873년(45세) 전후 10년간에 걸쳐 이교주의와 기독교주의의 갈등을 그린 2부 역사극 《황제와 갈릴리 인 *Kejser og Galilœer*》을 발표. 이것은 작자가 자신의 대표작이라고 생각하는 작품임. 이어 사회의 허위와 부정을 파헤치는 사회극을 쓰기 시작함.

1874년(46세) 여름, 10년 만에 고국을 찾았으나 정이 가지 않아 2개월 만에 드레스덴으로 돌아옴. 11월, 아내의 여동생 마리 죽음.

1875년(47세) 아들 시구르의 취학을 위해서 뮌헨으로 이주. 이 무렵부터 여름에는 티롤의 고센사스 등지로 피서를 떠남.

1876년(48세) 《페르 귄트》가 발표된 지 9년 만에 그리그의 음악을 배경으로 음악극 형식으로 초연되어 대성공을 거둠.

1877년(49세) 《청년동맹》에 이은 사회극 《사회의 기둥들 *Samfundets Støtter*》을 발표함. 웁살라 대학으로부터 학위를 받고 스웨덴에 잠시 여행함. 아버지가 죽었으나 노르웨이에는 돌아가지 않음.

1878년(50세) 가을, 로마로 옮겨 그의 대표작이 되는 《인형의 집 *Et Dukkehjem*》 집필에 전념함.

1879년(51세) 《인형의 집》을 완성함. 연말에 코펜하겐 왕립극장에서 처음으로 상연함. 떠들썩한 세평(世評)을 불러일으켜 북유럽의 입센으로부터 일약 세계의 입센으로 부상함.

1881년(53세) 《인형의 집》이 결혼과 가정생활을 파괴한다는 비난에 응답하여 《유령 *Gengangere*》을 썼으나 그 내용의 충격성으로 더욱 심한 비난을 받음.

1882년(54세) 《민중의 적 *En Folkefiende*》 완성. 《인형의 집》이 《어린 아내 *The Child Wife*》로 개작되어 미국에서 공연됨. 《유령》이 미국 시카고에서 노르웨이 어로 초연됨.

1884년(56세) 명작 《들오리 *Vildanden*》 완성. 지금까지 외부로 향해져 있던 눈이 내부로 향해져서 자기의 이상주의적인 진리 추구의 노력에 대하여 회의적·자조적이 됨. 이후 상징적·신비적인 경향을 띤 작품으로 변함. 《인형의 집》이 런던에서 《나비 부수기 *Breaking a Butterfly*》로 개작되어 공연됨.

1886년(58세) 자기 관찰의 희곡 《로스메스홀름 *Rosmersholm*》 완성. 이해에 로마에서 뮌헨으로 돌아감. 12월, 독일의 마이닝겐 극단에 의해 《유령》이 공연됨. 입센에게 기사 작위가 수여됨.

1888년(60세) 60회의 생일을 각지에서 성대히 축하함. 《인형의 집》, 《유령》과 함께 여성해방의 문제를 다룬 3부작이라 할 수 있는 《바다에서 온 여인 *Fruen fra Havet*》을 씀.

1889년(61세) 티롤의 고센사스를 방문, 그곳 시민과 피서객들로부터 입센 축하제(祝賀祭)를 받음. 또한 17세의 빈의 처녀 에밀리 바르다흐를 만나 강렬하게 매력을 느낌. 《건축사 솔네스 *Bygmester Solness*》에 등장하는 새로운 여성 힐더의 모델이 그녀라고 함.

1890년(62세) 대표작의 하나인 《헤다 가블러 *Hedda Gabler*》 완성. 《바다에서 온 여인》이 참으로 건전한 모랄임에 대한 '변덕스러운 시인' 의 반역.

1891년(63세) 7월, 고국으로 돌아와 성대한 환영을 받고 오랫동안 머물러 있는 동안에 마침내 정주(定住)하게 됨.

1892년(64세) 자전적 작품인 《건축사 솔네스》를 발표함. 고국에 돌아온 후의 첫작품으로 자신의 인생을 회고하며 총결산을 시도한 것임. 이 해에 아들 시구르가 비외른손의 딸 베리글리오트와 결혼함.

1894년(66세) 이상한 매력을 느끼게 하는 만년의 주옥편(珠玉篇) 《어린 아이 에위올프》 완성.

1896년(68세) 일종의 초인(超人)의 비극을 그린 《요한 가브리엘 보르크 만 *John Gabriel Borkman*》 완성.

1898년(70세) 70세 생일을 성대하게 축하받은 후, 덴마크와 스웨덴을 여 행하다가 건강을 해쳐 병석에 눕는 일이 잦게 됨.

1899년(71세) 9월, 노르웨이 국립극장이 지어져 그 전면(前面)에 입센과 비외른손의 동상이 세워짐. 연말에 신작 《우리 죽은 자들이 깨 어날 때 *Når vi døde vågner*》를 발표함. 그 후 입센은 전집을 엮 었을 뿐 거의 산문 한 편 쓰지 않은 채 침묵을 지킴. 뇌일혈로 쓰러졌다가 완전히 회복되지 않아 실어증(失語症)에 가까운 상 태가 됨.

1905년(77세) 노르웨이가 스웨덴과 분리하여 완전히 독립을 한 데 대해 축의를 표명함.

1906년(78세) 며칠간 인사불성(人事不省) 상태가 계속되다가 5월 23일 동맥경화증으로 세상을 떠남. 국장(國葬)으로 장례식 거행됨.

▲ 입센이 7세에서 15세까지 생활했던 벤스퇴프에 있는 농가

▲ 노르웨이 민속박물관에 그 당시 그대로
복원되어 있는 그의 서재

▲ 시극 《페르 귄트》의 한 장면

▲《유령》의 한 장면

Hye Won World Best